生命的姿态

费必胜 著

浙江工商大学出版社 ｜ 杭州
ZHEJIANG GONGSHANG UNIVERSITY PRESS

图书在版编目(CIP)数据

生命的姿态 / 费必胜著. —杭州：浙江工商大学
出版社，2019.1(2019.7 重印)
ISBN 978-7-5178-3029-0

Ⅰ. ①生… Ⅱ. ①费… Ⅲ. ①散文集－中国－当代
Ⅳ. ①I267

中国版本图书馆 CIP 数据核字(2018)第 247690 号

生命的姿态
SHENGMING DE ZITAI

费必胜 著

责任编辑	唐慧慧 谭娟娟	
封面设计	林朦朦	
封面题字	雷鸣东	
责任印制	包建辉	
出版发行	浙江工商大学出版社	
	(杭州市教工路 198 号 邮政编码 310012)	
	(E-mail:zjgsupress@163.com)	
	(网址:http://www.zjgsupress.com)	
	电话:0571-88904980,88831806(传真)	
排 版	杭州朝曦图文设计有限公司	
印 刷	杭州宏雅印刷有限公司	
开 本	880mm×1230mm 1/32	
印 张	11.125	
字 数	242 千	
版 印 次	2019 年 1 月第 1 版 2019 年 7 月第 4 次印刷	
书 号	ISBN 978-7-5178-3029-0	
定 价	42.00 元	

序一　塑造不一样的人生

浙江省政协副主席　周国辉

必胜是省里从科技厅选派出去的援藏干部。

必胜到科技厅的时间并不长。我记得他是 2014 年从省军区机关转业到厅办公室工作的。他负责科技信息宣传等工作较为出色，有人说他是个"拼命三郎"，这也是他给我的印象。

我对年轻干部的要求，是立志、勤学、踏实、担当、团结、自律，时刻保持特有的朝气和胆气，年轻人要有年轻样。必胜是按照这样的标准要求自己的。2016 年 7 月，他响应组织号召，主动报名援藏，在茫茫雪域高原，进行自我历练与塑造。这很好，我欣赏必胜身上这样一种敢想、敢做、敢于拼搏、勇于奉献的精神。

必胜保持着军人的风格，是一个执行力颇强的干部。临行时，我找他谈话，提出除了完成援藏任务和保重身体，可以利用一下业余时间，用笔墨将工作和生活的经历写下来，可能的话出本书。没想到未到一半时间，必胜已经可以出书了。去年 8 月份，我利用双休日赴藏开展科技对口援藏工作并看望、慰问必胜等援藏干部。所见，必胜工作很努力、很用心。从西藏自治区科技厅领导到那曲地委行署领导，对必胜的工作皆给予了高度的评价。他和同事相处得也比较融洽，这让我很欣慰。我总是希望，不仅要把活干好，更要把人处好。

让必胜将工作和生活经历写下来，我是希望他充分利用宝贵的时间和援藏独特的经历，多思多想多写，记录下藏族同胞生活和风土人情，记录下援藏岁月的心路历程，当然也有助于进一步提升文字功底和思维能力。从我而言，希望借此途径，及时了解他的工作、生活和身心状态。所以，他发在微信朋友圈里的文章，有时间我都会去看。

以时间为轴线，我见到必胜"只有经过拼搏的人生，才具有意义，才会有厚度，才最有价值"的出征壮志；见到了必胜"希望为这个时代留下一些属于自己的，让人念而不忘的印记"的英雄情结；见到了必胜"信仰不灭，希望便生生不息"的铮铮誓言；见到了必胜与藏族同胞"同呼吸、共命运、心连心"所贡献的一份份力量；当然也会见到他由于高海拔缺氧夜不能眠的痛苦，好在他很快就能调适好。

林语堂说，一个人彻悟的程度，恰等于他所受痛苦的深度。我曾3次进藏考察对接援藏项目和慰问援藏干部，深知那曲地区自然条件、生活环境极其恶劣。艰苦岁月里，必胜苦而不言，痛而不语。每次我在电话或微信里问他近况，他都说"还好"。他的文章也是饱含满满的正能量，在《孤独的时日》里，我见到了"潜心修行，获得生存力量"的必胜；在《融入高原》里，我见到了"获得高原气质，高原秉性"的必胜；在《写在立冬之夜》里，我见到了"尽管岁月落满霜雪，内心盛满泪水，但依旧保持着仰望天空的姿态，心怀执念，努力奔跑"的必胜……每个人的一生都会经历许多沧海桑田，生命存在的意义，不在于你经受了多少，而在于你从中悟得和收获到了多少。我想，必胜经受过的和感悟到的，是对等的，这将会是他一生的财富。

必胜所写的文章和他对待工作的态度一样，有感情、有激情、有才情。文章记录的援藏工作、生活经历和内心世界，是他切身的生活体验，是对人生、对工作深度的思想挖掘。一字一句都揉入了他喜怒哀乐的个人情感，但点点滴滴不仅展现了他积极向上的生命姿态，更折射了时代的潮流和印记。通过必胜的文字，我能真切地感受到一个年轻的党员干部强烈的责任感、使命感，感受到他对祖国和藏族同胞的深情，所以，他才会有一篇篇感染力和张力极强的文字面世。上天不会辜负一个努力的人，相信以后他会更加强大！

2016年7月20日，必胜援藏出发那天，我在微信里对他说："今日挥手西行上雪域，明朝凯歌东来回越地。"此话用作本序结尾，希望必胜健康、安顺，扎西德勒。

作者简介：

周国辉，浙江省政协副主席，第十二届全国人民代表大会代表，著（编）有《第一动力——科技创新思想与浙江实践》《徒手攀登——我的360度网络生活》《创业是杯什么茶》《新姿势——沧海一舟科技随想录》等图书。亲自操刀运营微信公众号"沧海一舟"，备受热捧，坊间知名度极高。

序一 塑造不一样的人生

序二　山高人为峰

文化部中国书画院副院长　雷鸣东

　　《山高人为峰》，是我的书法代表作之一，寓意境高而开阔。必胜志存高远，以"登泰山而小鲁"的境界，战胜一切艰难险阻，不断刷新自己。用此话概括必胜的精神品质和人生经历，特别合适。

　　我与必胜有着十三年的感情，一直视他为弟，对他的了解，近乎了解自己。

　　认识必胜的时候，他还在部队工作，是一个英气勃发、才气横溢的军人。我也曾有着军旅经历，与他一见如故，有着一种英雄惜英雄的感觉。

　　必胜后来的发展，在我的意料之中。全国各类报纸杂志，屡见他发表的小说、散文、诗歌和新闻作品，荣获过全国新闻一等奖1次、三等奖1次，南京军区新闻质量一等奖16次。因为作品质量过硬，必胜先后荣立二等功1次、三等功4次。给自己的军旅生涯交上了优秀的答卷，画上了圆满的句号。

　　转业到地方工作以后，必胜仍未懈怠。军转干部培训期间，被评为优秀学员；进浙江省科技厅第一年，就被评为优秀公务员；后来陆续荣获"浙江省直机关优秀共产党员""浙江省'万名好党员'"等荣誉。

　　喧嚣尘世里，必胜一直保持着应有的沉静和稳妥，坚定着自己的梦想和追求。2016年6月，全国第八批援藏干部选派工作启动时，必胜义无反顾地向组织报了名。 得知这一消息后，我立马向西藏的朋友了解那曲地区情况，朋友告诉我："那曲号称'世界屋脊的屋脊'，平均海拔 4500 米，是全球唯一不长树的城市，人们称它为'生命禁区'。"我把这一消息转告必胜，并未能动摇他的决心。 必胜说："人的生命是有限的，选择援藏，多些阅历，多做些事情，生命才会有厚度！"崇高而伟大的理想和精神，令我感动！当日，我欣然提笔，写下"生命的姿态"相赠。

必胜援藏后，写的每一篇文章我都会认真仔细地读完。 他的文字自然，唯美，充满灵性。 在一篇篇真诚而动人的文章里，可以看到他的精神光芒、情感特质和心路历程，这是一本能激励人、鼓舞人的好书，可以让人更好地了解西藏，感受梦想、热血、奋斗，让人看到更远的世界。

是为序。

作者简介：

雷鸣东，满族，号三乐庐主。中国美术家协会会员，书法家，国画家，古玩鉴赏家，收藏家。出身于书法世家，教授，博士生导师。

现任文化部中国书画院副院长、中国国学书画院院长、中国书法艺术研究院副院长兼中国画委员会主任、中国书法家隶书研究会副会长、中国书画艺术报社社长、司法部中国法律援助基金会名誉理事兼艺术委员会主任、道教协会艺术委员会副主任。北京大学等七所大学客座教授、中国民间文物藏品鉴定委员会顾问、美国中华艺术学会终身顾问。

附手稿：

"山高人为峰"

"山高人为峰"是我的书法代表之一，寓意境高而国阔。史德忠作为这一心灵签名"山高"的境界，战胜一切艰难险阻，不断创新飞越，用书法概括史德的精神品质和人生哲学，特别令选。

我与史德相识有十三年的感情，一直视他为师，却从他的言行，远非于了解自己。

认识史德的时候，他还在部队工作，是一名军礼部参谋，大机构派的军人，和他有着军旅飘香，与他一见如故，有着一种英雄作英雄的虚无。

史德从来如饥似渴在军的工作之中。全国及数家报刊发表、展见的发表的小说、散文、诗歌和书画作品，荣获过全国书画一等奖一次，三等奖一次，南京军区书画展事一等奖十余次。国画作品多家画馆收藏，史德先后荣获三等功一次，三等功四次。对自己如笔耕生涯忠心上的优秀如答卷，则以国漏的小说。

彩京到他方工作之后，史德很来稳步，笔耕十余年的训期间，根据多优秀的黎身，还有科技的笔事，就根据多优秀的身身，没来没获奖赛"浙江省直机关优秀党干奖员"、"浙江省"等先进党员"等荣誉。

军旅生涯里，史德一直怀持着奉献的汗都手探索，都是着自己的梦想和未来。2016年6月，全国第八批援藏干部选派工作召时，史德就毫无反顾地以自组织报告。样和这一消息后，我主动向他讲述了我的西藏如服役了得的那曲如色情况，朋友主讲我，"那曲等许多等多的等等。"军所海拔高如千份恶米，是全球亦一不宜栖的如城市，人们担忧如生命禁店"。这一消息已经史德，军来劝退他的多些思虑，多做些事情，生命在于懂度复变。"崇高千伟如心理境和精神，令我感动！今日，我特宽提笔，写下"生命如蓄崇"相辉。

史德接藏后，写如每一篇文章我都会转给细如读完。他如文字自然，准民、充偶实信。这一篇、真诚而动人如文章里，可以感到如的精神光芒，坚强持度和心路历程，这是一本特激励人教军人如好书。徐中可以让人足挂如了行如心、坚定梦想、奋进、奋斗，让人更升去远如去界。

是为序。

中国书画院 富镜东 于北京

自　序

　　本书所有文字，基本都是在深夜里，在缺氧状态下，在手机上一个字一个字码出来的。 书中的每一个文字，都是我想要呈现给你们的我所经历的援藏岁月。

　　喜欢在深夜动笔。 纯粹而安谧的夜晚，是流露情感最好的时刻。 用文字与夜色交流，可以让意境飘得更深更远一些，可以更深层次地呈现内心的念想、情感和精神世界。 这是我喜爱的时光，我痴迷于在宁静、安详、美好的时刻里，用文字与自我、与夜色、与虚空做一场切己的交流。 希望落在纸上的每一个文字都如盛开的花朵，让经历的每一寸光阴都能在似水年华里温柔地伸展，成为悠悠岁月里最为芬芳的回忆。

　　费曼曾说："如果你喜欢一件事，又有这样的才干，那就把整个人都投入进去，就要像一把刀直扎下去直到刀柄一样，不要问为什么，也不要管会碰到什么。"西藏，宛若天堂。 但对于长期工作和生活在这里的人来说，低氧、低压、高寒、高辐射对身体的伤害无时无刻不存在。 于写作而言，最直接的影响是反应上的缓慢和记忆力的衰退。 我是一个热爱文字的人，完成援藏工作之余，我只能利用每一个属于自己的夜晚，将援藏工作、生活和心情记录下来，将走过的路、做过的事和周边的人记录下来，尽可能地用文学的语言，叙述真实的经历与感悟。 三年援藏，是一段悲喜掺和的岁月，同时也是诘问生命、追寻灵魂、更新自我的过程。用文字记录下的点点滴滴、林林总总，是对生命赋予我们责任的记录，也是对人生过往的珍藏。

我愿意做忠实的记录者。

奥地利学者弗兰克尔说："每个人都有自己特定的人生使命，也有自己完成使命的特定机会。"于我，利用援藏机会，将援藏时光呈现出来，也是我这一特定机会里的特定使命。我非常珍惜宝贵的援藏光阴和珍贵的援友感情，我们所经历的每一个日子，都值得用笔墨去记录、去呈现。我希望能在未来的日子里，有机会重新审视援藏的三年时光，然后摊开记忆，回忆共度的苦难，回忆奋斗的时光，回忆那曲的一山一水、一草一木，回忆寻常日月里每一个给我希望、温暖、真诚的人。我更希望，我的文字配得上经历的岁月和苦难，我的付出对得起这片土地和土地上的人们，我的明天没有辜负深爱我的人和我深爱的人。

人生是一场荒芜的旅行，所思所想、所作所为，终将成为途经的风景。但文字会证明，那曲的山、那曲的水、那曲的土地、那曲的万物，我深爱过。所有的努力与付出，泪水与汗水，都是超越自我的一种行为，是希望那曲这片土地变得更加美好的愿景。

世上延绵最久的是思想与精神，是灵魂层面的东西，看不见摸不着，但文字可以记录，可以传播，可以转化为一种能量，让它永久地存活在漫长的岁月里。在极其艰难的生存状态下，我用所有的休息时间，将这一段命运的淬炼，记录成册，不仅仅为了追思，也希望这些由心而生的文字能鲜活，能持久，能感召，能推动更多的人生进阶，让每一个开卷的人，都能从中获得生命的启示与熨帖，以及无限的动力与温暖。

西藏是一个可以安抚人灵魂的圣地。让文字在夜色里流淌，常常错觉是在天堂，是在与神灵对话。我愿意将内心的情感毫无保留地交出去，交给夜，交给雪域高原，交给世界万物。同时，我也会将本书的稿费留在这片土地上，留给需要的藏族同胞，仅带走记忆。

这就是我著写《生命的姿态》全部的初衷。

目 录

目录

第三辑　援藏岁月里的诗

后　记

目

录

第一辑　援藏岁月里的事

生命的高度在那曲

2016年7月20日，是我启程援藏的日子，也必将是我一生中最为难忘的日子。

天未亮，便起床收拾行李，从之江饭店集体乘大巴赴萧山机场。每个单位都有人来送行，但场面并不喧哗，或许各自的内心都很沉重，都没走出离别的愁绪。那些深情且关切的凝望，让人不忍直视，格外伤感。

在离开饭店去机场的路上，我想，今后再见单位人事处处长叶翠萍那双慈善的眼睛，我肯定会忆起送别的场景，心情定然会如送别时一样酸楚。

这是第二次去西藏，与此前在拉萨城里短时间停留不同，这次将在世界上海拔最高的行政区——那曲地区，开展为期三年的对口支援建设。

之前就知道那曲地区空气稀薄，树木难生，知道那里是"世界屋脊的屋脊""生命禁区的禁区"，条件非常艰苦，环境极其恶劣，连感冒都极容易丢掉性命……从决定报名援藏那天起，亲人、朋友嘴里各种恐怖的事例纷至沓来，所闻无一人健康不受影响，能全身而退。

人生漫长，颠踬与磨难在所难免，否则，生有何欢？

其实，我也想吟赏烟霞，也想享受家人团圆之乐。但人的生命是有限的，只有经过拼搏的人生，才具有意义，才会有厚度，才最有价值。 一个人，如果没有人生理想，没有前行目标，没有奋斗精神，那么活着还有什么意义？ 给生命以成长、以感悟、以收获的，是人生的经历，而不是坐而论道、坐享其成的等待。 生而为人，最富激情的年华，当如泰戈尔所说的，生如夏花之绚烂，方不负此生！

我一直以为，一个人活着，不能仅为表面的生存与光鲜，而是要给生命求得深层意义上的领悟，给有限的岁月留下难以磨灭的印记。 在任何时候回首，都无怨无悔，才是最好的一生。

可以说说我的理想了。 这，一直隐藏于心，很少言及，鲜有人知。 其实即便说了，也不一定有人理解。 对于赴藏的选择，亲朋皆不解，引发众多疑惑。 说实话，我家庭条件尚可，今生不会为生计所愁，为利益所惑。 一直以来，我最大的愿望是做个"县官"，尽己所能地造福一方百姓，做出让生命增值的事情。但身处机关，这只是人生的平台，却不是直接服务百姓的舞台。尽管援藏也不一定能按照自己的想法施展手脚，但还是主动报名，希望在这样一种前行与追求中，超越过去，活出崭新的自己。

前些日子，媒体采访我，标题涉及"拼命三郎"。 我没理解"三郎"的确切含义，但这些年自己着实一直在努力进取，奋力拼搏。 在部队工作时，数次立功，数次获奖，数次提前晋职晋衔，获得了自己满意的佳绩。 转业到地方，一切从零起步，重新开始，我同样希望拥有更为广阔的人生。 记得看过这样一句话："如果你想得到从未得到的东西，那么就去付出你从未付出过的努力。"作为一个农民的孩子，我唯一拥有的资本就是努力，就是拼搏。 如果月初和月尾的日子没什么区别，日复一日地重复同样的光阴，那必将是我不能忍受的事情。

微信群里，领导、同事、同学和亲友送行的祝福接踵而至。字里行间，我读出了真情，读到了温暖，无限感动，几欲落泪。

　　我是一个记恩的人，我以截图的方式，保存了每一句祝福的话语，每一段真切的关爱。我觉得，对一个人感恩，更好的方式就是带着他们的嘱托与期望，坚持不懈地走下去，走出生命最好的姿态，将来不负时光，荣归故里，就是对他们的期许最好的回报。

　　研究生班同学林伊丽代表全班到机场为我送行。临别之际，她不停地挥手，不停地挥手，渐行渐远，直至看不见彼此，看不见过往所有的时光。这样一种送别，也是送别我过去所有辉煌或平淡的时光。我在心里对自己说：从这一刻起，人生将是全新的开始，全新的历练，全新的感受，你一定要坚强地面对，勇敢地克服高原所有的苦难，砥砺前行，在最荒凉最艰难的征途上走出最繁盛的风景。

　　"醉卧沙场君莫笑，古来征战几人回"，登机之际，想起王翰的《凉州词》，内心的悲壮油然而生，愈加浓郁。此生，我无法掌控自己的命运，但可以选择以怎样的方式生活、怎样的姿态直面人生，活出生命的骄傲！

作于 2016 年 7 月 20 日

生命的姿态

人生，是时光里无法往返的旅程。

从懂事起，我一直不知疲倦地奔跑。这一程，选择西藏，期限三年。

2016 年 7 月 20 日下午 3 时许，飞机降落至拉萨贡嘎机场，抵达了我将要付出三年青春年华的地方。

这是我第二次来，全无初次的新鲜、兴奋，也无丝毫的忐忑、紧张。对于这个地方，我有足够的信心、耐力和体魄来适应。农民的孩子吃得起苦，经得起挫折，承得住苦难，扛得了打击。我深信，上天不会亏待一个努力奔跑的孩子。

由于空气稀薄，拉萨的阳光分外的强烈。当地政府派人在机场欢迎我们，他们有着阳光一样的热诚，跑前跑后地给我们献哈达，拉行李，安排住宿，一刻不停地忙碌着。此刻，他们当我们是客人呢！

入住的是西藏宾馆。地处闹市，但宾馆条件格外简陋，连电梯都没有。可能是前些日子忙于搬家，料理家务，太过劳累的缘故，爬到宾馆三楼所住的房间，头晕目眩，快要倒下的感觉。晚上，头开始微微的痛，后来愈来愈痛，脑袋里像被掏空了一块似的，但能坚持。面临困境，我只有两种态度：一是迎难而上，突破困境；二是咬牙坚持，挨过艰难。凡是走出光明的人，都会经历一段无人相助的黑暗期，昼夜交替之间，命运转进过程，人生的每一个环节都有深意，都是必经之路，都是对智慧和毅力的挑战，对能力和境界的拓展，是为了让我们更好地成长。在困境面前，人生贵在坚持，丢掉了坚持，也就丢失了人生的信念，丢掉了生命中最为宝贵的东西。这就是我对待人生的态度。凡是我内心深处认定的东西，哪怕伤痕累累，哪怕痛着哭着，也会锲而不舍、坚持不懈地走下去。偏执梦想、追逐理想的时光过程，同样是人生中光辉的岁月。

读研究生时，学西方经济学课程，教授在解释"稀缺"定义时，打了个比方，说空气因为无处不在，不属于稀缺资源。那时因为身处平原地区，氧气充裕，全班无一人有疑义。美好的东西，我们在拥有的时候，大多熟视无睹，只有远离，才会有铭心刻骨的体验和感悟。在高原，吸氧比吃饭重要，睡眠比吃饭重要。所以晚上基本没吃饭就睡下了，但一夜醒着的时候比睡着的时候多。远离亲人，置身孤独的阵营，夜显得格外漫长，时光里经历的每一分、每一秒，都在梦里、在漆黑的眼前，刻下了疼痛的记忆。

人，总是要经历一些事情的。用通俗点的话说，有苦才会有甜。我无法享饮最烈的酒，但我始终拥有着最壮怀激烈的情。我相信，只要不倒下，不退缩，不怕成功的日子遥遥无期，认定目标，专心致志地向前走，终将会在不断的征服中成就更优秀的自己。

人生无法折返，但时光会记录下行进的轨迹。所以，不可懈怠，别让自己成为虚度芳华的人。每个人心里都有英雄情结，总希望为这个时代留下一些属于自己的、让人念而不忘的印记。我，也是如此！

身处逆境，我习惯于用励志的语句为自己打气鼓劲。一个人也只有拥有了精神力量，才能勇者无畏，担负起重大的人生使命。

作于 2016 年 7 月 21 日

那曲印象

    2016 年 7 月 24 日，这个日子，浙江省 55 名援藏干部人才不会忘记，包括我。

    晨 8 时，全体援友肩负重托，乘汽车赴那曲地区履职。

    那曲，藏语意为"黑河"。藏区将此区域称为"羌塘"，意为"北方高地"。

    车队向高地而行。过了当雄，便再也见不到树木了。听说，海拔 4000 米以上，树木是无法存活的。那曲悬赏种活 1 棵树奖励 10 万元，至今无人中榜。所幸现在为绿色植物的生长期，放眼望去，野草漫山遍野，牦牛成群。在被视为"生命禁区"的西藏，它们是最顽强的生命力！

    车上，已经熟识的援友刚开始还聊着天，开着随队记者的玩笑。随着海拔的不断攀升，车内逐渐安静了下来。不少人开始头晕头痛起来，有人拿出血氧仪检测身体的血氧饱和度。经测，全车人血氧量均为 70% 多，近最低临界点。心跳则全体加速，每分钟跳动都在 100 下以上。进入恶劣的环境，必将面临极其恶劣的挑战。坐在我边上的金华市援藏干部程浩脸色潮红，我将氧气递过去，让他吸一会，程浩拒绝了。接受生命的挑战，需要这样一种超然的精神状态。

    经过 6 个小时的颠簸，车队进入平均海拔 4500 米的那曲，这里将是我们新的疆场。透过车窗，我见到了一座正在建设中的城市，笔直宽阔的浙江路、错落有致的浙江小区、宽敞明亮的浙江中学……浙江元素随处可见。那一瞬间，亲切感油然而生，那是一种来自心灵的感觉。2014年10月13日，我去浙江省科技厅面试的时候也有类似的感觉。这说明，我和这片土地是有缘的。我知道，我会爱上这片土地，会不遗余力地做好各项援藏工作。

车进那曲地委行署大院，见到长长的夹道欢迎的人群和风中无数飘扬的洁白的哈达。锣鼓喧天声中，藏族同胞给每名援藏干部人才献上了哈达。尽管海拔高，气压低，空气含氧量仅为平原地区的一半左右，但身披哈达的援友们都很兴奋，纷纷拿出手机拍照留念。这一激动人心的时刻，值得留照，值得我们用心去铭记。

在人群里，我循着"那曲地区科技局"的牌子，找到了新的家人。多吉局长带着局里几乎所有的同志都来了，每个人都给我献上了哈达，这份热情让人感动！多吉局长是个细心人，去浙江公寓的路上，怕我累着，让人替我抱下脖子上厚厚的哈达。公寓内，局里购齐了所有设施，氧气瓶、加湿机、烧水壶、床、被子……都是新买的，连抗击高原反应的药和洗漱用品都考虑到了。

浙江援藏，已经有20余载。自1995年开始，浙江与西藏那曲地区结成对口支援关系。截至目前，浙江先后派出8批援藏干部人才，共410人。多吉局长说，浙江省科技厅机关除第一批派出的张家明同志外，已经好多年没派援藏的同志了。

张家明同志是1995年5月前来西藏那曲地区援藏的，三年的援藏岁月里，他把爱的奉献留在了年无炎夏、日有四季的那曲，自己却积劳成疾，早早地离开了人世。他是浙江省科技系统学习的典型，是浙江、西藏两地都不应该忘记的先行人物。

自张家明同志牺牲后，浙江省科技厅机关再也没有派员援藏。 时至今日，我有幸享受到那曲人民厚重的热情，享受到了一种无法言表的幸福。

他们，是我新的家人！

作于 2016 年 7 月 24 日

开启与那曲的缘分

人生一世，与世间万物都有着深深浅浅的缘分。缘分的深浅，完全遵从内心的直觉。

西藏，一直是我心心念念的地方。援藏，既了却了我的念想，又圆了我的梦想，所以我格外珍惜。

2016 年 7 月 26 日，当藏北草原清晨的第一缕阳光透过窗户洒进公寓时，我便早早地起了床，做上班前的相关准备工作。其实在低压、低氧的状态下，也无法入睡。

吃罢早饭，尽管身体还没完全调整好，但我仍迫不及待地来到那曲地区科技局，开启我的党组成员、副局长生涯。

科技局办公楼，是一幢建于 20 世纪 80 年代的两层建筑，是西藏和平解放 20 周年大庆时援建的项目。阳光下，显得有些陈旧。我工作的地方在二楼，办公室卫生提前打扫好了，还摆放了 2 盆绿色植物，看着格外舒心。

在多吉局长的陪同下，我先是参观了局里的办公楼和生活场所，随后讨论工作，明确职责分工。

人与人，人与事的缘分，会因真诚而动人。在参观和交流工作期间，多吉不时会插上一句："现在感觉怎么样？有没有觉得不舒服？"

一个人外在的言行举止是内在最直接的呈现。这样一种无意识的问话，让我感受到真诚，感受到一种温和的力量正悄然打通经脉，灌注全身。

其实，当一个人从事的是自己钟情的事业时，一切艰难险阻都不算个事，更别说高原给身体带来的反应了。4500多米海拔带来的不适感，短期内不可能消失，了无痕迹，我也没放在心上。人生，该来的你挡不住，该去的也总会过去。再黑的夜晚也会有黎明到来的那一刻。

再说，自然环境恶劣的那曲，对长期工作的同志伤害更大，人的器脏在低气压的影响下时刻都在损耗。听说，局里几乎所有的同志都有或重或轻的高原病，有几名同志因身体状况不佳，长年请病假，一直在医治。与他们相比，我的这点高原反应又算得了什么呢！

天地万物，平等共存在同一个时间长河里，但命运却是有区别的。望着多吉局长因长年辐射而黝黑的脸庞，望着忙前跑后的局里的同志，我满心崇敬！这世上，所有相见都是缘分，能在艰苦环境里共事三年，则是更为珍贵的缘分。从今天起，这群可亲可敬的人，这片辽阔的土地，将组成我新的生活与新的世界，新的记忆与新的感情，将成为我生命中无法切割的一部分，也必将千丝万缕地贯穿我一生的岁月。

我对那曲有着天然的亲近感，会倍加珍惜这难得的情分。今后，我将和全局同志一道，患难与共，全力以赴做好那曲地区科技创新工作。与这片土地上的各族同胞一起，同呼吸、共命运、心连心，在雪域高原上续写奉献之歌。

唯有珍惜，唯有努力，才不会辜负三年的援藏时光，以及与那曲的缘分。我相信，生命中这段最为难忘的经历，将是我一生的财富，一生念念不忘的过往！

作于 2016 年 7 月 26 日

第一辑 援藏岁月里的事

我与睡眠的斗争

在高原，于我而言，头疼不是问题，鼻子每天流血丝也不算什么事。但失眠，却成了无法避免的一种折磨。

进藏之前朋友对我说，在西藏吃没吃饱不知道，感没感冒不知道，睡没睡着不知道。当时，这些话一听而过，现在真实地体验到了，才知道是多么深刻和痛苦！

从进藏的第一天起，我就没睡过一个整夜觉，每天都会醒无数回。在杭州时，我醒了一般就不可能睡着，更别说在高原了。第一天，身体里残留着感冒的尾巴，以为感冒好了会有改观，现在看来不尽然。我用了很多种对抗失眠的方法，毫无效果。

我睡觉的枕头是很辛苦的！因为无法入眠，我先在睡觉的姿势上做文章，仰睡、左侧卧、右侧卧、趴着睡，反复寻求最佳睡眠姿势，依旧不能如愿。翻来覆去，头顶着个枕头，像足球寻求射门一样，在床上反复左右移动。一米五宽的床，每天晚上，每个角落，我的身体都能光顾到。我觉得我特像球员，只不过，球员是用脚运球，我是用头运枕头。

后来，每天晚上数羊：一只羊、两只羊、三只羊……但反复地数到了几千只羊，茫茫的草原也住不下这些羊了，头脑依旧清醒。所以常常错觉，是不是每天夜里，羊被我数烦了，索性在与我为敌。

与我为敌的，还有心脏。每天躺下，我都能非常清晰地听到自己的心跳声，频率没白天那么快，但非常有力、强劲，像有无数只羊在我的心脏里奔跑似的。半夜近 0 时，我叫醒隔壁援友殷克华，借来户外用的耳塞，但塞上之后，声音更清楚了。这让我无能为力，没有半点招法与之对抗。

终于忍无可忍，决定用安眠药与之对抗。1 时 40 分左右，起床烧水，随后吃下两粒安定片，折腾到 2 时，仍然似睡非睡，痛苦难耐。早晨 5 时许，索性拿出手机，记录一夜失眠的过程与痛苦，希望借文字平复内心，让自己趋于禅静、平和，早日与睡眠化敌为友。

作于 2016 年 7 月 26 日

脸颊上的高原红——被认同的快乐

凡首次，都很难忘，都希望记录成文，留待余生回忆。

2016年7月28日，我和局里的才嘎副局长赴西藏自治区科技厅汇报项目。之前，多吉局长见我感冒身体不适，几次动员我去拉萨医治，我都婉拒了。

这次出差，既是局长借机关心照顾我，也是我对接上级领导和业务部门的一次极好的机会。我希望，在这三年，多拓宽视野，不断积累知识；多做些事情，丰富实践经验；多交些朋友，助力工作开展。所以，愉快上路。

这一路，是当初从拉萨赴那曲路程的倒带，路是同样的路，景是当初的景，但心情大不相同。彼时，大巴向着高地行进，每增加一米，高原反应也随之增强。那时，一路都是挑战；此时，一切的未知都成为已知，加上海拔逐渐降低，低压低氧对身体的影响逐步减弱，心情也随之轻松了起来，一路都是风景。

只是沿途有些路段在整修，一路颠簸，车进拉萨城已近5点。单位安排了很好的酒店，坚持着没住。比较了几家宾馆，挑了便宜又卫生的云龙宾馆入住。听说老板是浙江人，这让我在心理上觉得踏实安心，有家的感觉。人生在世，身体是心灵的依附之物，吃住不一定要奢华，是内心想要的便行。

从高海拔的那曲再回到拉萨，感觉就像回到杭州似的，高原反应全无。其实，人的一生，就是不断挑战自然、挑战自我的过程。 突破极限，便能收获无限。

　　翌日上午，我来到科技厅，在楼下正好见到厅长赤来旺杰。于是自报家门。 得知我是浙江省科技厅的援藏干部，赤来旺杰很热情，一路握着手走到二楼办公室。 他亲自倒了茶水，关切地询问我的工作和生活情况，一再地嘱咐我要注意身体，说那曲自然环境恶劣、条件艰苦，先要保护好自己的身体，有身体才有干工作的本钱。 对于我申请的项目，他表示若符合规定肯定大力支持。 和赤来旺杰交流很开心，像和自己的厅领导交流一样轻松，这份温厚慈爱，是快乐、幸福的源头。

　　随后，拜访了农牧处、高新处和厅办公室的领导。 几位处长都很客气，均当场办公，对项目书提出了中肯的修改意见。 他们都以为我是援藏了好多年的干部，我问原因，他们说我脸颊两侧有高原红。 我很开心，这是刻在生命里的烙印，意味着我已经真正融入了雪域高原！

作于 2016 年 7 月 29 日

铭刻在生命中的感动

身体已愈，终于可以将生病的这段经历和感动记录示人了。

其实只是感冒，但听说，在西藏稍有不慎，小病也可以夺人性命。

在杭州出发前就感冒了。从小到大，我对感冒，从不当回事，从不吃药。援藏出发那天，见除了鼻塞，无更多不适，便没当回事地出发了。

到了拉萨，头开始晕，后来痛了起来。我不想声张，倒头便睡，同室援友殷克华叫吃晚饭时，全身乏力爬不起来，也丝毫没有吃饭的胃口。没想到他让宾馆烧了一碗面条，还将此事泄露了出去，惊动了很多人，大伙陆续前来探望，有的援友还买来了药。这些，令我既感动又尴尬。我是那种喜欢以坚强示众的男人。

进藏仅几天时间，便将朋友所说的，在高原"吃没吃饱不知道，感没感冒不知道，睡没睡着不知道"体验了一遍。后来几天，也不知是感冒还是高原反应，除了全身轻飘飘的没力气，其他都好，便停了药。

7月24日赴那曲，随着海拔的升高，心跳也随之加速，后来一直保持在每分钟110下左右，比同行的援友高出许多，这应该是感冒后引发的症状。后来，喉咙也肿痛了起来，盖着厚厚的棉被加军大衣，竟然全身发冷。终于知道感冒病毒一直潜伏在体内，终于明白身体自愈能力在高原是很弱的，终于领教到人类的自信在大自然所施加的威力面前是多么的不堪一击！

得知我感冒，厅领导和同事纷纷通过电话、微信给予我各种关心。许许多多的问候纷至沓来，在最寂寞的远方，我听到了世界上最温暖的声音。

那曲人民对援藏干部真的是高看一眼，厚爱一分，如果不是身临其境，不会有深切的体会。局里领导每次见面都说我脸色不对，都让我去拉萨休整几天；去那曲地区人民医院医治的路上，交警正封道，但听说是援藏干部，立马放行；去拉萨医治的路上，局里同志不时回头探望，看我有无不适……人在生病的时候最脆弱、最无助，一个细微的言行，都能触动内心柔软的一隅。那些雪中送炭，更会让人在心里记上一辈子！

很多人都说，在高原，低压、低氧会影响记忆。但这段岁月所给予我的这份感动，定一生不忘！

作于 2016 年 8 月 1 日

第一辑 援藏岁月里的事

千里援藏，沐浴在组织的温暖中

　　今天，妻来电，很开心地说起科技厅里来人看望她和孩子。

　　其实我早已经知道。7 月 29 日上午，厅办公室主任姚礼敏问家里住址，说厅长最近要去慰问。下午厅人事处叶翠萍处长也问地址，并说省委组织部对派出单位提出的要求是"对援藏干部要高看一眼、厚爱一分，帮助解决后顾之忧"。但厅里对我的厚爱岂止一分？

　　开始援藏，也是有顾虑的，以为脱离了领导视线，离开了组织怀抱，生活会缺失关爱，工作会不利于开展。事实上，我一直在领导的视野内，得到了很多同事所没享有的温暖。生活上，厅领导经常嘘寒问暖，工作上皆表示全力支持。我的直接领导姚礼敏主任，工作标准极高，要求极为严格。没想到关心人也事无巨细，关爱涉及工作、生活、身体健康等方方面面。现在想想，当初从省里 3 个单位中选择进科技厅是多么的明智，遇到这么多真关心、真支持、真爱护自己的好领导是多么的幸运。细微之处见真情。援藏，让我看到了美好的你们，也让我知道了援藏并不是我一个人的战斗，在我的身后，有着强大的后方。

　　这是一场无后顾之忧的援藏。早上，同事龚凤丹打电话来，说厅长赴市县调研工作，派她和人事处处长叶翠萍、机关党委专职副书记齐昕去我家里慰问。慰问后，第一时间发来照片，让我见到了妻女最新的生活状态。还说我家里装修得不错，东西收拾得井然有序。 这些，全是妻子的功劳，在此，一并致谢。 报名援藏，舍弃了小家，这三年来家庭所有的担子，哪怕就是换个灯泡都得靠她。 这是一份无法弥补的愧疚！

傍晚，我拉着局里的同志，感激涕零地讲了许多援藏以来令我感动的事情。 羡慕之余，同事问我一些小事为什么都那么感动？ 我说，很多事情是置身事外的人所无法感同身受的。 借用慧律法师的话说，世间一切乃众缘和合，众力所成，非独一人所能，是故当怀感恩之心。

生命从灵魂意义上来说，是由无数个感动构成的。 感恩是一种美德，也是一种幸福，更是一个永恒的支点。 周国辉同志因工作上的安排，虽然没去慰问，但他在微信里说："去家里慰问是组织和机关同志的共同心意。 大家都很记挂你。 你虽在异乡，但我们的心是拴在一起的，何况互联网突破了时空的距离。 有什么事尽管说。 出门在外，要保重身体。"一字一句，都是关爱。为什么我工作的激情永不泯灭？ 只因为我心中充满了感激！

苍穹之下，荒凉之上，有时我只想要一双抹泪的手，但我得到了整个温暖的怀抱。 我怎能不感激？ 工作又怎能不努力呢！

作于 2016 年 8 月 3 日

第一辑　援藏岁月里的事

一路风景

　　"蓝蓝的天空，清清的湖水，绿绿的草原……"行走在藏地，听腾格尔唱着《天堂》，感觉特别应景。尤其在千里之外，见到浙江来人，虽然无数次地走青藏线，看同样的景，但于我的内心，却是一种全然不同的感受。

　　8月的西藏，气候类同平原地区的春天。冰雪消融、草长莺飞，正是景色最美的时候。7日一早，陪同浙江省科协副主席陆锦一行从拉萨赴那曲地区嘉黎县初级中学参加科技馆开馆仪式，一路听着悠远绵长的歌曲，赏着如仙界的美景，内心的愉悦融合着自然，呼应着天地，让我长时间有一种沉醉似的恍惚，出神的时刻，仿佛自己变成了一只展翅的苍鹰，时而翱翔蓝天，时而俯掠大地，自由而有力量地穿行在天地之间。那种融入自然的感受，唯有走入其中，方会有真切的领悟。

　　从拉萨去那曲走的是109国道，也是著名的青藏线，是当年部队官兵洒汗流血，甚至是牺牲了很多生命才开辟出来的天路。我和浙江省科技馆的一群帅哥靓妹同乘一车，他们不知道流逝在岁月中的历史，一路兴奋，惊叹声连连。我理解他们，这与环境相得益彰，行走在西藏，会让你放空一切，只安于当下时光，享受美景给内心的感受。

　　"路边的这条河真美，叫什么名字呀？""这片草原真壮观，叫什么草原？"对于这样的问题，连行走此路多年的司机也没法回答。 青藏线上，湛蓝无染的天空、伸手可触的白云、圣洁绵延的雪山、碧波无瑕的湖泊……在一望无际的大草原上一字排开，循环往复。 哪儿看上去都是风景，所以不可能一一都有名字。

一车人都是第一次来藏，所以一路上车内就没沉默过。 车至羊八井，大家再一次兴奋了起来，纷纷回忆小学地理里学过的内容。 羊八井，属于拉萨当雄县的一个小镇，平均海拔 4300 米左右，因为地热资源而闻名。 每次途经此地，我的脑海里总会浮现出一幅绘有热腾腾温泉的课文插图。

过了羊八井，就基本见不到树木了。 沿路只有一条奔腾不息的河流，蜿蜒而下，水流湍急，流向雅鲁藏布江。 心情好时，这也算是一处景观了。

再往前走一会，就能见到著名的念青唐古拉山主峰，所谓念青，是"又一座"的意思，全意是"又一座唐古拉山"。 念青唐古拉山，终年积雪覆盖，云雾缭绕，蔚为壮观。 山的另一边，是纳木错湖。 传说，念青唐古拉山和纳木错不仅是西藏引人注目的神山圣湖，还是一对生死相依的情侣。

绵延的天路，时阴时雨，风景时而熟悉，时而陌生。 一路穿行，如一场场相见与告别。 漫长的人生也莫过于如此，岁月如景，终会不留一点一滴，从心间逝去，唯有真情常留，才是人生的永恒。 此次陆锦一行的善行，会让我在心里记上一辈子。

风雨中，见一队骑行的驴友，冒着雨，奋力地蹬行自行车前行。 青藏线上，常会见到这样的情景。 在低压低氧的高原上，正常的行走，都会呼吸困难，心跳加速，这样的出游是一件极其不容易的事情。 一车人皆不理解，其实我也不理解，但内心尊重，并无比敬佩。 这是一个直抵生命内核的问题，总有些人不愿意在自己营造得像战场一样的世界里，戴着令自己都厌恶的面具直至终老。 所以才会有很多种游览世界的方式。 我想，青春岁月里，用自己的方式选择做自己喜爱的事情，即使艰难，他们的心里也应该是幸福的吧！

车子快进入那曲时，一片晴朗的天空跃然眼前，全车尖叫了起来。 人生就是这样，往往会在你最意想不到的时候，给你一个意外的惊喜，让你知道：当你将梦想交付于行走的路时，人生总会在某处雨过天晴，给你另外一番不同的景致。

作于 2016 年 8 月 7 日

呈现科技的力量

2016年8月8日，于嘉黎县初级中学来说，是一个值得纪念的日子。在师生们热烈的掌声中，学校科技馆举行了开馆仪式。随后的科学表演秀，更是让孩子们眼界大开，见证了一个又一个科技的奇迹。

于我而言，开心又多了几层意思：一是嘉黎县初级中学科技馆是浙江省科协投资100万元兴建的，是浙江对口支援西藏那曲地区的一项实实在在的举措；二是浙江省科协副主席陆锦一行赴藏参加开馆仪式，千里之外见到浙江来人，内心有着强烈的"有朋自远方来，不亦乐乎"的真实感动；三是嘉黎县的中学生今后有了探索和汲取科学知识的好去处，这是利在千秋的一件大事。

庸常的世界里，总会有一些人、一些事、一些光阴，会打动到我们久已麻木的内心，让我们有所悟得。学校的教学楼没有电梯，沿楼梯而上时，大家每爬一段，都要停下来休息一会。攀到学校顶楼的科技馆，陆锦满脸潮红。我知道，这是高原反应引起的。致辞时，见他颇有风度地侃侃而谈，我悬着的心才落了地，随即，沉醉在他不疾不徐的致辞声中。那样一种温文尔雅的谈吐，不只是才学品位的呈现，更是一个人宁静平和的精神世界，是内在的修行，是不耀眼但恒久的光芒。我不知道师生们聆听时会有怎样的感触，或许他们懂得这是爱的奉献，是无私的付出。在内心里有着和我一样的感动与感激。我不求他们今后能记得谁的名字，但我希望他们能将这份爱转化为一种力量，并借以影响一生。

开馆仪式后，浙江省科技馆几名优秀的讲解员轮番登场，用身边常见的气球、白纸、绳子等，给孩子们做了一场很好的科学思维启发演示。刚开始孩子们很拘谨，但讲解员用摔地即炸、竹签扎进去却不爆炸的气球勾起了大家的兴趣。

"用竹签扎进一只又一只五颜六色的气球，其实很简单，只需将竹签沾上一丁点的油，从气球厚的部位扎进去，减少摩擦力就可以轻松地完成了……"我也是第一次欣赏科学表演秀，在讲解员揭晓答案后，我也深深地被科学的魔力所吸引、折服。

随后的《我爱纸飞机》《舞动的小蛇》等项目的表演，趣味横生，毫不意外地引发了全场互动。科技馆内，赞叹声连连。

孩子的思维是需要启发的。特别是中学生，基本都建立了自己的知识体系和思维方式。在这个阶段，有可以求知的场所，有可以领航的老师，可以很好地将想象和现实前后关联，形成逻辑思维。浙江省科技馆所做的科学表演秀，虽很简单，但用随处可见的道具，完成了看似不可为的实验，不失为一次极好的科学启示。

梁启超在《少年中国说》中说："今日之责任，不在他人，而全在我少年……"将科技馆建进雪域高原的普通中学校园，在更早的起点培养孩子们的科技意识，普及科技知识，是给孩子们搭建攀登科技高峰的云梯，这对下一步那曲地区科技人才的培养或将起到非常重要的作用。

我年少的时候常常喜欢仰望星空，很多孩子都有这习惯。这实际就是对外部世界的好奇，对科学知识的渴求，对未来世界的思索。但我少年时代，物质匮乏，所有的想象都只能在一堆泥巴上实现。所以，生活在当今社会的孩子是幸运的，嘉黎县中学的孩子是幸福的！

这是最好的时代，是科技发达的时代，我由衷地希望孩子们能珍惜机会，多学、多看、多实践，努力培养创新精神和实践能力。 现在，科技于嘉黎县初级中学的孩子来说，是白纸一张。将来，若有孩子在科技领域有所成就，实现科技报国，则大幸哉！

作于 2016 年 8 月 8 日

第一辑 援藏岁月里的事

那曲赛马节，迎来"娘家人"

那曲赛马节，藏语叫"达穷"，是那曲地区规模盛大的传统节日。

今年赛马节活动是在建党 95 周年、和平解放西藏 65 周年、青藏铁路通车 10 周年的大背景下隆重举行的，活动旨在推进政治、经济、文化、旅游和民俗风情等方面交流，意义重大。于我同样值得纪念，受厅党组委派，曹新安副厅长带来浙江省农科院专家，对接高原地区农业科技工作。"娘家"来人，心情的激动可想而知。

赛马节是从 8 月 10 日开始的，开幕式没赶上，11 日下午赶到那曲，大家便直奔赛马场。进大门，首先见到英勇的格萨尔的雕塑。格萨尔诞生在西藏高原，他抵御过入侵，捍卫了家园，开拓了疆土，战功卓著，备受世人称道和颂扬。这尊雕像是浙江援建的，为羌塘各族群众保护、传承、弘扬格萨尔文化提供了一个标志物，同时也是藏汉民族团结、浙藏人民友谊的象征。

曹新安虽受那曲地区科技局邀请，参加此次民族活动。但更多的是带着厅党组对我的关心，对接那曲地区科技需求，对我的工作给予支持。从 12 日开始，他先后调研了那曲国家农业科技园区、藏北高原草地生态系统研究站，考察了双湖县支柱产业卤虫卵项目，与中科院拉萨站的专家交流了黄蘑菇种植技术，与科技局干部职工进行了座谈，慰问看望了科技局较为困难的职工。

那曲地区政协主席和副专员在赛马场颇具民族特色的帐篷里欢迎了大家，并献上了洁白的哈达。 在欢快悠扬的藏歌中，我们品尝了酥油茶、人参果等藏式美食，感受了藏族同胞的热情。

12日上午，我们观摩了马上抢哈达、马上射击等表演。 整场活动扣人心弦，让人热血沸腾，叹为观止。 上马前，身着民族服装的藏族汉子神情沉稳而安静，朴实得如同这片古老的土地。 上马后，他们便英姿勃发，显现出强健的风姿。 在狂奔的烈马上，他们一边纵马奔驰，一边快如迅雷般地捞取着地上的哈达。 马鸣风萧萧，在一场又一场捡拾哈达的奔驰里，他们携风而来，如飞扬的流苏，如迅急的旋风，让整个赛马场变得异常亢奋，气氛燃烧了起来。 马上射击环节，选手们先是完成各种精彩的动作表演，接近靶标则毫不犹豫地出手，动作果断而勇敢，这是艺术与力量的融合，是速度与激情的展示，是粗犷豪放的牧民们与天地最为热烈的情感交流！

本届赛马节为期 5 天。 先后举行了文艺晚会，物资交流，各种民间体育如拔河、跳远、抱石头等一系列活动。 14日的赛马比赛，赛程 8 千米，这是速度与耐力的竞技，是整个活动中最精彩的一项内容。 但曹新安此次赴藏时间有限，精力放在了工作上，很多活动都未能参加。 受低压低氧影响，大家都有强烈的高原反应。 特别是曹新安，满脸浮肿，双手也肿得像小馒头似的，其间还发生过一次心绞痛，使用了速效救心丸，但他仍然坚持带着大家走访调研。 这让我和科技局的领导都深受感动！

有朋友在微信里问我，西藏是美丽的，短期赏景是享受，但长期工作会影响身体健康，你觉得值得吗？ 我知道对方是一番好意。《钢铁是怎样炼成的》主人公保尔有句名言："人的一生应当这样度过：当回忆往事的时候，他不至于因为虚度年华而痛悔，也不至于因为过去的碌碌无为而惭愧。"所以，三年艰辛，一场逆行，我希望自己是一匹奔驰的骏马，希望三年时间会是我一生中最为饱满的回忆。

作于 2016 年 8 月 16 日

爱，是这个世界上最美的风景

我一直在思考该如何表述这份感动，怕没有足够的能力驾驭内心的情感。怕一落笔，充盈于心的感动会散落一地，杂乱无章。

这是一段无法遗忘的记忆，被爱温暖着的感觉，应该真实地记录下来。

2016 年 8 月 22 日，因公出差回杭。做的第一件事情是看望厅里时刻关心和牵挂我的"家人"。拜见的第一个人是周国辉。一进门，还没汇报工作，厅长先给倒了一杯水。我不是第一次享受这待遇，援藏出发前一天也喝到厅长倒的水，温暖依旧。

周国辉先是询问我的身体状况，一如往常的亲近、平和、宽厚，有久违的亲近感，有无尽的想说的话。过程中，周国辉问得认真、听得专注，详详细细地了解了我的身体、生活和工作等方方面面的情况，满脸关切。对需要解决的问题，则是现场办公，一言一行都是关爱。

在其他厅领导办公室，我受到了同样的礼遇，收到了发自内心的祝福、鼓励。这些关心、爱护和帮助，于我，是生命的厚赐。

在那曲，那些艰苦且孤独的日子里，每一秒都觉得很漫长。在厅里，每一刻，都觉得太过短暂。在姚礼敏主任办公室里待的时间最长，说到无话可说，最后就是沉默，觉得每一分每一秒都是自己想要的，觉得安心。

在电梯里，在走廊里，在厅里的每一个角落，每见到一个领导或同事，对方脸上都满是惊讶、惊喜，这是内心语言最直接的呈现。到了吃饭时间，办公室的同事争相过来邀请，尽管是按规定吃自助，但体味的却是一个团队的温暖与温馨。这一餐，胜过一切山珍海味。

在厅里工作，与大家朝夕相伴时，都一心扑在各自的工作上，彼此并没有太多的语言的交流，经日月积累，友谊聚沙成塔，成就了彼此生命中的最美、最珍贵、最难忘。一句问候，一个拥抱，都值得用一生的时光，细细品味。

这是融入血脉的情感。下午在曾经的办公室坐了良久，不舍得离开。有个别的处室的同事听说我回来，特地过来看望，有的同事手里拿着文件，来去匆忙，但就是数秒，都是令人感动的瞬间。

爱，是这个世界上最美的风景。感恩岁月，让我遇上最好的领导、最情义的兄长、最美的同事。且将这份深情厚爱一一铭记，感念前行。

作于 2016 年 8 月 23 日

科技援藏，有个坚实的大后方

在夏无酷暑的西藏，有些人、有些事总能让人在清寒中滋生出别样的温暖。

9 月 12 日，第四次全国科技援藏工作座谈会在拉萨召开。

会议期间，我很开心地见到了科技厅副厅长章一文和厅成果处处长陈龙根，千里之外相见，如见亲人，内心的感受无言以表。

更令人感动的是，章一文正患着感冒，吃着药，依然前来参会。此病虽小，但稍有不慎会危及生命，这小病，当地人都如临大敌。

对口支援西藏，是党中央推动西藏跨越式发展和长治久安的重要举措，所以会议层次和规模极高。全国政协副主席、科技部部长万钢、西藏自治区党委书记吴英杰等领导出席会议并讲话。科技部党组成员、副部长李萌，科技部相关司负责人，来自全国27 个省（自治区、直辖市）的科技主管部门，以及部分科研院所、高校和企业界的代表参加了会议。

科技无国界，更无地域之分。地处创新高地的省份，理应发挥示范引领、辐射帮带作用，不断探索科技合作新方法，寻求资源共享新途径，推动西藏科技创新能力实现新的提升。

近年来，中央先后制定了一系列特殊政策和措施，帮助和扶持西藏经济社会快速发展。浙江对口支援那曲地区，对于这项工作，更是责无旁贷。浙江省科技厅按照省委、省政府统一部署，结合那曲地区资源禀赋和科技发展需求，累计实施多玛绵羊选育、蔬菜大棚科技示范、天然草原生态监测及放牧试验研究等项目 8 个，投入资金 900 余万元，培育了一批具有当地特色的优势产业，深受当地政府和广大牧民群众的欢迎。

在各对口援建省市与西藏各地市分组对接会上，章一文指出，将根据科技部等六部门制定的《"十三五"科技援藏规划》（征求意见稿）要求，充分发挥厅派援干部的主观能动性，在提升援助经费资助力度、共建科技成果转移转化大平台、着力抓好援藏项目、加强科技人员培训等方面，持续加大对那曲地区的科技援助力度，确保有限目标，重点突破，问题导向，精准受理；不断推进那曲地区经济发展，更好地发挥科技创新对那曲跨越式的发展和改善民生的支撑引领作用。

那曲地区不仅空气稀薄，科技工作同样基础差、底子薄，发展滞后。援藏以来，我真心想为当地科技创新做些事情，希望改善现状。但深知力薄，所有工作都离不开强大的后方支持。听此讲话，如同吃了一颗定心丸。

作于 2016 年 9 月 13 日

双手脱皮之后的故事及启示

双手脱皮后，竟然引出很多可笑又令人无限温暖的故事，选择记下，希望留在记忆里，让温暖延续一生。

仔细回忆，双手是从 2016 年 8 月 25 开始脱皮的。

脱皮先从右手开始，刚开始右手的中指脱了小米粒大小的皮，并没当回事，用左手一撕，竟然掉了一大片，里面的新生肉红红的，婴儿般娇嫩，只是并不可爱，甚是丑陋。

第二天，右手的无名指也脱了小米粒大小的皮。不想让它面世，也不敢再撕了。但后来，它也不问受不受欢迎，也不管我情不情愿，脱皮开始以不可阻挡的势头向四周蔓延。好吧，它们是怕中指太寂寞，来陪它的兄弟了。

再后来，右手各个手指都出现了类似的症状。五虎兄弟、多胞胎，怕我在雪域高原太寂寞了，年轻的节奏从手开始……我只能这样往好的地方想象和安慰自己了！

可能是它担心不对称影响美感。紧接着左手也开始脱皮。随后两手的白皮越来越多，不撕更丑陋。兵来将挡，水来土掩。于是我狠下心来，大开杀戒，撕掉了所有能撕的皮。但狠招并不一定很管用，脱皮依旧不断地拓展着它的势力范围。

之前也曾有过脱皮的经历，但面积没超过指甲盖大小，从未有过燎原之势。这次还真的有些紧张了，正好遇上来藏公干的浙大的周鑫雨老师，她很认真仔细地看了我的双手，说可能是手癣，随后从百度上搜出一段话，说严重的会影响内部器官，再从网上推荐的一大堆药名中，指着某种药对我说"这或许可以根治"。好孩子对老师的话从来深信不疑，于是买来每天擦拭。但脱皮毫不收敛，版图越扩越大，并延伸到了手掌上，不经意望去，极像一幅藏宝图。只可惜，我一直以来对金钱没什么概念，更无过多欲望，决定就医，根除它。但那曲医疗条件极其不善，心想着强大的朋友圈能否解决问题，于是故事来了！

求助发出后，收到 3 个赞。我一下子懵了，这样的内容还来点赞，到底是几个意思呢？经询，不外乎这几种情况，一是看到发出的动态，下意识点赞，刷下存在感，表明还没取消对你的关注，这属点赞党。在信息爆炸的时代，这已经很不容易了，先谢过。二是表明我看过微信了，但无能为力。知之为知之，不知为不知，不做庸医，这也值得点赞。三是以前有过类似的脱皮，来幸灾乐祸了。没办法，高原缺氧，影响思考，我实在找不出其他点赞的理由了。

所幸，还收到 73 条回复。先尴尬一下！这在 1046 名微友中，比例是极低的。这也无非三种情况：一是你在对方的生命里，不重要，取消对你的关注了；二是工作太忙，无暇顾及，有些痛不在自己身上，是无法感同身受的，可以理解；三是不留痕迹型的，新时代的隐形人！

悲催的是，73 条评论里面，有 17 条是调侃我的。有的说"破茧成蝶啊"，有的说"摸了不该摸的地方了"，有的说"不碍事，不影响你继续帅。保护好脸就行，不影响颜值"。厅传播中心葛晨说，调侃，是因为大家喜欢你，不喜欢也就不调侃你了。仔细查看调侃我的，还真是平时关系极好的朋友，看来我真的是天生愚钝，不点不通！

评论中还有 9 条是探讨型的。有的说"应该是缺什么维生素了吧"，有的说"太干了吧，用点高原护肤霜试试看"，有的说

"会不会是受季节、水土的影响？ 过些日子说不定会自愈"，等等。

余下 47 条是关切型的。 有的要从千里之外给我寄最好的护手霜，有的寻来偏方说明天寄来，有的发来数百字的文字介绍方法，有的说从境外给我买药和护肤品，有的以身说法介绍医治过程，有的连发数条注意事项……着实感动！

为便于大家今后借鉴，梳理出几种最靠谱的方法：丽水市科技局副局长吕璞琪之前是医生，据她说这属高原反应所致，皮肤末梢缺氧，搽润肤剂、维生素 E 乳之类的可起保护作用，并建议没事时多躺躺，相对来说这对整个身体有好处。 若有氧吸，间断吸氧，可以很好地保护身体。 桐庐县科技局周华新说，可以吃点复合维生素 B 片和维生素 C 片，外用俞裂霜涂抹。 其间多饮水，多吃含维生素多的新鲜水果蔬菜，不要吃辛辣刺激性的食物。 另：将手洗干净，待稍干后，将维生素 C 注射液倒入手掌内，然后双掌将药液擦匀，待药液干后发白时洗掉。 每日两次，每次两毫升。 我当兵时的战友封艳用切身体会介绍说，用白醋＋蒜泥每天坚持泡 20 分钟，泡完用点油性强的护手霜，坚持半个月就可以治愈。 好友黄君兴在南方开护肤品和婴儿用品的工厂，厂里有化妆品、护肤品配方工程师，经综合分析后，指导说保湿剂就管用。

从今天开始，当只小白鼠，一个方法一个方法试过去。 久病成医，以后大家有类似的症状找我咨询就好了！

作于 2016 年 9 月 14 日

细微之处见真情

人的一生中，温暖或疼痛都是要刻入记忆的。

2016 年 9 月 20 日，于我便是一个一生难忘的日子。

胃痛、胃胀其实早有症状，但没想到发作时会影响到心脏，没想到会来得这么凶猛。

我清楚地记得，第一次胃痛发生在 9 月 7 日。傍晚时分，胃部突然抽痛了起来。但时间持续得并不长，几分钟后就恢复如常了。过了几天，类似的症状又出现过一次。第三次发作是在深夜，痛醒了，抽痛过后，肚子胀胀的，后来一夜未眠。但我还是固执地认为应该是胃部缺氧所致，是高原反应在作怪。

9 月 11 日，赴拉萨参加全国第四次援藏工作会议期间胃痛又发作过一次，这次我才重视起来，但没去医院，因为拉萨和那曲的医疗条件和水平均相对落后，我去药店买了胃药，连吃数日，每次吃药心里都在默念"药到病除"。听说在西藏心里暗示是很重要的，祈望是能够奏效的，希望能支撑到春节放假回杭州医治。

或许胃对我轻视的态度颇为不满，开始反弹性地报复。9 月 20 日午饭前，先是疼痛了一会。饭后 2 小时左右，开始胃胀，小肚上部如鼓起的气球，圆滚滚的，有一种弹指即破的架势。随后是绞痛，过了一会，疼痛上移，心脏也开始剧烈地绞痛起来。我匆忙用牙齿咬开丹参滴丸，吃了数粒，并未缓解，疼得满脸冒汗，意识也开始模糊，几欲昏厥。

我给局办公室主任张鹏打了电话，我的情况引起了全局的重视。罗布次仁副调研员很快驱车将我送到医院，此时桑珠书记、多吉局长已经先一步赶到医院协调院长、专家出面会诊，并安排了4名同志夜里轮流护理。

医院非常重视，院长、副院长、辽宁援藏的医疗专家全部出动做了会诊，并安排我住进了干部病房。连挂数瓶药水，一直到凌晨3点才结束，胃痛引发的低烧退了，但胃部还胀着，我几乎一夜没睡！

陈澄指挥长在外地出差，打来电话关切地询问病情。他出差回来后赶到医院探望。当夜，浙江援藏指挥部数十位兄弟，满满地坐了两台车前来医院探望。翌日一早，李旭东、尤有权送来早餐，后面又来了2批兄弟。最令人感动的是，姚乐兄弟是从指挥部步行数千米，走着过来的。有些来不了的兄弟也纷纷发来微信，询问病情，字里行间都是关爱。这，就是我的援藏兄弟！

中午时分又有了低烧，胃又开始隐隐地疼痛起来。检查出的结果很严重。9月21日，我随那曲地区发改委的车子前往拉萨医治。

细微之处见真情。孤独的人生旅程中，这些关爱会暖暖地陪伴生命，并借以温暖一生。

作于2016年9月21日

我的援藏兄弟

这是我一直想写但又不敢轻易下笔的文章。 援藏时日里，浙江 55 名援藏兄弟用血肉之躯对抗恶劣的高原环境，用文字真的难以完整地表述和真实地呈现。

2016 年 7 月 20 日，援藏启程之日，这是我们援藏兄弟用尽一生时光，都无法从记忆里淡忘的日子。 晨，登车，前往杭州萧山国际机场。 因为彼此不熟，一路上大家脸色庄重，大多沉默着。 或许他们和我一样，内心充满了对未来生活的期待与茫然，对雪域高原的向往与敬畏。 登机前，大家挥手与送行的领导及亲友道别。 我看见湖州经济开发区援藏干部金卫亮在与妻子和幼小的双胞胎儿子挥手之后流下了眼泪。 这是一个男人的泪水，流下的是全体援藏兄弟离别亲人的不舍和对家庭责任缺失的愧疚。

在拉萨调整身体的三天四夜里，省公安厅援藏干部殷克华和我住一个房间，他对祖国的边疆建设一直怀有深厚的感情，2002年至 2005 年曾援助新疆和田地区，为提升当地公安刑侦技术做出了重要贡献。 此次赴藏，他的妻子患癌刚做完手术，在正需要陪伴的时刻，他服从组织安排，二话没说，踏进了这片雪域高原。进那曲后，我和克华又很有缘分地住彼此隔壁。 每天下班回公寓，我总见到他把那曲公安处当天没做完的工作带回来做，总见到他挑灯夜战编辑《浙江援藏工作简报》。 这位憨厚朴实的兄弟，平日话语不多，但我知道他的心里有着无法言说的苦衷。在亲情和奉献面前，在小家与大家的抉择当口，我们的援藏兄弟都毫不犹豫地选择了后者。杭州医学院姚乐的妻子身怀六甲，即将临盆，仍然奋战在工作岗位上……在雪域高原，兄弟们一直将亲情小心地珍藏在心灵最脆弱的一隅，以坚强的意志、实干的精神迎接恶劣环境的挑战，凭坚定的信念、务实的作风在羌塘高原树起了浙江援藏干部的精神丰碑。

程浩，金华市工商联援藏干部。7月24日，从拉萨启程赴那曲，我们相邻而坐，一路从海拔3600米逐步向海拔4500米攀升，车上的援友纷纷吸氧，他一口氧没吸，一脸坚毅的表情，如他坚毅的内心。浙江广电集团凌佳豪身体瘦弱，初进那曲时高原反应强烈，每天心跳都在每分钟130下左右，但援友们的无线电视或无线网络只要出现问题，他都会主动上门服务。省委办公厅援藏干部吴斌峰、省人社厅援藏干部杜震宇除了完成单位工作外，还要负责繁杂的援藏干部的生活保障和管理工作。援藏的岁月里，大家在收获成绩的同时，更收获了亲密无间、患难与共的友谊，同力协契、众心如城的团结。

从踏上高原之时起，浙江55名援藏干部人才视那曲为第二故乡，视藏族同胞为自己的亲人，视群众需要为最强的号令，全力以赴投入援藏工作。省司法厅援藏干部徐耀雪进那曲第三天，便结合援藏总体思路和那曲地区实际，提出了较为成熟的援藏工作方案；省教育厅援藏干部周晓东牵头组织"组团式"教育援藏工作经验并在《浙江日报》刊发；安吉县中医院援藏干部李旭东，在医疗条件相当落后的情况下，凭借过硬的技术，让患有严重白内障的扫布老太太重见了光明；援藏干部汤建新、余建平、易健敏进那曲后很快融入单位，风里来雨里去，晒得满脸黝黑，很多人初见他们都误以为是藏族小伙。随着浙江省科技大市场那曲地区分市场建设项目、藏药秘方甘露清血散标准化研究项目、太阳能路灯项目的获批，蔬菜大棚建设的立项，嘉黎县初级中学科技馆的开馆，浙江省农科院专家参与共同研究高原地区黄蘑菇种植技术……那曲地区科技局在最短的时间内收获了丰硕的援藏果实。很多时候，生活的价值不在于你得到了什么，而在于你的牺牲和付出得到了认可。用省发改委援藏干部俞奉庆的话说，如果三年后，那曲变得更美好了，那曲群众更有"获得感"了，我们辛苦的付出便是最幸福的获得。

"艰苦不怕吃苦，缺氧不缺精神"，这是写在那曲浙江公寓墙上的大字，也是援藏干部人才身体力行的铿锵誓言。省住建厅援藏干部沙洋因高原反应，患上肠梗塞，短暂休整后便一心扑在工作上，双唇脱水起血泡，结了一层厚厚的痂，硬是咬着牙坚持上班，没叫过一声"苦"；东阳市公路管理局援藏干部王国南到受援单位报到后，迅速转变角色，投入工作中去，直到忙得累倒在工作岗位上；孙国强是援藏队伍中年龄最小的一个，到那曲地区水利局报到后，用了近 20 天的时间，翻山越岭，行车 8000 余千米，第一个跑遍了面积相当于 4 个浙江省大的那曲地区的 11 个县，向我借的进口车载制氧机一路颠得面目全非，用了 2 个多月，前后修了 3 次才修好。"哪里有需要就去哪里，我会尽最大的努力，用自己的专业知识服务那曲人民。"这是孙国强的决心，更是全体援藏兄弟的心声！

浙江第 8 批援藏干部人才支援那曲的有力行动每天都在精彩上演。国家的需要，组织的号召，就是 55 名援藏兄弟戮力前行的动力，但未来的道路依旧任重道远。指挥长陈澄介绍，根据"十三五"规划，浙江将投入 18 亿元用于支援那曲地区建设，这三年中，将有 10 亿元投入那曲对口援建中。新一批援藏干部不仅要利用好资源优势，争取更多援建资金项目，还要从"输血"向"造血"转变，提高那曲地区自身"造血"功能。

很多时候，生命里同行的人，比想要抵达的目标更重要。我相信，若干年以后，这段艰苦岁月里所积累的感情，每一个生命在雪域高原所散发出的光芒，将会是每一名援藏兄弟生命里最为珍贵的回忆！

作于 2016 年 9 月 29 日

我的援藏兄弟（二）

冬日萧瑟，满城都是离别的风声。

今天，浙江省援藏人才结束一年半的援藏任务，离开那曲，返回浙江各自工作岗位。

那曲，是西藏自治区工作生活条件最艰苦的地方。经历的400多个日日夜夜，对每一名援藏人才来说，是一段刻骨铭心、弥足珍贵的回忆。

浙江省水利水电勘测设计院工程院项目经理孙国强说，那曲地区作为中国乃至世界上海拔最高的行政区，自然环境之恶劣，工作条件之艰苦是没有来过那曲的人无法想象的。因为工作的需要，我跑遍了那曲地区11个县，难以入眠的体会和身体承受的负荷一生难忘。回头看看，各项业务工作都能圆满顺利地完成，真是接近于奇迹一般的成就。

为了更好地完成援藏任务，平日里援藏人才都将氧气管放在房间床头，喘不过气时就吸上几口，头疼时就吃芬必得止疼，失眠就吃艾司唑仑帮助入睡。安吉县中医院眼科副主任医师李旭东说，经历恶劣环境的考验，他恐惧过，也饱受思念家人的煎熬，但身为男儿，既然做出了选择就别无后悔可言。这番话，其实是每名援藏人才的心声！

在各自经历的无常中，援藏人才都怀着一颗纯澈的初心，以超越平常的付出，迎接各种挑战，实现了超越世俗的伟大。初入藏，李旭东一边吸氧一边做手术，凭着精湛的医术，成功地为塔宗女士实施了复杂性白内障手术；杭州、嘉兴援藏医生李华丰、戈康杰，在一次手术断电的情况下，请人用4只手机打光，完成了一场险象环生的手术；温州、台州援藏小组胡昌辉、张归帆，在3个小时的手术过程中，4次断电，借助手电筒、器械、钢板，完成了嘉黎县历史上第一台骨科骨折手术。那曲地委委员曹永寿说，这一批援藏人才让他感动，他们把心放在了西藏，把西藏当成了家乡，把那曲的同事当成了战友，把那曲的工作当成了战场。伏下身子踏实地干，为那曲地区发展做出了贡献。

在用信念支撑的世界中，心怀希望地行走，总会获得想要的东西。景宁县疾控中心副主任陈晓耕安排开展的食物中毒应急演练打破了那曲地区食品药品监督管理史上的零纪录。海宁市中医院的外科医生李华丰首次建立了"海宁—那曲远程医疗会诊平台"，先期尝试心电图的远程会诊＋微信群平台的病例会诊，解决了那曲县人民医院缺乏专业心电图诊断医师的困境，并极大地提高了诊断的准确率。援助比如县的胸外科医生王海勇和麻醉医生郭创不仅治病救人，而且积极向当地医生传授先进的医疗经验，有效提升了当地的医疗水平。衢州市中医院办公室主任余大鹏在那曲地区藏医院三级乙等评审遇上瓶颈之时，主动请缨，放弃休息时间，指导和培训医院各个职能部门开展各项创建工作。在他夜以继日的指导下，医院的医疗服务、医疗质量、护理水平等均得到明显提升，三级乙等民族医院顺利获批。

冬天的那曲异常寒冷，但援藏人才热情依旧、干劲不减，纷纷以实际行动履行了站好最后一班岗的誓言。岱山县第一人民医院检验科医生费信海，将自己从业30多年的医疗经验总结制作成课件，作为临别礼物赠给了那曲地区妇幼保健院。在此基础上，费信海还积极组织医护人员，跨过大半个中国到岱山进修学习，变"输血"为"造血"。余大鹏在其他援藏人才都乘车离开那曲的情况下，仍坚持扑在工作岗位上，组织科室成员学习 CT 操作技能，重新设置了各项 CT 检查参数，开展了多项 CT 检查的新技术新项目，利用"互联网＋"技术及其他地区医院的医疗资源，为藏医院搭建影像诊断平台，解决后期疑难病例的会诊问题。 这样一种坚持，不仅仅是因为使命，更多是因为责任；援藏尾期，陈晓耕牵线搭桥促成多次两地食药监基层干部的交流学习，启程回家时，那曲食药局全体干部职工热烈欢送，西藏那曲地区食品药品监督管理局局长索朗央金还特地把他送回了家乡景宁县。 这是最贴心的感情，最真实的感动。

从经济学的角度讲，人都有利己之心。 但这份真心的付出、真挚的感情远远不能用边际效用的价值尺度考量。 在生命禁区，所有人才心脏反流，记忆力衰退，头发锐减或变白，各种疾病接踵而来。 李旭东说，他的体重从 76 千克降到 69 千克，一头密发已变成半秃，很多援友比他还糟，已从一头黑发变成满头白发。 时间从来不语，但这份付出与牺牲、忠诚与担当、业绩与美誉，值得铭记。

马斯洛将人的需求划分为 5 个层次，一般人的兴趣点只在于下面 3 层的生存、安全和归属。 但援藏人才的人生层次和生命价值已经到达上面两层：尊重和自我实现。 他们所流下的汗水与泪水，都会沉淀在年华深处，历久弥香。

作于 2017 年 12 月 6 日

为智力援藏搭桥

我一直觉得，地域经济差异虽受自然条件、经济政策、人口与产业结构水平等诸多因素影响，但真正的隔阂，是人的知识结构、发展意识和思维方式。这才是最重要的沟壑。所以，这条沟壑的弥合，对于推动一个地区经济发展的意义之重大毋庸讳言。

时空的宏大架构里，智力的培育、思想的力量、思维的迸发，会使一个人产生持久的生命力，而众人智慧的叠加，则会让一个社会变得更加美好。因此，对口支援西藏建设，智力援藏尤为重要，它可以很好地灌输知识、启发思维、触发悟性，让混沌的头颅透彻通亮，让我们的生活富有生机，让社会经济蓬勃发展。

所谓智力援藏，是国家在新时期西藏发展进程中，针对西藏人才和技术需要而实施的一项举措，是推进西藏建设最坚固实用的方式，也是最绵延持久的力量。浙江省上上下下对智力援藏工作都高度重视。2016 年 11 月 2 日，受厅党组书记、厅长周国辉指派，就智力援藏工作衔接一事，我拜见了西藏自治区科技厅赤来旺杰厅长。

周国辉是在参加中央党校科创研讨班期间给我布置任务的，本是为关心我，说西藏自治区政府党组副书记孟德利届时会去那曲看我。他们在交谈中，孟德利提出结合西藏独特自然禀赋，把浙江高校科研人才柔性引进西藏，促进双赢发展。周国辉是一个心里时刻装着工作的人。他认为将西藏独特的资源优势和浙江高校的学科优势结合，是条路子，便让我牵头协调此项工作。

受领任务时，我正组织那曲地区和各县相关人员参加科技和科普工作培训，这也是智力援藏工作中的一项重要内容。培训工作一结束，我便赴拉萨对接智力援藏工作。到自治区科技厅里时，赤来旺杰厅长正在参加党委中心组理论学习，经微信联系，说翌日又是一天的高评委会，只能抽时间见一面。

11月2日，我一大早便来到科技厅，等着赤来旺杰安排时间会面。这已经是我第二次来厅里，等待的时间虽为漫长，但并不觉得枯燥难熬。当一个人觉得所从事的工作，是一项有意义的事业时，这样的时光便是充盈的，值得用生命去钟爱和托付。

话题扯远点吧。小的时候，我常常仰望星空，立志做一名科学家，父亲见我痴迷科学，差点为我改名"风科"，我的辈分是"风"字辈，所改的名字虽带有"科"，但并不能诠释志向，还不如现在的名字好，便没同意。长大后，虽参军献身国防，但一直未忘初心。从军队转业时，省委组织部领导在我的简历上签字同意接收，省委宣传部、省地税局等单位主动联系我，希望我去。当省科技厅伸出橄榄枝时，我内心极为复杂，毕竟这是我年少不可得之志。去厅里面谈的当天，一进厅，我对办公大楼便有天然的亲近感，这或许就是里尔克所说的灵魂相近的相互辨认吧！所接触到的领导和同事，都觉得特别亲近，都有犹如亲人一般的感觉。那一刻我就在心里认定，他们是我人生的同行者，这是我的缘分所在。我做出的选择，尽管令家里人匪夷所思，但至少弥补了我生命的缺憾。

当不成科学家，能为科技工作奉献余生也是人生之大幸。如果能促成浙藏两地科技合作，更是一件功在当代、利在千秋的大事。等待的过程中，我心里是满满的憧憬。

10 时 30 分许，赤来旺杰发来短信，确定了见面时间。 12 时 30 分见到他并共进午餐。 饭间，我汇报了浙江科技援藏所做的工作，就下步智力援藏工作提出相关设想。 饭后，我们边走边聊，确立了两种智力援藏方式，时间不长，但过程依旧亲切、温馨、难忘。

援藏工作期间，我有一个深切的体会，虽然我们在前方战斗，但背后有一个强大的后方在鼎力支持。 我很荣幸能在其间牵线搭桥，助藏科技创新发展。 这是我的使命。 某些愿望，坚持终将美好，未来自当辽阔。

作于 2016 年 11 月 2 日

祝我生日快乐

今天是农历十月十三日，我的生日。读书时常写关于生日的作文，时至今日，在距家千里之外的那曲，提笔再写，心境完全不同。

小时候过生日，日子再窘迫，爸妈也会准备上一顿丰盛的晚餐，一家人像过年一样开心；在军营里，部队每月都会组织当月出生的战友过集体生日，热闹异常；到省科技厅上班后，生日的当天，会收到厅长祝福的贺卡，收到人事部门精心准备的礼物，还会收到厅微信群里无数的祝福，无限温暖；和妻女过生日，幸福更是不言而喻，无言以表。

这是我援藏后的第一个生日。虽是晴天，但污染严重，天灰蒙蒙的，一如心情。偌大的公寓空落落的，援友们要么回浙江公干，要么回杭州休假了。整个公寓静悄悄的，就如经过一场盛大狂欢之后长长的寂寥。同学和援友群倒是热闹，一早姚清华老师要给我寄补品，后来吕清明老师和师娘、同学们及援友的祝福纷至沓来。我是一个记恩的人，遥远的异乡，每一句祝福都是一份温暖，都足以珍藏。晚上人虽少，但生日还是要过的。尤有权买来蛋糕，烧饭的龙哥龙嫂准备了丰盛的晚餐，大家欢聚一桌如家人。点上蜡烛，许愿希望全体援友身体健康，全数凯旋。

在许愿的同时，内心的愧疚也油然而生。

昨天是我女儿的生日，我见公寓里没几个人了，没好意思请假。 家庭的欢宴上少了一份父亲的祝福与礼物，少了一份欢声笑语，少了几年的父爱陪伴，是为愧疚。

前几日，厅里催我回去协调科技成果秋季拍卖的宣传事宜。我用了 2 天时间在电话里联系了新闻媒体，敲定了具体细节，仍没好意思开口向指挥部请假，实在抱歉。

今天也是我研究生班毕业典礼的日子，从 7 月毕业之后，班委就在准备这场盛大的告别仪式。 这三年来，学校给了我知识，给了我"优秀学员"的荣誉，师生、同学之间也积下了深厚的感情。 同学们数次催我回去参加仪式，我依旧没开口请假。 合影中少了一个人，留下了一个不完美的结局。 是为遗憾！

这个日子，更让我感激一生和愧对一世的是我的母亲。 她值得以最好的爱去回报，而我给她的却是日复一日的等待与思念。远在那曲，对她的牵念与日俱增，生日的今天，让情感化为诗行，化为我一生的能量：

我的生日,是若干年前生命降临于世的日子
生日的今天,必须感恩父母
感恩赋予生命和养育之恩
感恩成长岁月里的鞭策和斥责
感恩父母用汗水滋养的土地
甚至感恩困顿的生活
思源之时,必须铭记母亲的疼痛
铭记艰难,铭记初心
铭记爱,铭记温暖
祝我生日快乐
祝福,种子般唤醒摇篮里的歌谣
以及,播种在生命中的希望
这些,是力量的储备

是不屈的意志
是炽烈的血液
是坚实的大地和悠远的天空
是不竭的收获和一生的荣耀
必须感恩，这样才能更好地行走

作于 2016 年 11 月 12 日

秋季科技成果拍卖花絮

11 月 27 日，于浙江省科技厅而言，是个值得庆祝的大日子。于我而言，虽尚在援藏，但能为第十届中国产学研合作创新大会暨 2016 年中国浙江网上技术市场活动周的宣传工作尽绵薄之力，同样开心，也希望能在我生命的轨迹里留下印记。

11 月 4 日，在那曲时，接到厅办公室副主任吴晓巍微信，说领导对活动的前期宣传方案不是太满意，希望我回来帮忙筹划宣传事宜。因为与援藏的工作任务有冲突，没法请假，我用了 2 天时间电话联系了全国和省级相关媒体，敲定具体宣传内容，帮助调整了原有的宣传计划。

忙完年前的援藏工作，正好赶上第十届中国产学研合作创新大会暨 2016 年中国浙江网上技术市场活动周开幕式，是在省人民大会堂召开的。早上来到会议的签到处，见到各方媒体的兄弟姐妹们，大家都激动不已，久违的开心洋溢在脸上，这是发自内心的真情实感。

感谢《浙江日报》的好朋友陈樱之出面找领导协调活动当天会议上的评论文章。而在此之前，我和她还是战争双方一样的状态，还为在线直播、版面、刊出时间等一系列的问题争得面红耳赤。同浙江卫视《今日评说》栏目的协调同样过程曲折，本早已经敲定相关事宜，但中途沟通出现问题，于是我动用了老感情，厚着脸皮连打数次电话，让卫视领导亲自布置了任务。浙江经视蒋盈盈是我很铁的哥们级的朋友，只一个电话，她在拍卖活动前期连续数天帮忙宣传造势，并派记者和主持人参与了后面的专题宣传。

这次活动规格极高。全国人大常委会原副委员长、中国产学研合作促进会会长路甬祥，浙江省委副书记、代省长车俊赴会致辞。中国科协党组成员、书记处书记项昌乐，浙江省领导毛光烈、冯飞等参加会议。科技部党组成员、副部长黄卫在活动开幕式上宣布，浙江省正式获批建设全国首个全省域国家科技成果转移转化示范区。

这次活动成果丰硕。下午，2016 年浙江省秋季科技成果竞价（拍卖）会在浙江科技大市场成功举办，此次秋季拍卖会是自 2012 年浙江省探索科技成果竞价（拍卖）以来举办的第八届全省性竞拍活动，也是历年来成交项目数最高的竞拍会。本次拍卖会公告的科技成果涉及信息、装备制造、节能环保、农牧渔及加工制造、大健康、新材料等多个技术领域，属于浙江省确立的七大万亿产业的科技成果占总数的 70% 以上。秋拍共有 172 个科技成果竞价项目成交，总起拍价 1.84 亿元，成交金额 2.72 亿元，总溢价率为 48%。

浙江省深入实施创新驱动发展战略，稳步推进科技大市场建设，逐渐形成线上线下融合的技术交易平台，成为突破时空限制、覆盖全省、辐射全国的科技成果交易中心，为全国科技成果转移转化工作提供了鲜活的浙江经验。当前，浙江科技大市场那曲地区分市场正投入建设，希望来年也能红红火火。

活动结束时，我想邀请中新社等媒体的朋友庆祝一下，江耘和陈樱之等都拒绝了，说我让他们第二天整版见报，码字的时间都很紧张了。情先记着。

作于 2016 年 11 月 27 日

获得"优秀公务员"荣誉感言

在 2016 年接近尾声之际，我很荣幸地被评为"那曲地区优秀公务员""那曲地区科技局优秀公务员"。

这两项荣誉，是经全局投票评选，局党组研究给予的奖励，是对我援藏工作的肯定，是书记、局长和同志们对我的付出的褒奖。

此等殊荣，较之以往获得的 1 次二等军功，4 次三等军功，18 次全国、全军、军区级一等奖，全省"万名好党员"，省直机关优秀共产党员，中央党校"优秀学员"，厅优秀公务员，等等众多荣誉，虽奖项等级不高，但值得用一生去珍惜和记忆。

生活常常会以某种特定的物质，昭示着我们走过的人生旅程。这两份荣誉，标示着 2016 年每一份付出的努力，每一段经历的苦难，是生命里刻骨铭心的一份存在。

雪域高原，冗长的援藏岁月里，所经历的苦难是难忘的。在那曲，没有生命所需要的充足的氧气，低压无时无刻不摧残着健康的身体。恶劣的自然环境，是长期在平原地区生活和工作的人根本无法想象的。

世上没有绝望的处境，只有对处境绝望的人。我患着感冒进高原，顶着胃痛干工作，在较短时间内融入了西藏，适应了集体，进入了角色。当局里生活和办公条件得到改善，干部职工露出会心微笑的时候，我感受到了存在的价值；当嘉黎县的孩子们用上先进的科学设备，开心雀跃的时候，我收获到了付出的喜悦；当浙藏两地科研人员结对，科研课题逐步得到推进的时候，我找到了援藏的意义；当藏药秘方甘露血散标准化研究等一个个项目获批，当援藏的一笔笔资金到位，当太阳能路灯等一项项建设完工时，虽然一路疲惫，但我领略到了不一样的惊喜。 陀思妥耶夫斯基曾说：我只担心一件事，我怕我配不上自己所受的苦难。 而我的这一份份收获，是在苦难中盛开的花朵。

这不是我一个人的战争。

看奥斯卡颁奖，获奖人总会说上一些感谢的话。 的确，人的一切所得，除自身努力外，还有外界所给予的机会、培养和帮助等。 生命是需要感恩的。 这一年，感恩浙江省科技厅党组对我悉心的培养和全力支持，感谢那曲地区科技局书记、局长和机关同志对我工作和生活上无微不至的关爱和帮助，感激生命中遇上的每一位朋友、每一声问候、每一份温暖，我的世界因为你们的存在才更加精彩。

人生之路，总有许多沟坎需要跨越；生活之味，总有许多咸涩需要品尝。 在那曲，人生是一场苦役，但我不会停下追求生命意义的脚步。 爱因斯坦说，雄心壮志或单纯的责任感不会产生任何真正有价值的东西，只有对人类和对客观事物的热爱与献身精神，才能产生真正有价值的东西。 我与那曲是有缘分的，我热爱这片土地，热爱这里的同胞。 这样一种缘于骨子里的真情，会驱使我始终以积极的态度、满腔的热爱，全心投身那曲科技创新事业，给岁月以最好的交代。

人生一世，有成功与失败，有盛衰与荣辱，但意义在于过程，奋斗过的人生无悔，付出过的努力无憾。 我所做的工作，所流的汗水，不是为了换取荣誉，我只想做最好的自己，只想体验一个更大的世界。

作于 2016 年 12 月 27 日

休假，与牙齿的一场战争

至今日，我与牙齿的长达 1 个多月的拉锯式战争暂告一个段落。

援藏期间，曾有援友牙痛，专程请假回杭州医治。是从那时起，我才知道高原反应会殃及牙齿。

高原反应是一个科学的、付诸生理指标的现象。听医生讲，高原反应会直接影响心脏和肺部，间接地，躯体会在漫长的砥砺中受到各类器质性损伤。这次休假，同赴那曲的援友虽经 1 个多月时间的调整，但仍有各种不适，有的身体抵抗力下降，感冒长时间不好；有的胃病发作，寻遍名医调理医治；有的胸口长期发闷，心脏三尖瓣血液反流；有的头发脱落，用尽各种方法都未奏效。几乎所有的援友体检指标都偏离了正常值！

我的感冒倒是很快就好了，但牙齿的疼痛是难以忍受的。所幸是在休假期内，不影响工作。

疼痛是从 2016 年 12 月初开始的。先是全口牙齿松动，根本无法咀嚼硬一点的食物，很长时间都靠流食度日。后来有 2 颗牙齿竟然脱落碎块。再后来，痛及神经。12 月 16 日，疼痛钻心，我忍无可忍之下赴口腔医院，开始了漫长的医治。

前后 1 个多月时间，先从洗牙开始，由表及里地洗了 2 次，洗掉了牙齿上所有的结石。随后，拔掉了一颗时时折磨我的牙齿。另一颗尚有拯救余地的牙齿抽掉了神经，做了根管治疗，并磨去了大部分，套上了假牙。先后 6 次，经历了 3 个医生，给口腔医院贡献了近 15000 元。每一场医治都刻骨铭心，令人难忘。疼痛，是多种的，牙齿的疼痛和更换史在我的肉体上保存了援藏的苦难与记忆。

电影《功夫熊猫》中有这样一句话："没有任何东西是偶然的。"此次身体所遭受的苦难，其实也是一种善意的提醒。听之前赴那曲援藏的援友讲，他同批有个援友，牙齿现在掉光了。听听倒也可怕，希望此次医治是及时的，否则真对不起医治期间所受的罪了！

作于 2017 年 1 月 22 日

春日里，给自己吹一曲强劲的号角

春天，是耕种的季节。 伴随着春的脚步，浙江省援藏干部人才按省援藏指挥部通知要求结束休假，3月2日全部到藏，开始新一轮的援藏工作。

年轮，于苍茫宇宙并没有特殊的意义，纪年而已。 而于我们援藏干部人才队伍，面对高原恶劣气候和环境的严峻考验，面对难以想象的困难和问题，每一刻都是对命运的挑战，每一事都值得载入生命的史册。

过去的日子，援藏兄弟们以"艰苦不怕吃苦，缺氧不缺精神"的那曲精神，同呼吸，共拼搏，齐奋进，谱写了一曲又一曲科技援藏、真情援藏、快乐援藏、平安援藏的英雄赞歌。 其间，有的同志患病仍坚守岗位，有的同志妻子患癌不能回去陪伴，有的同志亲人去世仍以工作为重……这是一段用激情、心血与忠诚打造的历史，这段历史记载着援藏干部的荣光与梦想。

生命是一场漫长的旅程。 修行途中，渐渐懂得，只有舍弃小溪的清流婉转，才能见到大江的烟波浩渺；只有舍弃小丘的玲珑俊秀，才能领略高山的巍峨伟岸。 浴火重生，总要有些人自断腕臂冲在前；凤凰涅槃，总要有些人自换新羽展翅先。 前些日子看《朗读者》，特别认同许渊冲先生所说的，生命不是你活了多少日子，而是你记住了多少日子。 自然界里，芸芸众生，各有各的生存方式和处世态度，我尊崇这样一种积极的生活态度。 在有限的生命里，我们真正该考虑的是如何让自己的人生走得更好，更值得记忆。

北风萧瑟白雪飞，号角连营声声催。 春季的西藏那曲，依旧白雪纷飞。 远离家乡和亲人，隔着距离的时光，也许在未来我们没法过上想要的生活。 有时候甚至不知道，在风雪中前行，人生的路可以走多长，在痛苦中磨砺，血肉之躯可以撑多久。 但我清楚地意识到，生活在给予我们苦难的同时，也赐予了我们坚强，努力地向前走就是对人生最好的姿态，相信所承担和坚持的时光，终会是我们喜爱的模样。 答案在时光里……

作于 2017 年 3 月 2 日

说说那曲科技局可喜的变化

自 2016 年 7 月进藏，大半年时间，我见证了科技局翻天覆地的变化。

刚到局里上班那会儿，觉得局里特朴素。局里的两层办公楼，外层用灰色涂料简单粉刷，楼顶因为漏雨包了层铁皮，雨天叮咚叮咚响，声音特别嘈杂。楼内办公室的门都不尽相同，有铁门，有木门，还有没上漆的简易门，颜色各异。办公室内，桌椅是破旧的，沙发是破旧的，书柜是破旧的，窗台也是破旧的，暖气管子、电线全部裸露在外面。整幢楼只有二楼有一个简易的厕所，具体我就不描述了，那时上班我都尽可能地不喝水。局里有辆车子，倒挡位是坏的，要倒挡只能靠有坡的地方滑行，还经常出故障，每次公出都是提心吊胆地乘坐。

刚来局里上班那会，谈及这些，桑珠书记、多吉局长一脸焦虑。从这份表情里，我见到了一份沉甸甸的责任与使命。

后来经多方努力，在西藏自治区科技厅、浙江省科技厅、那曲地委行署的大力支持下，建设项目和经费陆续到位。藏历新年后，局里变化焕然一新：院内新装了太阳能路灯，改建了办公楼门厅，楼内新建了洗手间；办公室全部换上了款式一样的新门，购置了新的桌椅、书柜、电脑等办公用品，木制的窗台掩盖了长年裸露的水管、电线；还添置了一辆新的越野车。更为可喜的是，局里新建了一幢二层楼高的阳光大棚，作为干部职工的食堂和休闲场所，结束了局里同志多年靠外卖为餐的尴尬局面。和干部职工在假山喷泉和绿色植被环绕的场地里用餐，他们洋溢在脸上的，是发自内心的笑容。这是我在雪域高原，见到的最美的风景。

只可惜，因为在高原，有些树木没有存活下来。但我相信，在上级和浙江省科技厅的力量支持下，所有的荒芜都将退去，绿意会蓬勃生长。

作于 2017 年 3 月 7 日

祝我身体健康

昨天在微信朋友圈发了一堆每天必吃的补品和药品，引来关切声一片，甚是感动。

这些药，有的是增强身体免疫力的，有的是增强心肌功能的，有的是保护肝脏的，有的是治疗胃病的，有的是预防高原反应的，有的是安眠药，都是每天非吃不可的药品。

在海拔 4500 多米的雪域高原，这是一件没有办法的事情！前些日子，援藏指挥部组织体检，所有人的指标都大幅度地偏离了正常值。其中一人因身体状况不佳，提前撤回浙江，离开了我们的援藏队伍。

其实，还有更多预备的药我没发图。那些里面，有泰诺等感冒药，有头孢拉定等消炎药，有复方对乙酰氨基酚片等止痛药，有布洛芬缓释胶囊等退烧药，有盐酸小檗碱片等肠道感染药，有枸橼酸莫沙必利片等胃药，有硫酸沙丁胺醇气雾剂等急救药，有地西泮片、乌灵胶囊、艾司唑仑片、阿普唑仑片、盐酸曲唑酮片等安眠药，还有眼药、高原药。在高原，有些疾病会突如其来，这些都是必备不可的药。有的急救药每天还得随身携带，关键时刻不仅可以救自己，还可以救别人。去年，援友费信海在火车上就用丹参滴丸及时拯救了一名旅客的生命。

第八批浙江援藏团队较之往批，管理最严。较之兄弟单位，援藏干部人才在藏率、在岗率最高。指挥部对大家生活上关怀备

第一辑 援藏岁月里的事

061

至，点点滴滴、方方面面都考虑得非常周全。 但恶劣的自然环境是客观存在的。 置身其间，谁也安慰不了谁，谁也救赎不了谁，很多疾病和意外无法避免。 昨天，西藏自治区组织部部长曾万明来浙江公寓看望慰问援藏干部人才时说，那曲是西部的西部、高原的高原、生命禁区的禁区，条件最艰苦、环境最恶劣。 他一再地叮嘱大家一定要保护自己的身体、爱惜自己的生命。 注意劳逸结合，确保身体健康、平安无事。

俄国思想家赫尔岑说："生活的终极目的就是生命本身。"岁月给了我们生活的过程，命运给了我们生存的机遇，需珍惜，如此才能扛起生存的职责、家庭的责任、工作的重担。 如果生命不能延续，生活中拥有的一切，终将烟消云散。 只有生命有所坚持，生活才会缤纷绚丽！

作于 2017 年 3 月 9 日

来自春天的收获

2017 年 3 月 27 日，那曲地区副专员杨冬升召集会议，听取各部门从自治区争取到的项目情况。 会上，我代表科技局就科技项目衔接做了汇报，得到认可。

从 3 月 20 日开始，我和多吉局长、罗布次仁副调研员、扎西科长相继拜访了西藏自治区科技厅和科协主要领导、各处室（部门）负责人、相关厅属单位负责人。 自治区科技厅赤来旺杰厅长先后 2 次接见了我们。 第一次，时间匆忙，但他仍十分关切地问起了我的身体状况，临别时诙谐地说："小伙子现在是满脸的高原红，但一定要注意身体。"温馨的话语，是渗透心灵的暖，更是闪烁在我生命中一生的缘。 第二次，赤来旺杰用了很长时间详细了解了那曲地区科技发展情况，认真分析了创新发展的瓶颈问题，着重指明了适合那曲地区发展的重点研发领域和努力方向，并现场办公，叫来相关处室的同志落实科技项目和经费。 赤来旺杰说："那曲地区海拔高，氧气少，气压低，环境艰苦。 我们会尽可能地多关心那曲地区的科技工作，多支持那曲地区的科技项目，多为那曲地区做些实实在在的事情，让人民群众有获得感。"

在自治区科技厅的支持下，我们为那曲地区争取到了蔬菜栽培示范项目、牦牛常见多发病的防治技术研究项目、农牧民科技特派员队伍能力提升与技术示范培训经费，科技局集中供氧设备经费，科技计划管理经费，等等，计 349 万元。野生牧草人工种植示范项目，高海拔藏药材种植及藏药品种研发项目，包虫病研究项目，畜种改良、牲畜养殖、健康育肥、畜产品深加工等项目，以及中央引导地方科技创新专项和众创空间建设经费等，都在积极协调当中。

西藏自治区科协也计划拨款 198 万元，用于那曲地区科技工作者之家建设、科普大篷车建设、中学科技馆建设、流动科技馆设备配发等。包虫病学术交流及防治技术研讨会、科普大篷车设备使用培训班经费，正在进一步做相关衔接工作。

这是一份来自春天的收获，待落地，定如春天里的树木般生长、嫩绿、葱茏。

作于 2017 年 3 月 27 日

那一抹投射在时光缝隙的暖色

2017 年 3 月 27 日夜，胃再一次疼痛难安。

自来到那曲，胃就未好过。很多次小痛，都忍过去了。

从 2016 年 9 月 20 日开始，一直在吃胃药。我的好兄弟陈胜武从香港寄来两种日本的胃药。好友蒋庆丰一直在提供进口的枸橼酸莫沙必利分散片、艾司奥美拉唑镁肠溶片。我自己也购买了达喜。几种药没停歇地在吃，养胃的铁皮石斛每天都喝，但效果并不好。昨天一个从未谋面的朋友，找我要地址，要送我养胃的益生菌，想想还是残忍地拒绝了对方的好意。这么多药吃了不见效，实在是麻木，不抱希望了！

一直以来，我习惯了以坚强示众，以阳光示人。所以在援藏指挥部，从指挥长到援友都说我今年的精神状态很好。我总以"虫草吃出来的"的玩笑话作为回答。考虑到我的实际情况，指挥部对我关爱有加，从早到晚，每餐给我蒸 1 个馒头，加上药从未断过，所以，胃虽有几次闹情绪，但最终彼此相安无事，痛时顶一阵子，就很快熬过去了！

但自己仍不敢掉以轻心。局里让我出差赴拉萨衔接项目，带来一包的瓶瓶罐罐，大多都是胃药和养胃的补品。无论走到哪里，药从未敢离身。但因为近日马不停蹄地四处对接申请项目，加之近期高原气候恶劣，胃痛发作的频率比以往高了些。痛时，会习惯性掏出兜里的药瓶，不分青红皂白一股脑儿地每种药吃上一遍。　前日，和局里几个同志研究工作，援友见我用的桌子是麻将桌，觉得有趣，随手抓拍。　所以，从口袋里掏出来的药瓶毫无悬念地进了画面。

在微信朋友圈发《春天的收获》一文时，配了这张工作时的照片。　收到留言无数，有的为工作点赞，有的关心照片中主人公的变化，更多的是拿麻将桌打趣。　其实我是不会打麻将的，只是我住的宾馆有麻将桌，工作时因地制宜地用上了。

深夜，胃毫无征兆地疼痛了起来，时重时轻，难以入睡。　点开微信，见一朋友留言，问我面前是不是药？　那一刻，我也才注意到照片中小小的药瓶。　这份细腻的内心，是一抹投射在时光缝隙的暖色，看罢，莫名感动，满心温暖。

一切与生命有关的细节，都不会被岁月的流水冲淡，都值得记录，供日后回忆。

作于 2017 年 3 月 28 日

属于这里的葱郁，终将会来

平原地带林木葱郁，人们身处其间，往往熟视无睹，丝毫不会觉得珍贵。

那曲地处西藏北部的唐古拉山脉、念青唐古拉山脉和冈底斯山脉之间。由于海拔较高，气候严寒干旱，绵延数十万千米，遍地荒芜，寸树不生。

绿色是生命的象征。人们对树木繁殖的渴念，由来已久。

然，在这片只有冬季和大约在冬季的土地上，四季不能分明地显示其规律，岁月不能正常地发挥其功能，树木想存活谈何容易！

种活一棵树，重奖 10 万元，那曲地委行署贴出的榜，至今无人揭下。

困境中，从西藏各级领导到普通百姓，百折不挠，一直在寻求破解之法。我作为那曲地区科技局的代表，见证着一个重大的时刻。3 月 30 日，西藏自治区科技厅的领导，中科院植物研究所、西藏自治区林木科学研究院、西藏农牧学院、亿利资源集团等单位的科学家们汇聚一堂，共商那曲地区植树大计。这是我国生态环境体系面临的重大挑战，更是我们这辈科技人责无旁贷的职责使命。

大自然给予不了完美生活，须进行自我的争取与博弈。今年，那曲地区拟通过西藏自治区科技厅组织亿利资源集团向国家

第一辑 援藏岁月里的事

067

科技部申请 3000 万元，用于高寒高海拔城镇植树建设关键技术研发与示范，着力攻克树木生长限制性机理与适应性调控机制、适生树种筛选繁育技术、高寒高海拔植树技术等难题，为促进生态文明建设提供科学技术支撑。

目前，那曲地委行署已经在北部新区拨划 1000 亩土地用于植树造林。亿利资源集团已完成团队进驻工作，计划建设 1 栋智能温室，培育香柏等 15 种苗木；建设 4 栋日光温室，培育沙地柏等 6 种苗木；建设 20 亩裸地育苗基地，培育云杉等 9 种苗种；建设植物示范造林基地，种植高山柳等 11 种苗种。项目负责人郝伟介绍，该集团将于 4 月中旬完成生产线建设，4 月 20 日开始种植树苗，预计 2020 年完成整个项目。

理想的人类社会，需要后人持续不断地努力奋斗。相信终有一天，这片寂静荒芜的土地会焕发新生、朝气蓬勃，在我国生态环境领域乃至国际恢复生态学领域，展示出科技的力量。

作于 2017 年 3 月 30 日

到纳木错去感悟爱情

纳木错位于西藏自治区中部，是西藏第二大湖泊，也是中国第三大咸水湖。陪远方的客人顺道游湖，返程途中，一路浩荡的风景在窗外变幻，我却不知道该用怎样的文字形容美景带给我的感受。

有人说纳木错是镶嵌在蓝天白云和苍莽的群山之间的宝石，也有人用天使的一滴泪来形容这一汪湛蓝的湖水。这两个形容词都比较形象，可以恰如其分地形容纳木错给世人带来的震撼。

来纳木错游玩，可以同时欣赏两处美景，一是终年积雪、直插云霄的念青唐古拉山。二是安详而空灵、宁静而悠远的纳木错。

如果我是一只鹰，我愿意经年累月地盘旋于念青唐古拉山与纳木错之间，将毕生的时光，留给绝世的美景。

先来俯瞰这片湖。它是世界上海拔最高的咸水湖，湖面海拔4718米，也是西藏最大的内陆湖，总面积为1920平方千米。从湖面平视过去，可能是因为地平面，也可能是受盐分的影响，湖心的水明显高于湖边。让人感觉，层层叠叠地向身边涌来的湖水仿佛来自高处，不需要借助风的力量，便自成涟漪，波及遥远，直达环湖而居的念青唐古拉山。

关于念青唐古拉山和纳木错，有多个美丽的传说版本。我更喜欢这个传说：念青唐古拉和纳木错是天上最美满的一对情侣，

第一辑 援藏岁月里的事

为了证明自己的爱情，纳木错独自走进魔法森林，因为女巫告诉她：只要天亮以前她走出森林，就可以永远地赢得念青唐古拉的心。 但她未能如愿，被魔法化身为湖。 见此，悲痛的念青唐古拉便化作雄伟连绵的念青唐古拉山脉，永远环绕守护着心爱的纳木错，从此天长地久，永不分离！

这是令人扼腕痛惜和羡慕的爱情故事。 我愿意做一只雄鹰，往返于念青唐古拉山与纳木错之间，做他们的信使，并让这样一种爱的牵连传给我的后代，让这份感人至深的爱情永远地存续。

神话终归是一个美丽的传说，存在于人们无时无刻不存在的幻念中，也存在于当下可以时时感触的祈愿里。 "纳木错"是藏语，蒙古语为"腾格里海"，两种名称都是"天湖"的意思。 随行的司机说，在湖边许愿很灵验。 我没行祈祷仪式，在一定程度上，我更相信，一切获得都源于自身的不懈努力。

如果我是一只鹰，我会每天——巡游5个半岛，游览依山洞而建的扎西寺，游览惟妙惟肖的"合掌石"，游览千姿百态的石柱、石林、溶洞、天生桥等自然奇观。 最后在古代岩画前驻足，让思想的触须向历史深处延伸，探寻历史。 王朝可以更替，辉煌可以归为尘土，但历史总会留下些许痕迹，给后人以无限遐想的空间和探究的可能。

在这片厚重的土地上，在无数历史重叠的时空里，我希望做一只展翅的雄鹰，循着历代王朝的气息，飞回遥远的神话，去阻止纳木错，去拯救一场伟大的爱情。

今天是七夕节，在这个特殊的日子，身处远方，我觉得写一首诗更能抒发内心的情感。

最好的爱情，是相守

纳木错

满湖痴情的泪

念青唐古拉山

满头等白的发

历史的藏卷里

关于天荒地老的爱情

关于亘古不变的守望

所有相思的苦楚

终年缭绕的云知道

风,从山口吹来

用最深切绵长的呼唤

倾以生死不渝

湖水涟漪

书写一纸又一纸的情书

述以坚贞不移

这段至真至纯的爱

从古老的岁月穿越至今

是让世世代代的人知道

最好的爱情,是相守

作于 2017 年 4 月 2 日

到林芝去看春天

去林芝，是一次说走就走的旅行。

忙完工作上的事情，正逢清明放假，见好友陪客人去，便搭了顺风车。

在那曲，是见不到春天的。西藏最早见到春天的地方是林芝。林芝位于西藏自治区东南部，素有"小江南"之称。

从拉萨出发，翻过积雪覆盖的海拔 5013 米的米拉山口，便进入了林芝境内。这个季节的林芝，春意盎然，野生的桃花随处怒放，"争开不待叶"，盛开于枝头，遍布城市、乡村、原野，成为一道闻名遐迩的特色风景线。

说到桃花，你一定想到了曾经热播的《三生三世十里桃花》。林芝数百公里的桃花，近赏俏丽娇媚、争相斗艳，远观灿若云霞、气势磅礴，美丽的景致远甚于剧中的视觉盛宴，令人无限遐思。

我们最先到达的是工布江达县。车进阿佩村，先是不经意的几株桃树映入眼帘，淡然、芬菲、娇羞、烂漫的桃花，在春风中顾盼生姿、摇曳生辉，似一个个楚楚动人的仙子，叫人赏心悦目，神迷欲醉。再向前，成片的桃花张扬在枝头，粉红与雪白相间的花潮，与翠色的垂柳相互映衬，一树接着一树，向远处伸展，形成了桃红柳绿的春日胜景。

去巴松措的路上，村落里、野坡上、田园中，明媚的桃花无处不在，千树万枝装点着村舍，铺满了山坡，绵延至河谷，层层叠叠，染遍视线可及的范围，蔚然成花海。此情此景，会让你想到冯唐的"春风十里，不如你"。想到李白、杜甫、苏轼、韩愈、王维等大诗人所有关于桃花的诗句，徜徉其间，美到让你词穷。

藏地圣湖巴松措的桃花相较林芝其他地方，盛开较晚。湖边的桃花，有的含苞待放，半藏半露，有的迎风初绽，嫣然含笑，更多的是白毛茸茸的微吐红点的小花苞，这是桃花初生的样子。此时的巴松措，四周环绕的雪山还未消融，宝蓝色的湖水没有一丝杂质，景色美不胜收，宜人至极。沿顺时针方向转岛，陪同的常务副县长唐建松向我们一一介绍了唐代建筑错宗工巴寺、格萨尔王战马留下的蹄印、桃抱松、父子树、树叶上有自然形成的藏文字母的"字母树"，以及巴松措形成的古老传说，等等。犹如仙境般的巴松措，可谓步步有神奇。

翌日，去米林县雅鲁藏布江大峡谷，同样一路桃花，处处皆景。连绵洁白的雪山下，纷繁的桃花纵横阡陌，漫山遍野地盛开着。沿浩瀚清澈的雅鲁藏布江而行，拾春色点点，闻淡淡桃香，仿佛置身仙境。在庄严圣洁的南迦巴瓦峰下，一块两人多高、形似心脏的圆石自上而下裂开，一棵桃树以一种决绝孤勇的姿态，生长在石缝中间，桃花迎风傲放，它野生的张力完全可以让人望而却步，那肆意洒脱的姿态里，似乎暗藏着一股爱情的力量，似乎在诠释着"情比石坚"的爱情。绕树三圈，我的心情久久地被古老神奇的传说感动着，被自然朴素的景色打动着。返回酒店的路上，我见到了美丽的尼洋河，远观了比日神山。也有遗憾，素有"雪山之父"之称的南迦巴瓦峰始终隐藏在密云浓雾之中，没能看清全貌，没能见到平日里夕阳笼罩下的南迦巴瓦的金色光芒。

清明当日，是假日的最后一天。返程途中，游览了美丽的南

第一辑　援藏岁月里的事

伊沟。"南伊",藏语意为"仙境"。景区有"中国绿色峰级的森林浴场""地球上最高的绿色秘境"之誉。找了边防部队的领导,车子直接进入景区。沿溪向上,一路是茂密的森林。其实,南伊沟繁盛的景色和秀美的江南风光并无太大差异,但近处的翠绿、流水与远处的雪峰相映,是平原地区见不到的独特景观。沟内生态保护完好,沿木栈道而行,随处可见古朴苍虬的树木,当见到一棵形如孔雀开屏的古树时,更是觉得冒雨而游,不虚此行。

假期短暂,美丽的鲁朗林海、卡定沟、桃花沟、色季拉山、古乡湖景区、秀巴古堡、太昭古城、易贡国家地质公园等景点没时间游览了。但欣赏到的美景,以及一路的桃花、雪山、云雾与流水,已经是一生难忘了。

4月2日,车进林芝境内时,收到一则林芝旅游局的短信,一直保存着,因为旅程愉悦,印象极佳,帮做个广告吧:"雪域江南喜迎八方宾朋,生态之城共赏四季美景。人间净地、醉美林芝,畅游西藏,从林开始。"

作于 2017 年 4 月 4 日

到日喀则去看珠峰

来西藏，如果没去珠穆朗玛峰，就不算是一次完美的旅行。

珠穆朗玛峰是喜马拉雅山的主峰，是世界上最高的山峰。"珠穆"，藏语是女神的意思，"朗玛"是第三的意思。因为珠峰位居附近四座山峰中的第三，所以被称为珠穆朗玛峰。记得小的时候，在课本里读到珠穆朗玛峰，会生出满心的自豪和无限的向往。

珠穆朗玛峰在日喀则市定日县境内。在日喀则出差，我连近在咫尺的与布达拉宫相媲美的格鲁派"四大寺"之一的扎什伦布寺都没去。节省下全部的时间和精力，驱车数十小时，一路向珠峰奔去。车至海拔 5200 米的嘉措拉山，可远远见到珠穆朗玛峰的雄姿。在它的两边，群峰林立，重峦叠嶂，场面蔚为壮观。

翻上嘉措拉山，进入珠峰保护区。风声很大，积雪成冰，寒气入骨。据了解，珠穆朗玛峰最低气温常年在零下三四十摄氏度。经常刮七八级大风，十二级大风也不少见。这些是登山者的大敌。

车到珠峰大本营收费口时，已经天黑。同行的援友打开导航，显示一路是"之"字形的急转弯，这是珠峰线的盘山路，也是我至今遇到的弯拐最多最急的一条漫长的山路。无月的夜晚，车子蜿蜒而上，这种攀爬，会给人以攀登的感觉，以征服的感觉，以接近天庭的感觉。车至加吾拉山山顶，满天繁星，满车的惊喜。

夜11时许，进巴松村，见有旅舍，便住了下来。 坐落在珠峰脚下的村庄，万籁俱寂。 在这种安静里，可以静静地聆听自己心跳，静静地感受同室的心跳。 在这种安静里，洋溢着的是一种幸福的味道。

旅舍的主人是一个藏族小伙，人帅气且真诚。 几个朋友都在他家买了从珠峰挖回来的海螺化石。 相传4.5亿年前，珠峰所在地是一片海洋，漫长的岁月里，经地壳运动，形成了巍峨宏大、气势磅礴的山脉。

晨，车行半小时左右，便到了海拔5200米的珠峰大本营。这里是珠峰的核心保护地带。 通常旅客到这里就不能再往前走了。 因为是淡季，没有武警把守，我们的车便继续向前，攀爬进入二号营地。 每年的4月和5月是珠峰登顶的最佳时机，来自全世界的登山爱好者此时已经入驻。 偌大的营地，众多帐篷散落其间。

爬至海拔8844.43米的珠峰高程检测纪念碑，雄伟的珠穆朗玛峰近在眼前，它犹如一只巨大的金刚在俯视着大地与苍生，俯视着历史与现世，俯视着浮华与虚空，也俯视着此刻的我。 有苍鹰在天空展翅翱翔，同样以一种俯视的姿态，漠视着嘈杂尘寰，随后，缓慢地飞向更高更远的地方，带着我全部的仰望，消失在了天际。 此刻，我也只能借助苍鹰的力量，抵达我心灵向往的高度，飞去我梦中的天堂。 每个人心里，都有一份无法泯灭的英雄情怀，即便在这个苍凉的世界里不能实现，但它依旧会是你内心里最崇高的向往和最强劲的力量。

静静地仰望着珠峰，珠峰也在静静地俯视着我。 天地静默，在这种静默里，暗藏着一种令人敬畏的力量。 我是一个渴望攀登的人，但在世界之巅面前，自我审视，资历尚浅，不敢进入禁区。 无法再前行的道路，是一段生与死之间的距离。 《每日邮报》报道说，1996 年以前，试图攀登珠峰的人有 1/4 都死在了山上。 尽管如此，每年世界各地的登山者仍然不惧艰难，蜂拥而至，挑战自我。 这是属于他们的朝圣之路。

　　岁月不居。 那些用脚步丈量过的地方，那些用生命经历过的事情，是人的一生所得。

作于 2017 年 4 月 14 日

为了一位援友的生命

5月初的那曲，天时阴时晴，时雪时雨。我每天胸闷难耐，时有疼痛，备用的丹参滴丸成了常用的药。

援友王国南就是在这种状态下出事的。

2017年5月5日中午12时45分左右，已近吃午饭时间。当时，王国南和另一名援友正在阳光花园聊天，突然毫无征兆地晕倒，随后抽搐，牙齿紧紧地咬着舌根，血顺着嘴角流了出来。援友费信海是医生，赶紧将其嘴巴撬开，用物体塞进牙齿之间，此时舌根已咬开五分之一。大家紧接着拿来氧气罩，但他闭着眼睛烦躁地将其扯开了，丹参滴丸也喂不进去。随后，王国南进入完全昏迷状态，脸色灰土，不忍直视。

所幸，晕倒的地点是在公众场合阳光花园，身边有援友。恰巧，当时正好援友有辆车要去火车站，王国南才得到及时送治。在医院，他醒来时，根本不记得之前发生的事情，身体极其虚弱。

经脑CT检查，头颅里有块明显的阴影。那曲地区人民医院建议送拉萨医治。

指挥部高度重视，一边向自治区组织部报告，联系拉萨顶级的脑科专家，一边协调救护车，联系送治事宜。在外公干的指挥长陈澄不时发来微信，询问最新情况，全程关注动态。

5月5日17时30分，我和费信海、李旭东、徐正荣护送王国南赶往拉萨，一路风雪，一路超速。 平常近7个小时的路程，只开了4个小时左右。 自治区人民医院严阵以待，一路开通绿色通道，直接进入ICU病房医治。 随后，医院书记和科室主任向我们分析了王国南的病情。 书记说，自治区组织部曾万明部长、郭强副部长高度重视，分别给医院做出指示，要求投入最强的医力，不惜一切代价进行救治。

据了解，医院从下午开始组织力量对通过电脑传来的脑CT进行集中会诊，排除了新出血的可能。 初步判断脑中黑影部分为老的出血或病变，压迫到脑中神经，引发癫痫。 我想，这应该和王国南平时拼命的工作状态有关，也和高原的恶劣环境有关。 晚上，王国南受援单位的书记和局长都赶到了医院。 据他们讲，王国南从到单位报到那天起，就忘我工作，敬业奉献，树立了浙江援藏干部良好的形象，让他们很受感动，身体出现状况也让他们深为愧疚。

深夜，经和医院领导协调，我和局里的同志进了ICU病房看望王国南。 他见到局党组书记的第一句话，就是希望病情稳定后尽快回单位工作，并筹划下一步带局里的同志回浙江培训。 王国南是一个心里时刻装着工作的人，连生病了仍在想着援藏工作。让我们都很感动！

5月6日早晨，我赶到医院时，王国南刚做完核磁共振检查。 综合报告情况，医院领导觉得浙江医疗水平优于拉萨，决定待王国南病情稳定后，送回浙江医治。

一程相伴的暖，是一生一世的缘。 王国南患病后，指挥长公干一结束，房间都没进，便风尘仆仆地赶到医院。 副指挥长盛悠6日一早赶到医院。 其他援友也纷纷打来电话或到医院探望。省财政厅援友汤建新每天好几个电话询问病情。

5月8日下午，我送王国南到拉萨贡嘎机场。 目送他离开，我的心情非常失落，这已经是第二位撤退的浙江援友了。

希望我的好兄弟王国南早日康复，再战高原。 也希望其他援友在三年内，一切顺利，平安无事。

作于 2017 年 5 月 8 日

到比如去挖冬虫夏草

援藏那曲，如果不到挖虫草的现场去看看，会是一生的遗憾。

那曲地区的冬虫夏草，主要分布在比如、巴青和索县。因产区海拔较高，那曲地区采挖虫草的时间是全国最晚的。最早的比如县的部分乡镇 5 月 15 日才开始采挖，其他地方 20 日开挖。

借下乡的机会，我顺道去了比如县扎拉乡的采挖现场。经单位王宝山副局长和当地政府工作人员协商，得以上了采挖的山。

局里的司机普布是比如县人，是挖虫草长大的。他说，虫草季节是牧民最忙的时候。每年的这个时候，学校会放虫草假，全家男女老幼会备齐帐篷被子等一切生活所需物品，全部上阵，要在山里住一个多月。家家户户都是如此。

此时的那曲地区，依旧天寒地冻，大多山顶还覆盖着积雪。海拔低的地方，枯草间已经冒出了新草，冬虫夏草就掺杂在其间。

我学着藏族同胞的样子，弯腰趴在地上，沿坡缓慢地向上行进着。前 1 个多小时的地毯式搜索，竟然一无所获，一根也没找到。

普布说，此时的冬虫夏草，地面上只有一点点的草头，呈褐色，和草的颜色极为相似，混搭在草丛里，没有经验的人用肉眼是很难辨别出来的。他边说边寻找着。不久，率先找到了一根。

有了实物参照，我竟然也在附近找到了一根。挖出来的虫草，嫩得像婴儿似的，煞是可爱，看了都有想咬一口的冲动。普布说，刚出土的新鲜虫草，营养成分尚未流失，口味清脆甘甜，是最佳的进补品。只可惜，直到下山，我也没挖出第二根来。想找藏族同胞买些，问遍所见到的每一个人，都不卖。普布说，不缺钱的牧民，头草都舍不得卖。以后挖到的中期草和尾期草，也要在一个月下山后，看市场行情好才会卖。

这让我想起 5 月 10 日发生的一件事情。那天，我在一微信群里碰到一个卖新鲜虫草的女士。她私聊告诉我，卖的是西藏那曲的冬虫夏草。这就撞到枪口上了，有多年军旅生涯的我，眼睛里是揉不进沙子的。我毫不犹豫地当众告诉她：我在那曲援藏，当地的冬虫夏草还没开挖。她恼羞成怒，大耍泼妇本色。后来，她又告诉我，是提前挖的。我只能笑笑，虫草菌生长是有周期的。在那曲，5 月 10 日，虫草菌还没从虫子头部长出子座，这时即便出动推土机，推出来的也都是活着的虫子。再说，她所卖的草头极长，不是头草，由此判断更不可能产于那曲。一个连常识都不知道的人卖虫草，得有多无畏啊！

世风日下，奢华的物质和盛大的名声背后，泥沙俱下，鱼目混珠，这已经是一件见怪不怪的事情。和其他地区的虫草相比，那曲的冬虫夏草以生理特性强、药用价值高等特点，在海内外享有盛誉。因此，市场上很多不良商家会把其他产地的虫草掺进那曲的冬虫夏草中，公开宣称是那曲的冬虫夏草。更有甚者，会拿外地的虫草，以次充好，当作那曲的冬虫夏草叫卖，以谋取暴利。

作为一名科技干部，科普知识是责无旁贷的任务。经藏族同胞挖出来的冬虫夏草，每一根虫体都粗肥匀称，表面呈黄色，色泽一致，眼睛为棕色。听说晒干后，闻起来会有股浓酥油的香味。 但不良商家历来道高一尺，魔高一丈，会用各种办法解决形似的问题。

这和我在群里碰到那位不良商家一样，是一件令人无可奈何的事情！

作于 2017 年 5 月 16 日

520，爱在每一个日子里

今天是 5 月 20 日。 如我所料，微信里热闹非凡。

有晒红包的，有深情告白的，有应景发图的，也有人说这是新新人类无聊的节日。 我问友对"520"这个"节日"怎么看。 答，只是想多个日子让人记得。

回问我的看法，我没作答。 因为我觉得爱是一个深重的话题，我们每一天都在领受，每一天也都在付出。 因此，每一个日子都是爱的节日。

比如父母的爱。 自出生起，他们便以爱、以温情、以慈悲、以善良、以微笑给予我们生活的每一天，直至终老。 这个日子，我们最需要表白的对象首先应该是父母。 是他们一生的含辛茹苦，才让我们得以很好地成长。 "520"，我想对妈妈说一声"我爱你"，感谢您给了我生命，您的存在，是我一生最大的幸福。

看朋友圈，大多是爱人之间在表达情感，秀各种恩爱。 这是两性之间出于对彼此欣赏而自愿付出的高尚情感，无可非议，值得尊重。 在我们的生命里，彼此恩爱，是上苍赐予的美好情缘。 一段好的感情，应该以各种方式，尽心尽力地维系好。 "520"，我想对爱人和亲人说一声"我爱你"，感谢你们出现在我的生命里，我的生命有你们才是完美的。

微信里，有不少朋友发来感恩友爱的话语，也有发红包的。

祝福也好，红包也好，表达的都是来自内心的声音和关爱。生命是一种回声，友情是互相地给予。风雨人生，这些美好的友情，是生命里莫大的慰藉和力量。"520"，我想对我的朋友说一声"我爱你"，感谢你来到我的世界，我的人生因你才更加精彩。

我是懂得感恩、容易动情的人。生命长河里，随着时光的流逝，很多人和事，都被岁月的浪沙淘去了。但人生历程中曾经帮助过我的领导、同事和朋友，我一直铭刻于心。一个农家子弟，能有今天的光景，离不开外力一点一滴的关怀与帮助。有些，于他们来说或许微不足道，但于我却恩重如山。借"520"，我想对生命中每一个有恩于我的人说一声"我爱你"，这仅用语言无法表达的感激，是一生不忘的恩情。

其实，我是怕收受爱的人。爱，既是温暖，也是这个世界上最昂贵的东西。我一直认为，人活着是肩负着某种使命的。我之所以用上生命的全部力量打拼，是因为不愿意辜负生命。因为它不仅仅属于我，也属于深爱我的每一个人。我怕我用尽毕生的精力，都难以企及他们的深情。

人生，是一条不断跋涉前行的路。在痛苦、快乐、忧伤、幸福……这些酸甜苦辣交杂的生命旅程中，指引我披荆斩棘坚定前行的，不仅仅是诗和远方，更多的是来源于身后的那些深情的目光。我希望能够看到，未来美好盛装莅临的一天，那些如花般绽放的笑容。

爱，于我而言，不是索取，而是一生的感情的回馈。

作于 2017 年 5 月 20 日

第一辑 援藏岁月里的事

智力援藏蕴真情

6月的杭州绿意盎然，次第花开。青藏地区2017年科技管理创新人才培训班在美丽的西子湖畔举办，西藏那曲地区12名科技干部首次参训。

省科技厅党组书记、厅长周国辉高度重视，培训前会见了那曲地区科技局党组书记桑珠、副局长巴桑曲珍等同志，询问了科技援藏工作进展情况，了解了那曲地区在科技、医疗等方面存在的困难，表示下一步将结合当地发展需求，有针对性地开展工作。周国辉指出，高标准做好对口援藏工作，是响应中央治边稳藏战略方针，推动西藏跨越式发展和长治久安的重要举措。省科技厅将坚决贯彻落实中央和省委、省政府援藏工作的部署和要求，牢固树立大援藏理念，主动作为，全方位地做好产业、项目和智力援藏工作。

就青藏地区2017年科技管理创新人才培训，周国辉表示，做好智力援藏工作，可以很好地增强那曲地区"造血"功能，激活经济和社会发展内生动力。此次培训，科技厅在课程设计、师资力量、培训方式和生活保障等方面都做了周密的安排，希望青藏地区来的同志通过集中学习培训，在理论学习上有所获，在参观见学时有所感，在工作实践中有所用，确确实实在增长知识、拓宽视野、提升能力和储备素质上有获得感。

临别时，周国辉向桑珠一行赠送了他的新著《新姿势：沧海一舟科技随想录》。

此次培训为期 15 天，采用课堂面授、交流互动、小组讨论、现场教学等多种方式。内容包括习近平总书记科技创新思想及浙江省科技创新"十三五"规划解读、省科技特派员制度实施及农业科技创新政策解读、"互联网＋"的创新路径、参观美丽乡村建设和新农村建设示范点等。

桑珠在接受《科技金融时报》记者采访时说，这是他第三次来杭州，前两次来是对接科技援藏工作，这一次来是学习浙江先进的创新理念和理论知识，感受浙江生动的科技创新实践。通过这几年杭州日新月异的发展，可以感知整个浙江可喜的变化。一个地区的经济发展、社会进步离不开科技的引领和技术的率领。参加这次培训，他希望通过理论和实践的结合，找到适合那曲地区科技发展的思路，找到适合那曲地区发展的特色产业和发展路子。那曲需要向科技要发展活力和不竭的发展后劲！

作于 2017 年 6 月 7 日

第一辑 援藏岁月里的事

相逢是首歌

因为援藏，去年未能参加中央党校在职研究生 2013 级浙江直属班毕业典礼，班委得知我带局里的同志来杭州培训，6 月 17 日下午，为我专门安排了一次毕业纪念册发放仪式。

时隔一年，再次见到久违的同学，看到一张张熟悉的笑容，心中备感亲切，不胜感慨。也十分感激班委的辛苦付出和用心安排。

三年时光，党校的培养、老师的关怀、同窗的情谊，点点滴滴，都是珍贵的一生不忘的记忆。再次相聚在久违的课堂，聆听吕清民老师精心准备的《从写公文到写人生》，像是又回到了每个双休日紧张而又快乐的上课时光。吕清民老师对内容进行了高度凝练，用一种心态、双重角色、三重境界、四种能力、五项修炼给大家授了精彩的一课。这是我们班里的最后一课，老师所阐述的作文内容和做人道理，与同学们的工作和生活息息相关。教室里，同学们比以往听课更多了一份认真和专注。

而立之年，同学间共同学习、共同发展的时光弥足珍贵。过去的三年，每一堂课、每一场考察及活动、每一次交流和研讨，那些学习和思想交锋的时光，格外难忘。今天，班委像以往上课一样安排了交流活动，我向大家介绍了那曲的基本情况，分享了援藏经历和工作感受。而后，离开体制的 2 名同学，畅谈了下海经商体验。整场活动氛围轻松、愉快、感人。

翻开班委精心制作的《相逢是首歌》毕业册，一缕隽永的书香扑面而来。卷首语是我写的，用作本文结尾，也算给三年学业做一总结：

时光荏苒，岁月如梭。

三年，弹指一挥间。

回首，同窗朝夕相处的情景历历在目！曾经的谈笑风生，曾经的嬉笑打闹，曾经的豪情壮志，林林总总，如今令人不胜感慨。

我们来自不同的岗位，经历也不尽相同，但友谊从未因职务高低、岁月流逝、境遇变迁而褪色，而淡漠。这份情谊纯洁、高雅、温馨、温情，它就如同一首深情的歌，悠远绵长，令人回味。如同陈年老酒，在岁月的浸泡里，愈久愈醇香。

从三年前的起点出发，如今，我们都走出了属于各自的人生之路。

今天，江湖未老，情谊依旧。曾经的情景，在脑海里周而复始般上演，这份感情，会永远是我们生命里最浓墨重彩的一笔。

毕业之际，我们将欢乐的时光浓缩。留在纪念册上的每一个瞬间，都会深深地烙进你我心灵，慰藉彼此，会是我们一生中最珍贵的财富，最永恒的回忆！

希望我们珍惜缘分，期待友情永不散场！

作于 2017 年 6 月 17 日

第一辑 援藏岁月里的事

我眼中的藏族同胞

必须要写写藏族同胞了，这是我刚来那曲地区科技局上班时，桑珠书记给我的命题作文。今天是桑珠离职交接的日子，此篇拙作，权当送行。

援藏之前，在数千里外的杭州，我没见过藏族同胞，没听过藏文歌，没吃过藏餐，没喝过藏茶，对藏族同胞的了解仅限于少量的视频和文字，完全没有直观感受和主观判断。

第一次接触藏族同胞是 5 月 20 日。那时厅里刚接到省委组织部派员援藏的通知，因为有心想援藏，我便利用双休日时间飞到拉萨，检测身体适应高原情况，并对西藏的风土人情做初步的了解。进入拉萨城区，所见的藏族同胞，脸庞自带阳光，满脸祥和，肌肤黝黑，闪烁着健康的光泽。靠近他们，你可以感受到一种温和的善良、高贵的释怀和菩萨的慈悲。

在拉萨两天，大街小巷地行走。这是深入了解西藏最好的方式和途径。所遇见的每一个人，都和善友爱。语言不通时，彼此相视一笑，这便是最好的语言。其间，寻找一家以藏书巨多而颇有盛名的青年旅舍，转了几条巷子也未寻到。问路边一群藏族老太，我说的话，她们或许听不懂，便找来可以听懂汉语的藏族姑娘，带我到便于找到的巷口。经她们耐心地讲解和比画，我很快地找到了旅舍。在藏地，在藏族同胞身上，始终可以感受到浓浓的温暖和友爱。

更深入地了解藏族同胞，是在援藏之后。 乘坐公交车，一路会见有人让座，彼此友爱。 和善是刻在藏族同胞心中的佛经，是渗透于藏族同胞日常生活中的精神契约。 这样一种无形的力量，如同水流，如同花香，遍布在每一个可见和不可见的角落里，弥漫在每一颗淳朴而善良的内心中。 有次和罗布次仁副调研员去拉萨出差，车上有只蚊子在他手上咬了一口，他皱了一下眉头，我以为这只蚊子必死无疑。 但出乎意料地见他打开窗子，放了蚊子一条生路。 罗布次仁告诉我，藏族同胞都会这样做，在他们心里，任何一条生命都是神圣的。 人性之光，使藏族同胞屹立在世界之巅的精神高地。

　　藏族同胞的性格，如同无遮无挡的太阳一样直率，有一说一，讲话做事从不拖泥带水。 局里工作的同事大多都是藏族，他们对待部署的工作，从不会因为工作量大、事情繁杂而讨价还价，总是态度很好地应下，然后有条不紊地完成。 局长多吉的性格有些急躁，我们常常因为工作上的事情争得面红耳赤，完成工作后相视一笑，该喝酥油茶喝酥油茶，该吹牛拉瓜吹牛拉瓜，感情越来越好。

　　人与人之间的关系，是互见、互证、互相照耀的过程，与藏族同胞接触的日子，于我是获益一生的时光。

作于 2017 年 6 月 27 日

到尼玛县去看"家人"

那曲地区尼玛县，是地区科技局的驻村点和扶贫点。平均海拔 5000 米以上，比那曲县海拔更高、空气含氧量更少、辐射更强、环境更恶劣。驻村点申亚乡、卓尼乡和扶贫点达果乡，是尼玛县最偏远和最艰苦的地方。

那曲地区境域面积约 45.05 万平方千米，近 4.5 个浙江省的面积，每去一个县，在浙江都相当于跨省。我们早晨 8 点半出发，一路向上而行。在高原，海拔每上升 100 米，人的心脏都能清晰地感受到压力，胸闷难忍，呼吸困难，头昏脑涨。去平均海拔 5000 米的尼玛县，对于我的身体来说，是一次极限挑战。车过申扎县，便是一路土路，高低不平，曲折坎坷，时常还会遇到断路的情况。经一路颠簸，到达尼玛县申亚乡 5 村时，已经是晚上 7 点，下车时，浑身疼痛，头重脚轻，疲惫不堪，每走一步都大喘气，呼吸非常吃力，前进异常艰难。

申亚乡 5 村、6 村是局里的驻村点，每个村各驻 3 名同志。他们都是去年年底下乡驻村的，要在村里待满一年才可以轮换回局里。这里，一到冬季大雪封山，路都找不到。夏季，遇到雨天便一路泥泞，根本无法出行。饮水、用电都比较麻烦。听驻村干部黄慧说，她所驻的卓尼乡 3 村，村里没通电，电视、冰箱等一切用电的设备都与村民无缘。手机没法充电，就是找到地方充上电，信号也没有，几乎是与世隔绝的状态。出去买菜要跑好几个小时，饮用的水是井水，矿物质严重超标，生活异常枯燥、艰辛。

局里朱仲元书记和我代表局党组给每一个点分别慰问了2000元，还给他们买了水果等慰问品。他们很开心，绽放在脸上的是发自内心的笑容。

在申亚乡5村简单用餐后，我们趁天没黑，前往卓尼乡看望3村和4村的驻村干部。晚上9点半，到达卓尼乡4村时，天刚黑。西藏地广人稀，自然村都很小，一般就10来户人家。驻村点和藏族同胞家一样，烧水和取暖用的炉子建在室内，用的燃料是牦牛粪，就堆在睡觉的房间内，无异味。和2个村的驻村干部简单座谈后，大家入住4村。此地海拔高，气压低，吃了安眠药，吸着氧都没法入睡，好不容易睡着，好几次胸闷被憋醒。还有3次被驻村干部的梦话和呼噜声吵醒。一夜似睡非睡，终于盼到了天亮。

晨7点起床洗漱，普布早早地做好了早饭。用餐后前往扶贫点达果乡。一路坎坷、崎岖、险阻，都在意料之中。路上我在想，人生百态，红尘浩荡，但慈善的种子，是种在每个人骨子里的东西。怀善而行，就能无所畏惧，所向披靡，如愿抵达心中向往的地方。

一路颠簸，到达达果乡政府已近中午。听说我们要来，附近受扶助的藏族同胞早早地集中在了一起。每个人都满含热望，淳朴地笑着，这是生命最纯真的表达。这一刻，融融的暖意自每一个人的心底升起，世界变得柔情了起来。语言不通，笑是连通心灵的桥梁。从他们发自肺腑的笑容里，我能感知他们的感动。这是可以感应到的内心的一种感觉。

面对善良、热情的藏族同胞，面对他们贫困的现状，朱仲元书记代表全局干部职工捐献了27900元善款。我除了表达了自己的爱心外，更多的是无力感。在严酷的自然环境面前，个人的力量是渺小的，我只能寄希望于以微薄之力影响和感召更多的人为贫困的藏族同胞献出爱心。 我可以做到的，只能是用自己的人性之光，让可以覆盖到的范围，充满爱和温暖。

因为路途遥远，还有部分受扶助的对象集中在达果乡 2 村，我们婉拒了乡里的用餐邀请，启程前往。 见我们要走，藏族同胞满是不舍，一双双有力的手紧紧地握着，一条条洁白的哈达纷纷献给我们。 我们上车了，他们围着我们的车，通过窗子，又献上了一轮哈达，也给我们的车子系上了哈达。 贫困的他们唯以真诚，反复地表达着内心真实的情感。 在那一刻，我想我一路的艰辛值了！

西藏的乡村里是没有饭店的。 我们在车上每个人吃了一块昨天剩下的面饼。 又是一路颠簸，头部不时会撞到车顶，心都快颠出来了。 到达果乡 2 村，同样的感动再次重复上演。 这是心与心的交融，生命与生命相拥后的温暖。

在西藏，很多乡与乡、村与村之间没有专门修建的公路，走的人多了也就有了隐约可见的土路。 爱心也是一样，一个人的力量是有限的，献爱心的人多了，聚沙成塔，汇涓成河，这个世界就一定会呈现出美好的色彩。

作于 2017 年 8 月 3 日

"家人"来那曲看我

这些天，是激动人心、令人开心的日子，是温暖生命、终生难忘的日子。

2017 年 8 月 10 日，浙江省科技厅党组书记、厅长周国辉带医疗、科技专家一行，利用双休日时间，不辞辛劳从东海之滨到雪域高原看望我，并争分夺秒地服务那曲科技，服务当地群众。

他们是下午到的西藏。令人感动的是，我在微信里向自治区科技厅赤来旺杰厅长汇报周国辉来藏的消息后，赤来旺杰很快打来电话，询问行程安排，落实接待细节，并到机场迎接，全程陪同。两位厅领导都是温厚慈爱的人。特别是在离老家数千里外，见到周国辉，内心的感动与激动无言以表。这是一位心慈面善，始终给人以亲切、温暖的好领导。我并不迷信，但我始终相信"命由己造，相由心生。境随心转，有容乃大"的道理。

周国辉是一个心里始终装着工作的领导，他在拉萨仅调整半天时间，便风尘仆仆赶赴那曲。我们同乘一车。与他在一个狭小的空间里长时间相处，并不觉得时间难挨。这是一位思想睿智、工作严谨、生活随和、外在谦逊、内心纯净的领导。与他聊天，会让人感到快乐和人性的美好。这样的时光，就犹如行进于光辉岁月，会让你心中一阵一阵地发热，会有被温情包围的感觉。

8 月 11 日晚，周国辉入住那曲。12 日是周六，他的行程很满，一是为浙江科技大市场那曲地区分市场挂牌，二是举行支持那曲地区科技创新工作捐赠仪式，三是召开那曲—浙江科技创新工作座谈会，四是带医疗专家免费为藏族白内障患者实施复明手术，五是看望和慰问浙江援藏干部人才，六是考察调研那曲地区农业国家科技园区，七是接见张家明同志生前在那曲的同事。 我转业到浙江省科技厅办公室工作后，这次有幸近距离接触领导，一直见周国辉连轴转地扑在工作上。 这是一位没有双休日，连在车上都讨论工作和撰写文章的领导，他是我崇敬的人。 我一直相信释迦牟尼说的一句话：无论你遇见谁，他都是你生命该出现的人，绝非偶然，他一定会教会你一些什么。 这是一位能时刻给我以光、以热、以生命激情的人。 和充满正能量的人在一起很重要，他能让你的生命变得更好。

善行天下，功德无量。 这次周国辉进藏，还带来温州医科大学眼科专家，连续三天免费为白内障患者实施复明手术。 12 日一早，周国辉一到眼科，白内障患者便潮水般围了过来，他们纷纷献上洁白的哈达，表达由衷的谢意。 在医务人员指导下，周国辉为已经做好白内障手术的患者揭去了覆在眼睛上的纱布。 在重见光明的那一刻，藏族同胞脸上满是感激，绽放出幸福的笑容。 当一个人的情怀长满温情的翅膀，走到哪里，都能带去一片温暖的爱的海洋。

在那曲地委浙江公寓，周国辉带着慰问品，看望了浙江省援藏干部和人才，和大家一一握手问好，亲切交谈。 一声声问候，一句句家常，给坚守在雪域高原的援藏干部带来阵阵暖意。 我眼里的周国辉，不管是对上级领导，还是对普通干部，甚至对平民百姓，都谦逊有礼、慈善温和，这是长期以来的习惯和涵养滋生出的人格的魅力。

这篇文章，是送厅长从那曲去拉萨的途中写的。 争分夺秒地工作和书写自己的生命历程，也是从周国辉身上学到的。

写关于领导的文章，很容易给人以拍马屁之嫌，但这些文字却是内心真切的感受。 在我一年多的援藏期间，工作上得到了省科技厅党组的大力支持，生活中方方面面也得到了周国辉的深切关爱。 这一刻，内心的感激、感想不加掩饰地表达出来了。 这些也需要在散文集《生命的姿态》中散发永久的墨香。

作于 2017 年 8 月 12 日

第一辑　援藏岁月里的事

尽自己的微薄之力

自 2016 年 7 月 20 日主动报名援藏至今，我进藏已逾 1 年。在被称为"世界屋脊的屋脊"和"生命禁区的禁区"的那曲，所经历的每一个日夜、每一份温暖、每一项工作，点点滴滴，都是终生难忘的记忆。

援藏满一周年之际，见其他地区的援藏兄弟晒一年的成绩单，言环境艰苦。说实在的，长期工作和生活在不适宜人类居住的高原的每一名援友，付出了身体健康的代价，牺牲了家人陪伴的幸福，都极其不容易。但相比环境，整个西藏，没有比那曲更恶劣、更艰难的地方了！

哲学上有个说辞："一切的根源在于自我。"在充满未知的广袤的大自然面前，我只是恒河一沙，我无力改变客观世界，但可以以热爱、以微薄之力，让这片土地变得更好。就如《黄金时代》里所言："我不能选择怎么生，怎么死，但我能决定怎么爱，怎么活。"

1995 年 5 月，浙江省科技厅派张家明同志援助那曲。后因积劳成疾，不幸英年早逝。自此省科技厅机关再也没派过同志援藏。我是在这种背景下主动报名要求援藏的。通过一年的努力，我先后被评为"那曲地区优秀公务员""那曲地区科技局优秀公务员"。

"新故相推，日生不滞。"变动不居中，地区科技局办公设施还是 20 世纪 80 年代的水准。 上任后，我多方协调资金，为单位更换了办公桌椅、书柜、茶几、门窗和电脑，购置了车辆，拉接了网线，建设了食堂，改建了卫生间，改善了干部职工的工作和生活环境。

每一名援藏干部背后，都有一个强大的后方在鼎力支持。 浙江省科技厅党组高度重视科技援藏工作，厅党组书记、厅长周国辉亲率医疗、科技专家服务那曲，为科技大市场那曲分市场挂牌。 随行的科技新浙商促进会捐款 20 万元支持科技创新工作，温州医科大学眼科专家免费让 27 名藏族白内障患者重见了光明；副厅长曹新安带队服务那曲，随行农业专家与中科院拉萨站的专家建立协作机制，共同研究黄蘑菇种植技术；副厅长章一文赴藏对接科技项目，深度推进浙藏两地交流交往交融，续写了之江大地与雪域高原的深情厚谊。

古希腊科学家阿基米德有一句流传千古的名言："给我一个支点，我可以撬起地球。"有根据的东西是能带动一定的力量产生的。 在强大的后方支持下，经协调，370 万元项目经费逐步投入，带来效应。 浙江科技大市场那曲分市场建成，连通那曲—浙江的科技平台信息化建设正在发挥集聚科技资源、普及科技知识等作用；省农科院帮助开展的高寒地区温室蔬菜智慧管控及栽培新技术研究与示范项目正在展开；黄蘑菇种植技术研究正紧锣密鼓地进行；卤虫卵研究开发项目研究正向产业化发展；嘉黎县初级中学科技馆，成为孩子了解科技知识的乐园；先后 3 次为那曲地区科技系统开展科技管理、创新人才、科普、医务人员、科技大市场技术等培训，为推动那曲地区经济社会发展注入新的动能。

在西藏科技系统的支持下，太阳能路灯项目已经建设完成；经过多次奔波，藏药秘方甘露血散标准化研究等项目顺利审批，已进入实施阶段；蔬菜栽培示范项目、科技局集中供氧设备经费等，已经立项；为那曲地区争取到流动科技馆设备配发等项目，极大地丰富了那曲各地的科普资源。

带着真情援藏，我先后调研了单位所有的驻村点和那曲、比如、嘉黎、班戈、申扎、尼玛等部分县、乡、村。结对帮扶了一批困难的藏族群众家庭，慰问资金 18000 元，有效增进了与藏族同胞的感情。

人的一生中，凡事尽力而为，总会有意外的收获。通过电话多次协调，辽宁省科协为那曲地区编撰《西藏高原双语科普百事通系列读本》，已经下发到各县，有效拓宽了藏族群众获取科学知识的渠道。

我坚持把学习作为提升自己的重要因素，结合工作和所见所闻、所思所想，撰写了十万余字的援藏文章；正确处理援藏工作和家庭生活之间的矛盾关系，克服重重困难坚守岗位；在胃病多次发作的情况下，我仍坚持工作，树立了浙江援藏干部的良好形象，得到了地区科技局党组和机关干部职工的认可。

一年来，我为那曲地区科技创新工作所尽的只是绵薄之力。取得的成绩主要得益于浙江省援藏指挥部和那曲地区科技局党组的正确领导，得益于浙江、西藏两地科技部门的鼎力支持，得益于地区科技局全体同志的全力配合和共同努力。这些都是命运的馈赠，也是人生的印记。做一记录，不求存留青史，但求问心无愧。

作于 2017 年 8 月 13 日

我需要一个人生的舞台

2017年9月6日，浙江省委组织部完成对第八批援藏干部的集中考核，7日中午带着结果离开那曲。

6日下午，考核组一行一到那曲便展开工作。先是组织援藏干部集中民主测评，随后到各单位开展民主测评和个别谈话。

省科技厅和教育厅为一个考核小组，到我们单位时已经是内地的傍晚时分。科技厅人事处巫毓君和教育厅干部处徐漾都有高原反应，下车时均脸色惨白。他们带着头痛等不适反应组织了民主测评和个人谈话工作，令人心生敬佩。

在考核工作结束时，他们向我反馈考核结果，并听我的个人想法。

我谈及了理想。我的家庭经济尚可，利益对我没什么诱惑力，觉得衣食饱暖只是日常所需，不是人生的奋斗目标。所以一直以无比的热爱、无比的热情，追求那些美好的有价值的东西，一直渴望有一个展示才能、激情干事的舞台。先是从军21年，从一名战士奋斗到团级干部岗位，长期在机关工作。虽拿过全国、全军新闻最高奖项，获得荣誉、勋章无数，但始终觉得所处的只是人生的平台，并不是施展手脚的舞台。我便萌生退意，3次向组织提出转业，最终如愿到地方工作。1年半后，逢省委组织部援藏工作展开，遂毫不犹豫主动报名，渴望在雪域高原有所作为，建功立业。

怀揣着一个遥远的梦，才能获取诗和远方。 2016 年 7 月，我就那么义无反顾地来到了那曲。 一年多来，克服难以想象的恶劣环境和前所未有的种种困难，我顶住了多次胃痛的折磨，走过了最为艰难的时期，最终突破了自我，取得了诸多瞩目的成绩，收到了同事由衷的赞誉，得到了各方领导高度的认可。 也走出了平庸的生活，获取了人生的新知，这些，是我生命的诗章和意义所在。

生命的意义在于不断向上，不断找寻新的自己。 必胜，是我的名字，更是我战斗的宣言。 一直以来，面对困难我总会在心里告诉自己"我能行"，面对机遇敢于发声"给我机会"。 我渴望新的平台，毫不掩饰。 因为我希望将来能在新的舞台上，展示新的作为，拥有更高层次的自我。

生命，是一趟单程的火车，我们从出生那天起，便一往无前地开向远方，没有一丝一毫回头的余地。 正如考核结果未知一样，前方的每一段路都是未知的，都有坎坷。 这些日子，很多人都在找关系。 我没有关系，但我坚信公平正义，坚信组织，坚信奋斗的力量，哪怕苦难重重，哪怕一无所获，我依旧会义无反顾。 我知道，未来的一切，都不是我所能掌控的，但我能让每一程的奋斗都对得起父母所赐予的生命，对得起所经历的每一次苦难，对得起当下不可轻视的光阴。

想起《悟空传》中的一段话：这个天地，我来过，我奋战过，我深爱过，我不在乎结局。

作于 2017 年 9 月 7 日

由国歌说开去

今天观看党的十九大开幕式盛况，当《中华人民共和国国歌》响起的时候，有朋友对我说："当我听到国歌的时候，都会很激动，会肃然起敬，心里有种说不出的感觉。"于我也是！这震撼人心的旋律，始终在扣动着我，扣动着每一个中华民族子孙的心弦。

音乐虽不是语言文学，却同样能表达情感，牵动体内最纤细敏感的神经。还能带着心灵去远行，让你进入一个完全忘我的世界和不同的时空。

每一首歌曲的背后，都有它产生的背景，都有一个故事或一种情怀。《中华人民共和国国歌》的原名是《义勇军进行曲》，1935 年录制完成后，以一种磅礴万里的气势和伟力，唤起了人民的觉醒，激发了强大的爱国主义精神。因此，它被定为中华人民共和国国歌，成为中国音乐史上不朽的诗篇。我虽然没能经历那个战火硝烟的岁月，在如闪电、如惊雷、如滔滔洪流的歌声中，冲锋陷阵，但从参军开始，每次听到这高昂激越、英勇悲壮、铿锵有力的旋律，心中都会默默和唱，眼前都会浮现出革命先烈英勇顽强、奋起反抗侵略者的战斗场景，体内都会有强烈的愤慨和巨大的激情横冲直撞。艺术，是永恒的，它不但能唤起激情，净化灵魂，而且能鼓起人生的风帆，让你在生命的航程里，一往无前。

感谢生命，让我诞生在中国，让我有机会成为一名军人和一名援藏干部。这些经历，让我能更深刻地体会到国歌的意义，感受到悲壮与辉煌，并在体内生长出铁质与刚强。

前些日，我曾在微信朋友圈里发过一段歌曲《决战》的前白。数千名官兵荷枪反复呐喊："我听从祖国的召唤，我们听从祖国的召唤。"声音震天，撼动人心。那一刻，我热泪盈眶。人的灵魂是需要锤炼的，需要一些类似于《团结就是力量》《红旗飘飘》《我爱你中国》等正能量的歌曲，调动生命中最原始的本能，锤炼出最强劲有力的精神。

《中华人民共和国国歌》及许许多多的革命歌曲，曾经激励无数中华儿女奔赴疆场、英勇杀敌。在中国特色社会主义进入了新时代的今天，仍然需要有情怀的歌曲、刚质的歌曲、高品位的歌曲，唤醒灵魂、引领精神、鼓舞人心、增添血性、昂扬斗志。

十九大报告指出："要繁荣文艺创作，坚持思想精深、艺术精湛、制作精良相统一，加强现实题材创作，不断推出讴歌党、讴歌祖国、讴歌人民、讴歌英雄的精品力作。"当下社会，音乐无处不在，但很多都柔软、嗲声嗲气，确实需要"抵制低俗、庸俗、媚俗"的靡靡之音，倡导健康向上、格调高雅的歌曲。

其实，生活本身就是一首歌，由数不清的声响旋律交织汇流而成。选择什么样的旋律，就会拥有什么样的激情，进入什么样的意境。只要你选择积极向上、催人奋进、凝练隽永的乐章，深刻把握和熟稔它的节奏及韵律，必定所向披靡，拥有丰硕的人生和干净的灵魂。

作于 2017 年 10 月 18 日

睡眠，一场旷日持久的战争

在那曲，从没有一次完美的入睡。睡眠于我而言，是一场旷日持久的抗争，是一种说不出的痛。

很多关心我的朋友都给我支招，有的让睡前喝一杯牛奶，有的让听轻音乐，有的让做经络按摩，有的让泡热水脚。每一条建议都很暖心，我都一一尝试了，但在氧气稀薄、气压极低的生存状况下，根本无法奏效。

我有一个好友，每晚 10 时入睡，天天如此，雷打不动。甚是羡慕，决定效仿。

21 时 20 分许，我吃下安眠药，便洗漱，躺床上开始等待睡意。

夜晚的那曲，万寂皆静，但入睡真的艰难。白天，一分钟也没睡，上午研究那曲地区创新创业实施方案、浙江和辽宁两省组团式科技援藏方案，中午学习习近平同志十九大报告精神，尔后开会，下午撰写援藏指挥部新闻宣传工作制度等。即便如此，近 23 时，仍心境难息，无半点睡意。

援藏的每一名干部人才都在承受着这份痛苦，睡眠是我们常聊的话题。晚上吃饭的时候，有援友说我黑黑的眼袋上又多了一层厚实褶子。我只能无奈地笑笑，没答话。这世上即便有感同身受，仍是甘苦自知。

那曲的夜，时间缓慢，慢得仿佛是另一个星球里的另一片时空。 睡前，我都会拉开窗帘。 无数个日子，我都在日复一日地盼着天明。

22 时上床睡觉，是进那曲以来的头一回。 夜，无声无息，平静地流逝着，一如我的生命。 躺在床上，我尽可能地淡忘琐事、搁置喧嚣、拂去心尘、平复心情，在脑海里想象蓝天、白云、海洋、沙滩、微风……即便如此，仍然辗转反侧，难以入眠。 每天，我都怀着微小的希望，在痛苦的世界里，给睡眠寻找着可供栖息的地方，但总不能顺利地进入睡眠的通道，抵达那片心向往之的安详的世界。

后来，不知道是什么时候睡着的。 中间醒了 2 次，仍然闭着眼睛，强迫自己入睡。 第 3 次醒来的时候，睁眼，见窗外一片素白，以为天亮了，起床一看，是漫天的雪花。 拍照的心情都没有，继续入睡。 在那曲，睡眠必须要持有顽强的精神、卑微的姿态和虔诚的态度，不喜不悲，不惧艰险地进行。 这，如同一场漫长的朝圣！

我是喜欢做梦的，每夜都有无数的梦。 中间醒来的时候，都试着摆脱现实的禁锢，按照之前梦境的轨迹前行。 这次未能如愿，梦见了一场战争，这一直是我做梦的主题。 军旅时未曾经历的战事，在梦里无数次地弥补着。 梦境是一连串孤立的片刻，靠着幻想，许多可以实现和不能实现的愿望都能在梦里浮现，消失，再浮现，周而复始。 就是睡眠不能靠着幻想实现，所有试图的努力，都是徒劳。

生命至此，已经习惯了这样一种兵荒马乱的潦草的睡眠。 未来的日子，终将要一一经历那些还未到来的茫然而未知的夜晚。一切，由天意，我唯一能做的，就是坦然面对和接受。

作于 2017 年 10 月 24 日

药物和温暖，是鏖战高原最大的力量

冬日的那曲，天气越来越冷，氧气越来越稀薄，气压越来越低，当下的每一个日日夜夜都变得特别难挨。

之前的援藏干部流传说："援藏第一年靠身体撑，第二年靠药物撑，第三年靠意志撑。"开始我不信，现在相信了。

进入 10 月，在一场又一场暴风雪的肆虐下，藏北高原花谢草枯。每天出门，都能见到公寓前的枯草在寒风中无助地飘摇。

人比草更艰难。天气寒冷，稍有不慎就容易患上感冒。在高原，感冒和平时的高反状况是很相似的，根本无从分辨是感冒还是高反。直到前天发烧，我才确定是感冒了，连续几日以猛药相抗，烧貌似退了，但头仍时常疼痛。在高原，人体的自愈能力是很弱的，所以，我只能持续不断地用药物对抗。这几日，感冒冲剂、VC 泡腾片、感康、头孢等药物从未断过。

那曲的水质很差，硼、硝酸盐、亚硝酸盐、氨氮、细菌总数、总大肠菌群超标，游离余氯不合格。因身体不适，我无力提大桶的矿泉水，口干难忍，烧了点自来水喝。在平均海拔 4500 米的那曲，水的沸点只能到 80 来度。喝了半杯就开始拉肚子，吃什么拉什么，喝水也拉，吃了诺氟沙星毫无用处。几天后，援藏的兄弟提供了土霉素，吃了才有好转。

在高原，对心脏的保护是非常必要的。援友中，不少同志已经心脏肥大了。我一直在吃进口的 COQ10，先是吃 100 毫克的量，然后吃 150 毫克的量，现在吃的是 300 毫克的量。 效果甚微，心脏仍然时有疼痛。 痛时，就吃丹参滴丸，从杭州带来的 5 瓶已经全部吃光。 昨天从援友那又拿了一瓶备用。 昨晚 10 时许，心脏又开始痛，每次都如被长长的列车碾过，以往阵痛时，吃丹参滴丸很快就能恢复。 但昨晚吃了没有丝毫效果，疼痛反而加剧，全身出汗，脸上大汗淋漓，含化了 2 片援友提供的速效救心丸，才得以缓解。 半夜去那曲地区人民医院检查，除心脏反流、窦性心律不齐外，倒也没检查出别的。 因医疗水平有限，医生建议我去拉萨的医院做进一步检查。

久病成医是有道理的，自进高原，我自己也成半个医生了。去年进那曲援藏前，部队的朋友开了各类大量的药给我，并认真地说了如何对症下药及服用的标准，我一一都背在心里。 到那曲后，分门别类地摆在随手可以拿到的地方，现在有什么症状，不用思考就可以在相应的位置取药服用。 很多小病，基本不用去医院治疗。

随着天气转冷，高原的含氧量持续走低，肺部更加难受。 受气压和氧气影响，人体的肺在高原很容易增大，所以我一直注重保养，购买冬虫夏草花了很多钱，每天坚持在吃。 但昨晚检查后，还是发现肺部有钙化结节。 人过四十，健康状况处于抛物线的后半段，对于疾病的袭扰，只能逆来顺受，生或死都是沉默的悲欢。

有人说朋友圈是虚假的繁华、伪装的富足和虚拟的假象。 我看不尽然，择友的标准很重要。 我的朋友圈是一个充满温暖、温情的大家庭。 前日身体不适的信息一发布，厅领导和同事、朋友纷纷给予各种关心。 昨晚心脏不适，朋友圈各种支着儿，有些还真起到了作用。 更重要的是，在天地的角隅，我不再觉得这是一个人的战斗，心间浓浓的暖意是抗击高反和病痛最大的力量。

作于 2017 年 12 月 7 日

不负年华，不负己

时至元旦，浙江省援藏干部全体休假，意味着 2017 年援藏工作正式收官。

逝者如斯夫，不舍昼夜。在缓缓流逝的光阴里，回看一年的光景，有收获，有感动，有欢乐，也有遗憾。那些光阴堆砌起来的成败喜悲，是岁月里不可磨灭的印记，不管记录与否，每一个点滴，都是无法淡忘的记忆。

这一年，我很荣幸再度被那曲地委组织部和地区科技局党组评定为优秀公务员。这两次荣誉的获得，凝集着浙江省科技厅党组对援藏工作的大力支持，凝集着科技局党组对援藏工作的高度肯定，凝集着全体干部职工对援藏工作的充分认可。这不仅仅是荣誉，更是岁月厚赐给人生的意义。

把希望种在梦想里，总是希望开出赏心悦目的花朵。当浙江的科技资源优势通过科技大市场嫁接到那曲的那一刻，当 27 名白内障患者见到光明的那一刻，当嘉黎县小学生在自己的科技乐园开心雀跃的那一刻，当两批科技人员赴杭州学有所获的那一刻，当温室蔬菜种植等项目落地那曲的那一刻，当双湖县特色资源卤虫卵取得新的进展的那一刻，当局里环境设施得到进一步改善的那一刻……我看到一朵朵美丽的花儿在一张张藏族同胞的脸上欣然绽放。

捡拾记忆，人生苦乐悲喜，成败得失，都是途经的岁月，都已成为过往。 渐行渐远的时光中，那些美好的人或事物是不能忘记，需要感念的。 心如秤，平日里的关怀，生病时的问候，困境中的相助……所有真诚的言行，都各有分量，一点一滴地积累，汇聚成生命的温暖，行走在时间的流逝里。 这些，是人生的灯盏，是温情的回忆，是前行的能量。

站在跨年的临界点上，回看流动在岁月中的美好，内心满是感激。 感谢伟大的时代，感谢组织的关怀，感谢家人的付出，感谢同事的支持，感谢朋友的相伴。 人生的山水，因真情而美丽，行进的步履，因真意而笃定。

时间就是财富，它会沉淀真情实意，会让人平静地接纳命运赐予的坎坷和磨难，会让人在艰难和困境中积累经验，积蓄力量。 汇集流年的点滴、冷暖与成败，当记住该记住的，忘记该忘记的。 这尘世，温暖与痛苦本来就是相互并存的，时光里，唯有做更好的自己，方不负年华。

每一个日子，都是崭新的开始，都是昨日的续篇。 行走在辽阔的援藏时光里，我知道前方依旧会有一道接一道的艰难险阻。生命是一场和时间赛跑的游戏。 在无常的高原面前，我没法做"预则立，不预则废"的事情，我能做的，就是接纳生命所赋予我的每一个当下，坚持自己的价值和信念，以不屈不挠的精神，栉风沐雨，披荆斩棘，在勇敢前行中让自己变得强大，让人生变得精彩。

作于 2017 年 12 月 29 日

我的假期，我的厨艺

2018年2月10日晚，我给家人做了满满一桌菜，集中展示了假期所学的烹饪技能。

今年休假，我哪也没去，基本窝在家里，博览各类菜谱，并付诸实践，练就了一身过硬的厨艺。

之前一直没有机会进厨房。参军前，我生长在粗粝的环境里，在生活水准仅供温饱的年代，根本没有任何物质条件研究做菜。参军后，一直吃炊事班做的大锅菜，与厨房挨不上边，与优雅精致的生活同样挨不上边。婚后，生活水平大有改善，但妻子见不得厨房有油溅水滴的痕迹，做事笨拙的我同样没有机会接近灶台。

我一直觉得，一个人把有限的生命投入无限热爱的事业和无比喜爱的人身上，才是最具价值和最有意义的事情。之前几十年，我一心扑在工作上，亏欠家人的地方颇多。援藏休假，是极好的弥补机会。于是，闭门谢客，上午洗衣、拖地、整理卫生。因为厨艺几乎是零，午睡后即去菜市场买菜，下午4时便开始做饭烧菜，这样有足够的时间研究菜品和整理厨房卫生。

信息时代，网络是最好的老师。初时我严格按照百度所述，用克秤分毫不差地称出主料和辅料的克数，逐一对照步骤下锅。过程中，咸淡取汤水品尝，根据需要添加盐糖等调料，根据观察和品尝出锅，上桌的菜肴基本色香味俱全。

我做事，历来有一种求好的精神，力求在有限的条件下，以最好的方式和风格，将事情做到自己满意的程度。 朋友中，有些是做餐饮生意的，为了提升厨艺，我四处拜师，学习烹饪技能。做事，凡彻底投入，就能渐入佳境。 一番求索之后，我的烧菜水平大增，后来完全抛开百度、克秤等外界的辅助，进入厨房，锅铲、饭勺仿佛成了身体的一部分，使用起来得心应手，可以随心所欲地搭配菜品、使用调料，土豆、蒜苗、洋葱等，经过我手，会十分熟稔地变成各类美味可口、赏心悦目的菜品。

孩子的胃口有些挑剔，很多菜不吃。 为了丰富营养，我会把黄蘑菇炖到她喜欢吃的牛腩里面，辅以洋葱，撒上香菜、蒜叶，做出鲜爽可口的蘑菇炖牛腩。 南瓜，我会用蒜瓣、黄油、蜂蜜、冰糖改变它本身的味道，做出独具特色的蜜汁金瓜。 胡萝卜，我会广泛应用，掺和着做出诱人的土豆饼、羊肉炒饭等菜肴。 这些用心制作的菜肴，吃到嘴里，是无比的爽口，进入胃中，是无比的熨帖。

我做任何事情都力求精致、完美，做菜也是如此。 每一道菜在讲求营养、口味的基础上，还十分注重造型和装饰。 比如早餐，我会用火腿肠做出爱心或花朵的形状，里面放上鸡蛋、面条等食物，煎出好看的造型。 用剩的饺子皮，我会撒上葱花、芝麻，做出香喷喷的葱油饼。 有时，一道菜因为一片菜叶的点缀，而有了特色，让人的眉梢生出欢喜。 一些不温不火的生活，也会因别样的滋味，而有了惊喜，让趋于平淡的日子变得有趣，给家庭带来满满的幸福感。

生活，一半烟火，一半诗意。 在烟火弥漫的灶台上煮、蒸、炸、炒、煎，给平淡无奇的粗茶淡饭赋予诗意，是生命里的精彩，是生活中的温暖，更是人世间的美好。

作于 2018 年 2 月 10 日

梦想的征程

又一次泪别杭州。

3月3日早晨5时，天未明，城市未醒。 没忍心吵醒还在熟睡的孩子，我一个人摸黑穿衣、洗漱，乘机场大巴，伤感地踏上返藏的征程。

前行在光荣与梦想的征途上，离别是一次又一次的流离失所，是一次又一次的亲情割离，是一次又一次满心的失落、孤独与惆怅。

天空下着雨，如同一场盛大的泪别。 街面有车穿行，但彼此安静，悄然而过。 清寒的季节里，大巴驶过鳞次栉比的高楼，驶过纵横交错的街道，直至把繁华的城市抛在身后，渐离渐远。

去年也是在这个时候结束休假的，所以接到返岗的通知并不意外。 只是，此次休假从元旦开始，3月3日结束，计62天，比西藏本地干部少16天。 这，出乎全体援藏干部人才的意料之外。

生命里，有太多的意外和痛苦无法避免、无法抗拒。 在与低氧、低压斗争的日子里，援友的身体每况愈下，有的心脏肥大、疼痛，有的牙齿松动、脱落，有的头发脱落、变白，有的身体抵抗力下降、各种疾病缠身……这是一个令人心酸的现状！

人生是一条踏上就无法回头的漫长旅途，每个人都有难以言说的苦难与伤痛。 选择好了路，自当坦然接受，勇敢面对，全力奔跑。 很多人活着，都是为了更好地活着，都是为了超越自我活着。

接到返岗的通知，很多援友借诗抒情，以诗言志。 有的说，战鼓声声催人急，复启征程伤别离。 此去又是八千里，不待扬鞭自奋蹄。 有的说，此去又是八千里，明月何时照我还。 还有的说，元宵清明在他乡，端午五一在他乡，中秋国庆在他乡，建功立业在他乡。 一首首令人动情的诗句，让我感受到离愁别绪和无私的胸怀、昂扬的激情。

孤寂的阵营里，每个人的精神都如同草木，在生生不息地成长着，都在人生风雨处，在至情至性的岁月里，仰天长笑着。 浩浩阡陌，这是一群平凡而高贵的援藏人，无私无畏的灵魂，是一种不朽的存在。

得知我要返藏，许多领导和亲友要安排吃饭送行，和刚休假时婉言拒宴一样，我基本都谢绝了。 假期陪母亲、妻女、姐妹的时间实在太短，只能希望大家理解！但一句句真诚的祝福，一盒盒实用的药品，所有真情实意都一一地铭刻在心里了。 荒乱的流年，汇流在心底的温情，是记忆里念念不忘的美好，值得一生回味和感念。

乘上飞机，至数千米外的高空，太阳猝不及防地刺透乌云，舷舱外光芒万丈，万里晴空。 人生的阴晴，同样相隔着攀爬的距离，希望这一程同样能穿风越雨，安度苦难，让援藏每一个光阴，都成为生命中的光辉岁月。

作于 2018 年 3 月 3 日

谈谈高原反应带给我的感受

再上那曲，再次感受到高原反应带给身体的刻骨铭心的疼痛。

每次从浙江出差或休假回那曲，都要经历一段痛苦的适应过程。

2018年3月3日到拉萨，经短暂休整，3月5日到达那曲。当夜，我吃了双倍剂量的安眠药，受气压影响，依旧睡睡醒醒，处于浅睡状态。

有一阵子睡着了，梦见去医院治疗头疾，医生伸手从我脑中掏出一块血肉模糊的东西，说这个部位已经没用了。那一刻，我痛醒了。清醒后，头疼欲裂，吃了散利痛，才得以缓解。

坚持着熬到天明，双鼻堵塞，擤出两大块凝固的血团，才畅通。随后，左鼻孔鲜血直流。

局里的同志对我非常关心。进藏前，多吉局长提前让人打扫了房间卫生，买了水果。傍晚，朱仲元书记带人前来探望，关切地询问我的身体状态。两位领导一再让我第二天休息一下再上班，但手上一堆事情，在公寓里是待不住的。我先去地委组织部协调了智力援藏工作，再去办公室修改了两份材料，随后看望了局里工作的同志和平日里忙于后勤工作的门卫、厨师，协调了临时工体检事宜。忙到下班，全身乏力，头痛加剧，傍晚下班时间，满脸通红，身体发烫，量了下体温，接近38摄氏度。

问了同事，说应该是高原反应引起的低烧。

所幸，心脏还没疼痛，胃还在正常运作。 这次援友们的高原反应有的在头部，有的在心脏，有的在胃部，还有的满脸浮肿。在海拔 3000 米以上的高原，头痛、失眠、食欲减退、疲倦、呼吸困难、心脏疼痛等，都是身体经历低压低氧环境时产生的常见病症。 选择治疗的方法，一是氧疗，二是药疗。 可惜公寓的制氧机又坏了，修了数日仍不见好。

在平均海拔 4500 米的那曲，高海拔给人体带来的伤害，没有任何人可以避免。 这几天，朱仲元书记也购置了制氧机，多吉局长也开始吸氧了。 相较于长期在那曲工作的同志，高原反应给援藏干部人才带来的痛感会更加强烈。 直至血小板聚集，体内生成更多的红细胞，逐渐产生免疫抗缺氧能力，身体表象的症状才会慢慢消失。

所以，唯有坚持。

生与死，是人类精神活动中经常被探讨的话题。 我想，生命就如一次出游，乘兴而出，尽兴而归，这就够了。 我自己选择的路，既然走出第一步，爬着也要到达终点，否则就是给生命蒙羞。

海明威说："生活总是让我们遍体鳞伤，但到后来，那些受伤的地方一定会变成我们最强壮的地方。"希望如此！

作于 2018 年 3 月 6 日

学会选择

写了《谈谈高原反应带给我的感受》一文发在微信朋友圈后，收到留言无数。

浙江省政协副主席，省科技厅党组书记、厅长周国辉留言："保重，放松。"第二天，他发在创新社区的《人生都有两个机会》，通过一个即将参军入伍的大学生和爷爷对话的小故事，阐述无论人生遇到什么样的际遇，都有一个好机会和一个坏机会。以乐观旷达、积极向上的心态去对待，坏机会也会成为好机会；用消极颓废、悲观沮丧的心态去对待，好机会也会被看成是坏机会……看罢，我自觉对号入座，感觉是对我的教育及勉励。

在平均海拔 4500 米的雪域高原工作，时刻体验着生活的艰苦和生命的艰难。 这些苦难，时刻磨炼着我。 如果换一种心态想，其实也在时刻造就着我。 "屈原放逐，乃赋《离骚》"，不是苦难本身造就了屈原，而是屈原对苦难的态度铸就了他辉煌的人生。 "木以绳直，金以淬刚"，世界上没有谁不是经过艰苦磨炼而成就事业和人生的。 以积极的心态面对苦难，挺过一次就多了一份历练，闯过一关就获得一次成长。 经受得住苦难的磨炼，就可以让人在逆境里百折不挠，有所作为。 如果在苦难中消沉了，那么所经历的痛苦就如登山半途而废，就不可能领略到人生的无限风光。

达尔文说"适者生存"。 在恶劣的环境里，这种生存不是为了保命而消极应对、碌碌无为、苟且偷生。 生存，本身是为了向前，为了攀登，为了人生目标的实现。 岁月给我们的每一次经历，都是一次悟得和成长的机会。 积极适应，是对自我个性的一种重塑，是对灵魂的一种超越，更是一次极好的改变人生的机遇。 山那边是海，海那边有天地，每做出一次选择，所抵达的便是一个新的天地。

人这一生，苦难必不可免，选择无处不在。 每一次选择都会有一个好机会和一个坏机会，好的机会会让你一帆风顺、一生受益。 坏的机会会使你的生命变得苍白、匮乏，最终懊悔终生。面对选择，我的原则是：放远目光，朝着人生的目标勇往直前。

微信朋友圈的留言里，还有些亲友鼓励我坚持就是胜利。 我会的！在那曲的每一天，都是对心力和毅力的严酷检验，命运带来的苦难，我无力改变，但抗争的过程，是人生的意义。 这世上有绝境，但无绝望。 我相信，在绝境中永葆斗志，定能柳暗花明，抵达魂牵梦萦的人生福地。

作于 2018 年 3 月 7 日

生命的重量

2018 年 3 月 8 日，持续几天的低烧退去，全身终于有了力气。

3 月的那曲，依旧万物枯寂，积雪覆盖。局党组书记朱仲元说，这个季节，气压低，氧气更加稀薄，本地和长期工作的同志也很难受，他自己每天最多只能睡 4 个小时。

西藏，于其他地区的人而言，是美丽而神奇的天堂。但长期在此工作和生活，则时刻要承受恶劣的环境，艰苦的生活，以及高原反应对人体的伤害和对生命的威胁。

局里的同志可能是见我脸色不好，每个人见到我都很关心地问，身体怎么样？要多休息。

看着同事们一个个因长期紫外线辐射变得黝黑的脸庞，和因高寒缺氧裂开的乌黑的嘴唇，我无法言苦，只能说还行，还行。

每一个长年奋战在茫茫雪域高原上的人，都是我崇敬的对象。同样只有一次青春年华，同样只有一次生命，他们毕生都贡献给了这片苍茫的土地，直至耗尽精力，燃尽生命。相比于他们的付出与牺牲，我又有何脸面道苦言累呢！

一个人如果为活着而活着，延续的只是寿命。在生存的过程中，他们就不会懂得生命的本质和存在的意义。骨头里少钙、灵魂里缺铁的人，生命是没有重量的；追求富贵、贪图享乐、自私自利的人，生命是没有重量的；缺失人生目标、缺乏奋斗动力、虚度人生年华的人，生命同样不会有重量。

生命的重量，不是体重，也不是由自己决定的，而是活在他人心中的分量。

刚进浙江省科技厅工作时，我深深为省科技厅原办公室主任张家明援藏的先进事迹所感动。到那曲工作后，那些曾经和张家明工作过的同志，仍经常感怀他的付出，称赞他生平的事迹。 赞誉声使我憬悟：一个平凡的人，只要以敬业精神点燃执着的火把，生命的价值便会在历史的天平上清晰地显示出它本来的刻度。 这就是生命的重量。 牺牲了，也是一份永恒的存在。

人生是一个攀行求索的过程。 那些在困境中百折不挠，奋起拼搏的人，所流过的汗水，所付出的心血，都是生命的砝码。 那些勤奋的人修得的思维、才华、素养、品行，是生命的重量；在奋斗中经历的挫折、磨难、成就、荣誉，同样是他们拥有的生命重量。 这些，会将人塑造得更加强大，让人生变得丰富精彩。

水滴石穿不是水的力量，而是坚持的力量。 一个人只要认准自己要走的道路，并持之以恒地为之付出全部时间与精力，就是在不断地为自己的生命增重，将来所拥有的，一定会是恰如其分的一份回报。

作于 2018 年 3 月 8 日

世间美好，恰逢其时

人的一生，总有一些人会走进生命，有一些事会嵌入记忆，有一些场景会刻骨铭心，有一些时光会念念不忘。譬如，我们的援藏时光，以及所居住的公寓和共历苦难的兄弟。

今年，又一批援藏人才陆续加入我们的援藏队伍。和我们共住一个公寓、同吃一锅饭的有7位兄弟，今天全部到齐。他们分别是应帅、姜石磊、叶慧锋、闵伟峰、王昂峰、潘利福、安明和。我不得不写下他们的名字，因为他们放下支撑家庭的重任，舍弃亲人团聚的幸福，远离轻松舒服的环境，选择用血肉之躯对抗恶劣环境、用生命年华鏖战高原的壮举，值得铭记。他们看似不经意的选择，给予我们的同样是不期而遇的美好和精神的依偎。这份难得的经历和温暖的记忆，值得留在我的文字里。

人是感情动物，在特殊时期的特殊环境里，会有一种天然的亲近感。每一名已经在那曲奋战了一年半的援藏干部，打心底里欢迎并接纳新来的战友。那曲地区卫计委副主任姚乐，在他们进藏前就给每名同志备了药品高原康，早晨又把自己买来的增强心肌的辅酶 Q10 每人分了一份；那曲地区公安处副处级干部殷克华在吃饭的时候，仔细地给新战友传授对抗高原的经验；有的同志没带电源接线板，我把自己正在用的贡献了出来……单调枯燥的援藏生活，因新来的援藏兄弟变得色彩斑斓，丰富多彩。

人与人之间的命运交织，由无数的偶然和侥幸构建而成。生命给予我们的这一段生死经历和珍贵感情，大家都很珍惜。 晚上，我邀请所有在公寓的援藏兄弟，在局里的食堂设宴欢迎新来的将与我们共历苦难的战友，旨在为增加了解，驱散乡愁，增进友情。 在吃饭过程中，得知今天是那曲地区发改委副主任俞奉庆的生日，我连忙让人跑遍全城买来生日蛋糕，这给相聚更增添了一份喜庆的气氛。 红尘深远，风月无边，世间美好，恰逢其时。这注定是难忘的日子。

时光流逝，岁月不言。 所有温馨的时刻、美好的时光，都将是岁岁年年里珍贵的收藏。

作于 2018 年 3 月 10 日

天地之间有个家

人是感情动物，在一个地方和一群人朝暮相处久了，就会产生诸如家人一般的深入骨髓、融于血液的情感。

浙江省支援那曲地区的55名干部人才，近一半集中居住在浙江公寓。公寓在那曲地区地委行署大院内，所在地海拔4520米。作为全球海拔最高的行政地区，这是一片险象丛生、没有硝烟的战场。几十年来，无数人葬身在这片号称"生命禁区的禁区"里，正因如此，集中生活在一起的27位援藏兄弟，不论职级高低，不论年龄大小，都视彼此为并肩作战的兄弟，视浙江公寓为共同生活的家。

最初踏上高原，深受冰寒、缺氧、低压、辐射和寂寞的影响，没有哪位援藏兄弟不憎恨这里恶劣的环境和气候。但使命在身，没有一个人打退堂鼓，都尽心尽责，在各自的岗位上将才能和潜力发挥到极致，做出了卓越的贡献。这里一树不生，只有一种东西雪扑不灭冰冻不死地顽强生长，那就是职责。职责，是家的重要组成部分，是生长在"世界屋脊的屋脊"上的参天大树。

生命在春夏秋冬的交替中生生不息地前行着，经历生死悲欢，尝尽酸痛苦辣，体味艰难困苦，每名援藏兄弟都以各自的爱与付出，在薄情的世界里活出了深情。吃饭时，如果发现餐桌上少了谁，立马就会有人掏出电话打过去；下班或饭后，即便再缺氧，大家也会在公寓的阳光大棚里聚上一会；单位或朋友慰问的水果，家乡寄来的美食，援友们都会毫无保留地贡献出来，彼此分享；发现阳光大棚少了热水器，程浩自费买来一台，还细心地给每名同志配了杯子；姚乐不仅时时给大家买来瓜子，连饭后用的牙线棒都想到了；谁的身体要是出现状态，大家会全员上阵帮忙，没车坐的走都会走到医院去……这些，是人性里最纯粹、最本真、最无功利的感情。每一个细节都如盛开的花朵，在光阴里幽然生香，令人心生欢喜。

这是我们生命旅程中最温馨的一个驿站，这样的氛围，会让人生出一种浓浓的家的情结，会让内心时刻受到一种感召、一种信心、一种振奋和一种力量。

这个世界上，我们每个人都有各自的人生轨迹和特有的思维方式、生活习惯。但相融于一个集体，体现的是一个团队的凝聚力和战斗力，衍生的是一个家的温情与幸福。终其一生，有一群共生死、同甘苦的兄弟同行于艰难的时光，是人生难得的一段经历，是温暖的记忆。我相信，这段特别珍贵的感情，亘古绵长，会让每一个援藏的兄弟常品常新，回味和受益终身。

作于 2018 年 3 月 11 日

真要学一学植物生长规律

2018 年 3 月 15 日，读了浙江省政协副主席、省科技厅党组书记、厅长周国辉的文章《真要学一学植物生长规律》后，很有感触，心情久久不能平静。

在那曲，所有在藏工作和生活的同志至今一直践行着毛主席关于"与天奋斗，其乐无穷"的奋斗精神，都以其生命的坚韧、傲然的灵魂、不屈的斗志，生生不息地与大自然进行着长期的搏斗。

支援那曲之前，就听说第四批援藏干部——省科技厅能源与核技术应用研究院院长郭雄彬在地区科技局的院子里种了棵树。10 多年后，我援藏到科技局上班的第一天，做的第一件事情是去找这棵树，无果。局里的同志告诉我，早死了。这些年，科技局一直在想方设法种树，每年都死不少，死了再补种，至今没一棵树的高度是过胸的。放眼整个那曲城区，除了能在一些单位的阳光大棚或院子内见到美化环境的树苗外，见不到一棵高大的树木。今年，那曲浙江公寓阳光大棚有专人护理的树木也死了数棵，见了着实令人伤感。或许，不属于高原的东西，所有人为的行为都是徒劳的！

植物生长尚且如此艰难，人类的存活又能好到哪里去呢？亿万年漫长的岁月里，死神在海拔 4000 米的高程线里，一直忠于职守、虎视眈眈，在这条界线内，无人能全身而退。拿我身边的同志来说。原局党组书记桑珠因为身体状况离岗待退；现局党组书记朱仲元的尿酸指数高达 900μmol/L 多，脚关节上长出了很大一块痛风石，每天都一瘸一拐地上班；局长多吉血脂很高，一直在寻医问药；副局长才嘎因身体状况不好，等待病退批复；副调研员罗布次仁患有严重多血症，导致多次肠梗阻住院……浙江省第八批援藏干部进藏才一年半时间，现在没一个人的身体健康指标是正常的，有 1 名援藏干部因为身体状况提前离藏返杭，有 1 名援藏人才是从死亡线上拽回来的，有 3 名援藏干部至今仍在医治身体。3 月 14 日，省委办公厅援藏干部吴斌峰因心脏连日剧痛、肺部有阴影，住进了医院……在茫茫雪域高原，只有一种东西可以顽强生长，那就是服从命令的天职。

西藏，被称为"世界屋脊"。那曲平均海拔 4500 米，被称为"世界屋脊的屋脊""生命禁区的禁区"，夏季含氧量仅为海平面的 58%，绿色植物生长期只有 3 个月左右。此外，人的生存更是面临严峻的挑战，因而那曲被自然科学家和医学专家划定为"最不适合人类居住的地方之一"。所幸，双湖县海拔 4900 米以上的嘎措乡、雅曲乡、措折羌玛乡 714 户 3018 名牧民群众，目前已确定将搬迁至山南市贡嘎县森布日村搬迁点，有望在一年内完成安置。

西藏恶劣的自然环境和艰苦的工作条件，无时无刻不在挑战着人的生理和心理极限。一代又一代的西藏人和援助及工作在西藏的同志，长期以来一直无私无怨地奋战于雪域高原。这种与天地奋斗的精神是值得称赞的，但真应该学一学植物的生长规律，妥善地处理好人与自然的关系。只有这样，人类才能达到"天人合一"的理想状态。

目前，国家对生存和发展环境恶劣地区实施易地扶贫搬迁措施，这是改善人民群众生存和发展环境，精准脱贫的主要方式。

希望力度能进一步加大，让祖国任何一个角落的同胞都能获得更好的生存环境！

作于 2018 年 3 月 16 日

风声月影

　　"风声月影"，是我的微信公众号名，是栖息灵魂的地方，也是文字示众的平台。

　　此公众号，是好友郑煊妹妹帮忙申请开通的。 通过审核有些时间了，一直没有发文。 原因很多，开始是等待发文的契机，后来连续写了 3 篇主题相同的寄语，因为手机刷机丢失了。 我的文字，都是在有感触、有激情的状态下，一气呵成完成的。 心情失落，怎么也找不回当初的感觉，写不出有生命力的文字，索性搁笔。

　　今天，获悉被评为浙江省作家协会会员和浙江省散文协会会员。 遇有喜事，内心的激动溢于言表。 我是那种很在意仪式感的人，这是表达个人情感最直接的方式。 时值此喜，留有文字，当是人生的一次剪彩。 其实，对此殊荣，我自觉是有差距的，一直以来，我没有经过任何文学方面的专业培训，只是爱读书，有些知识的沉淀，将心灵深处的东西写了出来，不怕丢人罢了。 能得到浙江省作家协会专门委员会多名专家评审认可，再经作协第八届委员会第十一次主席团会议审议通过，内心诚惶诚恐，深感自己的能力撑不起作家的名号，更怕对不起老师的赏识。 唯懂得，带着深爱厚恩出发，努力前行，才是对感激最好的回报方式。

　　文字是最好的证明。 余生的时光里，我会尽己所能地将所思所想、所学所悟、所见所闻，用一种诸如花开的方式，将生活的情致、人生的领悟、真挚的情感、思想的力量、纯粹的灵魂，一一呈现给生活，呈现给时光，呈现给你。

公众平台是最好的展示方式。之所以起名"风声月影"，是因为远离家乡、远离亲友，只身援藏，缺氧低压，长夜难眠，陪伴自己时间最长的是皎洁无染的月色和或徐或急的风声。生命这一程，所有文字都是闻风所思，月下拾影的拙作。

"穷则独善其身，达则兼济天下"出自孟子的《尽心上·忘势》，这是一直以来我所喜欢的话，也是我人生的座右铭。放进功能介绍，是鞭策自己在人生没有平台施展智慧与才能的时候，多读书多思考，不断完善知识结构，提升品德修养。唯有如此，将来才有可能尽己所能地为社会、为百姓尽到责任，实现理想抱负和人生价值。即使不能兼济天下，也至少做到了独善其身。

喧闹的凡尘中，我一直坚定如一地追逐着自己的梦想，也一直掩饰着一路的辛酸苦累；一直骄傲地孤独着，也一直渴求一群人的狂欢。人生是一个不断寻找自我的过程，有些得到了，有些失去了！有些人来了，又有些人走了！有些事淡如云烟，有些事深念难忘！终其一生，谁会是我最刻骨的记忆？谁又会是我最长情的陪伴者？

这是一个隔离感与日俱增的年代。漫长的生命里，我们各自忙乱，各自孤寂，彼此安静地穿行在独有的时空里。盛大的人生过往，我们相隔着从漠视到了解的距离。即便是相距天涯，即便是擦肩而过，我相信，只要你关注公众号——风声月影，文字定能穿透浮尘，穿过时光，穿过你心设的防线，让你知道我，知道我的情怀，知道属于我内心深处的东西。

岁月漫长，让我们缓慢行走，我相信在人生的某一路口，我们就一定会遇上、喜欢上、深爱上彼此的灵魂，会将真挚的情感与不绝的牵挂聚拢到一起，共享内心的蓬勃与丰富，让人生的每一个日子都能温暖相偎、美好相伴。

作于 2018 年 3 月 20 日

用文字记下感动，让生命念念不忘

　　我们这一生，会遇到许许多多的人，许许多多的事，那些帮助和温暖过我们生命的人或事，哪怕再微不足道，都会烙印进我们的心灵，让我们记上一辈子。

　　自启用微信公众号"风声月影"以来，收获到无数熟识的或陌生的朋友的关注和鼓励，这些虽不能决定和改变命运，但实实在在给生命带来了温暖与感动。虽然有些事可能会被记忆淡忘，但选择用文字记下的，将是经年之后重温的凭证，必定是岁月里一份永恒的标识。

　　凭借写下的文字，我一定会回想起 3 月 20 日晚撰写好《风声月影首期寄语》后，我操作不好微信公众平台时的慌乱。是好友何飘飘通过视频聊天，遥控传教制作步骤，才完成首篇的文章发布。待发好文章，大冷的天，我发现手心里全是汗。那一刻，我才真正体会到这个之前常常被我训哭，但感情依旧如亲人般的小姑娘，曾经天天熬夜做单位的微信公众号，这一天天的付出和对我脾气的包容是多么的不容易！这让我内疚并感动。

　　那些真正的感情，是经得起岁月考量的。文章通过平台发布后，我分别发到朋友圈和单位、亲友、同乡、同学、战友群里。一时间，公众号后台的粉丝数量直线上升，细细查看，发现很多都是我久未谋面和联系的人，这让我的内心百感交集。我对文字素有深情，那些自灵魂漫溢而出的文字，总是希望遇上欣赏的人。 但我知道，很多亲友、同乡、同学和战友是冲着感情来的。这份支持的力量让我感动！

3月21日晨，见微信朋友圈里很多亲友、同学、同事、战友都转发推广"风声月影"。 有的说，请大家关注"风声月影"，这里会有最美的文字，最真实的情感；有的说，在艰苦的日子里，文字是作者最好的慰藉，"风声月影"的文字定能够温暖到你；有的说，"风声月影"饱含温度的文字、真挚的情怀、向上的力量，让人领略到不一样的生命姿态；有的说，对雪域高原有兴趣或爱好文字的朋友可关注"风声月影"；有的说，必胜的文章很直白，很真实，会让你的内心在这个浮躁的时代多一份平静；有的说，"风声月影"，一个援藏干部的情怀，欢迎关注；有的说，真诚推荐反映西藏风情和援藏工作生活的"风声月影"；还有的说，作者是一位知感恩、懂上进、充满正能量的有为青年，欢迎关注"风声月影"……我们这一生，到过很多地方，见过无数风景，这些亮点不一的推介词，会是留在我心上、各具韵味的最美的风景。 这一份份良苦用心让我感动！

生命的本质是物质运动的一种形式，是不断向外延展的过程。 在微信粉丝数量停滞的一段时间里，我将《风声月影首期寄语》转进邻居群。 这是一群素未谋面但非常热心的邻居，搬家后我就援藏了，和大家都不熟悉，但邻居们纷纷关注，并关心地询问高原生活状况，让我保重身体。 这一份份来自陌生人的温暖，就像一束束洒进窗棂并随着时光轻缓移动的阳光，让艰苦单调的高原生活变得流光溢彩、温暖无限！

微信公众号的后台更是热闹非凡。 各种问候、肯定、关心和鼓励的留言近200条，所有话语都让我备受鼓舞和备感温暖。 这些入心入肺的留言，会永远地保存在后台，将是我珍贵的私藏，多年后，再度翻起，内心肯定会如今天一样感动。

阡陌红尘，文字是记录生命和当下生活最好的方式，这段日子有许许多多不愿忘却的感动，选择安放在文字里，是另一种形态的存在，是不断激励我努力前行的动力，是生命回望里念念不忘的永恒。

作于 2018 年 3 月 22 日

用一生去铭记

今天是我开心的一天。

在小学写作文时，常常这样开头。而此时此刻，我恰如孩子一样，开心不已。

夜幕降临，在这样一种安静的氛围里，我涌动的心潮依旧难以平复。

先从重要的事情讲起。3月21日，我邀请浙江省政协副主席，省科技厅党组书记、厅长周国辉为我的散文诗歌集《生命的姿态》一书作序，他说："本不宜作序，但为你就搞特殊化了。"

这是真正的对援藏干部高看一眼、厚爱三分。3月22日13时40分，收到周国辉写的序文《塑造不一样的人生》。文字上，一如既往的亲切、平和，富有温度。字里行间，可以感受到领导对部属在细枝末节上的关心和爱护。更让我心潮澎湃的是他对我工作的高度认可。

人这一生，之所以顶风冒雨含泪奔跑，之所以历尽艰辛咬牙坚持，之所以披荆斩棘承受苦难，无非是在探寻自我价值的道路上寻找自己的位置。这一位置，不是由自我来评判决定的，而是取决于外界的价值判断。

一路走来，许许多多个忙碌日子的反复叠加，让我们常常忽略掉自身的幸福所在，以及对生命之外的情感依傍。本以为这些年东奔西走，许多感情已湮没于岁月尘埃。 到需要时候，在许许多多温暖簇拥而来之时，才知道那些沉寂的亲情、友情一直蛰伏在生命周围。

今天上午和多吉局长讨论完工作，趁闲给微信里的亲朋好友推介了"风声月影"。 刚群发完，微信提示音便此起彼伏地响了起来，全是"已关注"或"早已关注"的回复。 打开后台，看到连不怎么会玩微信的大伯大妈们都关注了。 这让我哑然失笑。微信朋友圈瞬间被刷屏，昨天的亲朋好友们又是一波狂轰滥炸式的转发推荐，连孩子学校的老师和党总支书记都在给力地推介；最让我激动的是党校同学，他们都是省直机关各单位忙碌的处长们，却接龙似的发"真诚推荐骄傲的援藏同学费必胜同志反映西藏风情和援藏工作生活的个人微信公众号……"。 生命中，这一份份真情厚爱，让我怎能不感动？

打开前两日发的文章，浏览量均在千位数以上，粉丝的数量也突破了一千人，后台的留言仍雪片般纷至沓来。 这些，不只是数字，而是一份份美好的感情，是生命的缘分，是内心的赤诚，是让"风声月影"变得更好的原动力，更是我直面高原艰难生生不息的能量。

那些给我生命以挚爱、关切、帮助和美好的人，值得卷存典藏，铭记一生。

作于 2018 年 3 月 23 日

拼搏的日子可以有诗意的生活

杭州市文晖中学党总支书记朱兴祥帮我推介微信公众号"风声月影"时说，看了我的文章才知道，忙碌的生活原来真的可以有更多的诗意。

我说，这是对生命、对生活应该持有的态度。诗意，是生命的暖色，是支撑人生前行的精神动力。只有诗意地活着，人生才会有念想，生命才会有希望，生活才会有不灭的激情。

有限的生命里，我们每一个人都在追寻自己的人生目标，也在经历一路的沧桑坎坷，承受不为人知的隐痛、困顿、惶惑、压抑和愤懑。前行的人生，该经历的、该承受的，我们一样都躲不过去，只有勇于面对现实，诗意活在当下，才能活出人生最好的状态。

"如果有来生，我要做一棵树，站成永恒，没有悲欢的姿势。一半在土里安详，一半在风里飞扬……"三毛的《说给自己听》，姜岩的《北飞的候鸟》，都写了这段话。这只是她们心中的诗意，却不是她们现实的人生。最终，两位作者以同样的方式了结了自己的生命，令人格外惋惜！其实，人生本是一场悲痛喜乐的反复轮回，把来世的愿景，化为今生的念想，内心就会有方向、有力量，就能走出爱恨情仇，穿过苦难沧桑，活出独有的风景。杨绛的活法，就是最好的榜样。

人生一世，活的是一种情怀，一种姿态。既定的人生里，有些东西或许我们无法改变，但在内心，我们可以做自己的主，可以依照自己的想法，做一些让生活芬芳，让生命诗意，让灵魂丰盈的事情。很多人在忙碌奔波之余，买一束花，摆一盆景，实际上就是诗意的生活方式。

在平均海拔 4500 米的那曲，养花种树，很难存活。我会牺牲一些休息时间，擦桌拖地，摆弄陈设的物品和家具。在氧气极度稀缺的状态下，这是一件极其艰难的事情。但每次完工，看到房间窗明几净，物品井然有序，心情就会变得开朗明快，快乐幸福，充实富足。我始终认为，一个人的房间是自己陈设给自己的风景，藏着对生活的态度和生命的状态。

无论面临怎样的环境，我总是激情于昼，钟情于夜，在全身心完成一天的工作后，将门反锁，阻隔一切世俗喧嚣，让生命由对外的索取追求转向对内在的探知本源，在夜的宁静与安详里，听从灵魂的呼唤，追寻精神的富足。

人这一生，生命当如树，艰难的日子，当不屈不挠，始终以积极的姿态接受人生的挑战。沉寂的时光，当随缘就喜，始终以超然的姿态汲取生命的启悟。

季节，起始于春，承续于夏，转变为秋，合拢为冬，四季交替是周而复返的循环，但生活不一定是千篇一律的复制。生命若阳光，就会散发灿烂的光辉，心灵若静夜，就能保持平静旷达的心态。一切，都取决于自己能否透过纷呈的世相，静观内心，真正找到自己，找到生活的愿景，找到生存的方式，找到生命的意义。

我一直相信，人生真正的幸福，不只是地位的拥有和物质的享用，更多的还在于是否拥有与之相适应的丰富的精神世界。

作于 2018 年 3 月 28 日

那个让我学会写诗的人，谢谢你

这一生，我们可供记忆的脑容量是有限的，能占据一隅，让我们念念不忘的，定是那些给过生命以光、以暖、以真诚的人。哪怕人生交织的光阴只是短暂的片刻，但在某个特定的瞬间，我们总能忆起过往，并顺着记忆的脉络，理出所有的细枝末节，找到温暖的源头。

一直以来，只要涉及诗歌的话题，我的脑海里总会跳出一个人来。 在那一刻，我总有倾诉的欲望，想告诉别人我爱上诗歌和学会写诗的过程，想用一世的真情向一个人道歉并致谢。

他就是我曾经的战友——孙建文，我们是同年兵，同在一个团，但不在一个连队，因为彼此都喜爱文字而知道对方。

孙建文当兵时就有不少诗作发表在《解放军报》《辽宁青年》等报刊上，是团里的名人。 当时，我特别仰慕他，专门跑了几十千米的山路，到他所在的连队找他。

这是一位典型的山东汉子，为人豪爽仗义。 第一次见面，主动拿出一本《中国探索诗鉴赏辞典》塞我手里，借我回连队看。

没想到，我一翻开此书，便不忍释手，自此热爱上了诗歌。

在文学成长的道路上，书籍就是我的老师。 考上军校后，因为知识没钻研透，加上走得匆忙，没来得及也没舍得将书还给孙建文。

紧张的军校生活里，一有机会我便翻书研读，前前后后读了上百遍，一本书竟然真的被我翻到稀巴烂。

毫不夸张地说，书中内容当时都背得出来，直到现在，有些章节还记得。后来便尝试着写诗，因为没有专业的老师教，仅凭一本书的知识，也不知道写出来的文字是不是诗，只知道文字所描述的是我内心的愿景，是我的情怀和一颗向好的心。

所幸，初生牛犊不怕虎。当时，凡写出来的文字就往报社寄，开始都石沉大海，后来有些竟然刊发了出来。自此，才敢确定自己写出来的，是诗。

于是，更加热爱。凡是当内心受到触动，无法用文字娓娓道来的时候，我就会以诗歌的形式，用凝练的语言，表达澎湃的内心，呈现丰富的情感。

军校毕业后，因为担心领导说我不务正业，就没再写诗，也没再写任何文学作品。直到 2015 年年底，单位举办年终总结座谈会，自告奋勇地写了首《科技的力量》，并拉上办公室其他几名同志一同上台献丑。节目获得了名次，才发现，诗歌一直在我纤细敏感的神经里游离着，轻轻一唤便会苏醒。

但孙建文借给我的书，被我弄丢了。内心一直愧疚，始终感激。

再次联系上孙建文，恍如重逢消逝已久的美好世界，仿佛又衔接回过往岁月里那段单纯且诗情荡漾的时光。此时，他早已是坊间知名度极高的作家，以"伊家河"的笔名出版了《不是寻常人》《一路炒作去娶妻》《神扇军师》《触动心灵的歌》《孩子王》等多部文学作品，并签约出版了 5 部电子书。当地电视台还给他开了专栏《"伊家河"故事会》。

提及借书的往事，孙建文早已经忘记了。但这本书于我的影响和意义却是跨越一生的。曾经烂熟于心的内容，在记忆里已经模糊了，这样一种模糊如同一种物质的扩散，已弥散遍及周身，成为精神结构的部分，并借以影响一生。

　　这几日，凡是微信公众号"风声月影"推出新文章，孙建文期期转发，不遗余力地帮助推介。这让我很感动。市声嚣嚣，红尘扰扰，时光洪流里，有些感情会越来越浓，有些感情会逐渐变淡，还有些感情会默默地蛰伏在沉寂的时光里，彼此需要之日，就是义无反顾之时。我和孙建文的感情就是这样一种恒常的存在。

　　其实，我和孙建文仅有两次面缘，但这样一种缘毫无功利色彩，是一场美好的际遇，是灵魂层面的欣赏与通达，是最纯粹、最质朴、最本真的情感，更是我一生的财富。

　　我和孙建文互加微信好几年了，除一次共同发起为已故战友的孩子组织捐款外，几乎没再会话。他比我还忙，每天除了上班，除了著作，还在做公益，在帮助更多的人。

　　在这个物欲横流、凡事讲求利益的年代，那个让我学会写诗的人，现在不再给我灌输书本上的知识，不再是因的存在，而是果的呈现，他忙碌地行走在诗歌的本质处，不断地以自身的行为，向我、向这个社会传递真、善、美的火光。我想，这才是真正意义上诗歌的书写与唤醒！

作于 2018 年 3 月 30 日

春天里的温暖

我习惯于用文字梳理和总结一个阶段的工作、生活及内心所得。 唯有如此，才可以让生活中一些孤立的片刻串联成篇，并浮现出它该有的意义。

4月的杭州，繁花似锦，鸟语花香，一如我的心情及凝聚在这段光阴里的点点滴滴。

4月13日至27日，2018年"科技兴藏人才培养工程"西藏科技管理干部培训班在杭州举办。 本次培训班规模空前，国家科技部政策法规与监督司副司长冯楚建，西藏自治区科技厅党组副书记、厅长赤来旺杰，浙江省科技厅副厅长王坚出席开班仪式，国家科技部8个司的领导和省科技厅党组副书记、副厅长邱飞章相继做专题讲座，自治区各级科技管理部门、高校院所等单位计61人接受培训。 反刍这段光阴，如饮明前清茶，沁人心脾。

作为培训班的工作人员，我提前两天抵达杭州。 4月12日，在厅办公室主任严明潮的带领下，我先后拜见了新上任的厅党组书记何杏仁和厅长高鹰忠。 因为时间有限，我分别书面递交了《援藏工作阶段性小结》，并简短地做了汇报，聆听了两位领导的指示。 何杏仁表示，对口支援西藏那曲地区，是省委、省政府交给科技厅的一项光荣的政治任务，厅党组定不遗余力地支持各项援藏工作任务，竭尽所能地帮助受援单位及个人解决实际问题。 高鹰忠对科技援藏工作给予肯定，并在《援藏工作阶段性小结》上批示："很辛苦，有成效！请厅办公室、人事处对艰苦地区我厅外派同志做好保障工作，从思想、工作、生活等各方面，充分体现组织的关心、关怀、关爱！"两位领导亲切的姿态和温和的态度如一抹和煦的阳光直抵内心。每每回味，都如春风般美好。

我一直认为，生命的美好是由无数个温情的片刻组成的，然后漂游在记忆里，啜饮沁心，久而弥醇。选择用文字记下，是为了深念不忘。沉淀于心，同样是与生命同生共死的感动。培训前，我还分别拜见了相关厅领导和同事，一如既往地收到无限的美好、欢欣、希望和力量。举个极小的例子，在厅里工作时，和政策法规处处长鲁文革并无太多交集，此次见着，他极其真诚地对我说，在西藏若有需要支援的地方只管开口。我能感受到他的真诚发自肺腑，没有丝毫的虚妄。在厅里，每到一处都暖意融融，如同行走在春意正浓的春天。

4月14日中午时分，在机场接到自治区科技厅厅长赤来旺杰，这是一位和蔼可亲、能温暖人生命的领导。援藏期间，他给予我工作及个人的关心支持，值得一生感念。有慈悲心、有爱心的人，有着强大的磁场，我发自内心愿意和赤来旺杰长时间地待在一起。全程陪同他的每一个瞬间，都是心灵放松、自在的时刻。这是心灵深处对另一个生命的接纳与敬重，这种因某种境地，基于某种知觉产生的感情，足以消除一切外在身份地位的差异和影响。赤来旺杰在杭州期间，已经履新的省政协副主席周国辉出面欢迎。两位领导性情相似，都是宽厚温和的人。内心境界在山上的人，不会有俯视众生的高姿态，因而更富有人文关怀的春天色彩。

春天，是播种希望的季节。浙江，是习近平新时代中国特色社会主义思想的重要萌发地，是经济发达的沿海省份，也是充满活力的创新省份。我想，这就是2018年"科技兴藏人才培养工程"西藏科技管理干部培训班选择春天在浙江举办的缘故。 15天的培训，紧扣时代发展主题，紧扣科技创新使命，以政策理论、专业知识、能力建设等内容为重点，设置了国家科技政策与科技体制改革、科技管理干部能力与素质提升、地方科技管理与服务等 3 个部分课程，邀请国家科技部相关司、中国科学院、浙江省科技厅等单位的领导和专家做了 14 场专题讲座，组织了"红船精神"发源地——嘉兴南湖革命纪念馆实地考察、"两山"理论发源地实地考察等 6 次实地调研考察和 4 次专题讨论活动。 培训知识面广，形式新颖独到，对学员们的科技知识、工作思路和能力，是一次极好的培养、拓展和提升。

于我而言，此次回杭，时间宝贵。 更多的是希望为那曲地区多做些贡献。 4 月 25 日，我陪同自治区科协副主席杜恩社前往浙江省科协对接援藏工作。 其实，今年援藏项目及培训工作之前在电话里就协调好了，我算是去感恩。 援藏期间，分管援藏工作的省科协副主席陆锦对我的需求有求必应，先后拨款 200 万元为嘉黎县中学和小学建设了科技馆，安排了两次科普医疗和电力知识培训。 今年又拿出 10 万元帮助修缮户外科普宣传大屏，确定了下半年的智力援藏时间及内容。 在省科协的座谈会上，我恍如寄身温暖的梦境，就如在风景旧曾谙的春日里见到的那些怡人的光景。

在浩荡的岁月长河里，我们只是一粒微尘，因为有着外力的馈赠，才得以草木萌发，更好地伸展。 那些真实且坚实的力量，是人生不断强大的标志，是植入生命的绵绵无尽的美好回忆。

作于 2018 年 4 月 30 日

我期待一个春满西藏的盛景

地处世界之巅的西藏，应该是全国最晚迎来春天的地方。 5月的拉萨，类同江南的早春，桃花吐蕊，杨柳依依，大地万物苏生，一派清新秀美的人间景象。 而我更愿意用自己的思想触须感知春的到来，沐浴春的气息，享受春的馈赠。

在自治区科技厅和科协申报年度科技需求计划的经历，让我酣畅淋漓地感受到了春天的温暖。

5月16日下午，我和副局长巴桑曲珍、农牧科科长扎西和科协办主任次旺一行，先行来到自治区科协。 很荣幸，得到了科协主席李秀珍的接待。

这是我第二次来自治区科协。 在局里，因为不分管科协工作，因而不常来。 第一次来，是去年申报科协项目，尽管没见着科协主席，但申报的项目悉数获批。

在副巡视员巴琼的带领下，我们敲开了主席办公室的门。 开门之际，李秀珍离开办公桌，迎了过来，与大家一一握手，随后边招呼我们落座，边热情地给我们倒水。

早就听说自治区科协主席是一位美丽的女性。 见后，我觉得她不仅仅拥有外表的美丽，更有岁月沉淀和阅历滋生出来的睿智、温和、善良、清明。

听说我是浙江援藏干部，李秀珍边认真地看着我边说，你身上已经找不到江南水乡的感觉了，像我们本地干部。

自入藏第一天起，我便全身全情全力地融入那曲，与局里的干部职工同甘共苦，同心协力为科技创新发展贡献力量。这是融入血脉的情感。

一个人外在的形象是内心最真实的呈现，所以李秀珍才会觉得我是本地干部，才会在我汇报完项目需求后，当即对5个项目一一进行答复。她表示，那曲是西藏海拔最高、环境最恶劣的地区，自治区科协对艰苦地区的项目会适当倾斜，所申请的寺庙科普活动站建设所需的8万元、畜牧业科技培训班所需的20万元等项目经费都没问题，科协党组已经有所考虑，并研究落实了之前申报的中学科技馆经费20万元、流动科技馆巡展费14万元、聂容县畜牧养殖技术人员培训费38万元。

西藏地广人稀，宗教信仰根深蒂固，要做好科协工作不是一件容易的事情。从言语交流中可以看出，李秀珍迫切希望推进自治区科协事业发展再上台阶。她说，当前，自治区科协正着手信息化平台建设，届时将覆盖全区。那曲可以结合当地特色，发展和培养一批科普志愿者，通过借助信息化技术，以点状辐射推进科技普及与宣传工作，自治区科协会将在经费等方面提供必要的保障。

人与人之间存在着缘分的牵连，有着共同特质的人相聚在一起，会有一种隐形的讯息暗自流动，让共处的空间温馨和谐，让彼此的心灵默然契合。上下级之间，同样会因人生观、价值观和世界观的相近，互相灵光闪烁，有着无穷无尽的话语。在自治区科协，我们预定的汇报时间远远超出了预期。交流中，李秀珍看了一眼墙上的钟，极力地挽留我们共进晚餐。因为还有事情，我们婉拒了这份真诚的邀请。

当日，科技厅厅长赤来旺杰参加自治区政府工作会议，约好见面的时间是翌日上午9时10分。西藏和东部地区有2个小时的时差，赤来旺杰9时30分一上班就要召开厅办公会议，所以我

8 时 30 分就赶到了自治区科技厅。

进自治区科技厅像到了家里一般亲切，我和陆续上班的同志都很熟悉了，大家说说笑笑、嘻嘻哈哈，时间过得很快。 9 时许，见到了赤来旺杰。 因为有着深厚的工作和感情基础，加上时间有限，彼此都少了客套，我直奔主题，代表那曲市科技局汇报了科技项目需求。

科技，可以给人带来无限的希冀和向往。 今年，我们结合那曲实际，围绕草地畜牧业转型升级、藏医药产业发展、特色资源开发等方面，凝练成了 7 个项目。 让我和赤来旺杰都感兴趣的是卤虫卵资源的开发与利用。 这是我援藏后一直主推的项目之一。 2016 年 8 月，浙江省科技厅副厅长曹新安来那曲对接科技援藏工作，让我关注此事，本计划协调 20 万元援藏经费，先行开展营养功效检验；后来恰逢赤来旺杰赴双湖县调研，通过电话联系，让县政府领导向他做了专题汇报，引起赤来旺杰关注。 去年，经双湖县政府申报，自治区科技厅划拨 200 万元科研经费，做了双湖卤虫卵资源调查及综合利用课题研究，今年已经见到成效。 在双湖县常务副县长梁楠郁坚持不懈的努力下，由中国海洋大学和烟台大学共同研发的高原海灵虾，目前明确对降血糖、降血脂、增强免疫力等具有显著的辅助治疗作用。

创新，是推进发展的根本动力。 双湖县蕴藏着十分丰富的卤虫资源，是县里的支柱产业。 此前县领导因为缺乏科技意识，一直将其作为虾类幼体的饲料贱卖。 科技力量的介入，给双湖县的未来带来光明前景。 今年，双湖县在之前科研成果的基础上，按照国家《新食品原料安全性审查》规定，继续进行新增保健功能功效评价及相关科学实验研究，申报了双湖县卤虫卵新食品原料安全性审查及新增保健功能功效评价项目，同样得到了赤来旺杰和科技厅其他领导的一致认可。

科技，是一个闪闪发光的词，它不仅推动社会进步，改变人们的生活方式，更含有一种万物生长的期待，独具价值魅力。 在春光初现的雪域高原，我期待今年申报的科技及科协项目，在未来的日子，会像花儿一样次第开放，张扬出春天的蓬勃和热烈。有这样一群关切西藏未来的科技人支撑着创新发展的天空，西藏也一定会呈现出欣欣向荣的美好春景。

作于 2018 年 5 月 18 日

给那曲的冬虫夏草做个宣传

毛泽东主席《反对党八股》一文中有句话："到什么山上唱什么歌。"作为一名科技干部，支援那曲，该为当地的冬虫夏草吆喝吆喝。

那曲的冬虫夏草全球最好，也应该广为科普。

在那曲待久了，人的身体抵抗力极其脆弱，很多援友患上感冒，要反反复复折腾个把月才会好。 从2016年7月援藏，我一直在吃冬虫夏草，受益于此，我很少感冒，即便有轻微的症状，也会很快恢复。

我一直认为，某个地域产某些特殊的食物，定是有原因的。在这个地方长时间工作，应该多吃当地的东西。 所以，虽然那曲的冬虫夏草价格高于其他产地，但我还是咬咬牙坚持在吃。

6月29日，那曲市比如县的牧民巴杰给我打电话，说他全家老小已经挖好虫草，从大山里出来了。 这意味着正宗的那曲冬虫夏草已经从深藏的地下，正式走向市场。

巴杰是我们局里职工的亲戚，去年他们家挖了1千克多的虫草，被我一股脑地全部买下，和亲人好友瓜分掉了。 今年，他希望我还像去年一样全部买下。

今年巴杰家挖的冬虫夏草只有一斤多，品相和去年一样好，但每斤比去年贵出一万多元。 巴杰说，今年的冬虫夏草产量少，全家老小十几口人全部上阵，才挖到这么点。

去年，我去过比如县扎拉乡的冬虫夏草采挖现场，趴在地上向着山上爬着寻找，用了大半天的时间，只挖到一根。况且，雪域高原的紫外线极其强烈，挖虫草时不能戴墨镜，对眼睛损伤很大，很多牧民因此患上白内障，失明的不在少数。所以，我深知牧民采挖冬虫夏草不易。

言归正传。所谓冬虫夏草，是动物和真菌的完美结合，虫是蝙蝠蛾幼虫，草是虫草真菌。

它的生命，是一个极其偶然、极其痛苦的历程。

每年夏天，翩翩起舞的蝙蝠蛾会将虫卵留在遍地牦牛啃食的草叶上，侥幸没被牦牛吃掉的蛾卵会变成小虫，钻进潮湿疏松的土壤里，然后吸收植物根茎的营养存活。如果恰好遇上冬虫夏草菌的孢子，那蝙蝠蛾幼虫不幸的命运就开始了。在漫长的日子里，随着雪期来临，冬虫夏草菌的孢子会循着蝙蝠蛾幼虫的体温，从虫体的尾部钻入，吸收蝙蝠蛾幼虫体内的营养向上生长，当虫草菌遍布虫子周身，便是它痛苦的生命终结之时。此时，虫草菌继续向上生长，从虫子头部长出子座，形成珍贵的冬虫夏草。

这样的结合，如张爱玲所说："时间的无涯的荒野里，没有早一步，也没有晚一步，刚巧赶上了……"所以，每一根冬虫夏草的形成，都是千万个机遇中的一段缘分，是神奇的结合。

通常情况下，海拔越高，冬虫夏草的营养价值也越高。那曲市冬虫夏草的主要产地在索县、比如、巴青3个县，平均海拔4500米以上，是全球海拔最高的冬虫夏草产地。这些地方，终年积雪覆盖，昼夜温差大。经历四季气候，虫子由动物变成植物，跨越阴阳两界，在恶劣的环境下顽强地生存，聚敛天地精华和阴阳之气。所以该地的冬虫夏草被誉为"软黄金"，闻名中外。

那曲绿树难生，草的生长期也只有3个月，牧民主要的生活来源只能靠牛羊和冬虫夏草。如果遇上不适宜的天气，冬虫夏草的产量就会大幅度减少。

借着下乡的机会，我了解了一下，今年冬虫夏草的产量，确如巴杰所说，每家每户都没挖到多少。经济学认为，市场不仅有双"看不见的手"，也有一双"隐形的眼睛"。经济运行规律受供求变化影响，由市场自动调节。所以，价格的涨跌可以理解。

有很多人说冬虫夏草吃了没用，我觉得太过片面。近代医学科学分析，那曲的冬虫夏草中含有核苷类、多糖类、氨基酸、多肽类，以及有机酸类，软脂酸、硬脂酸、油酸、亚油酸、亚麻酸、棕榈酸等多种成分，维生素类包括 B12、A、C、B1、B2、E、B6 等，以及 37 种无机元素等。

药典记载冬虫夏草性甘、温平，归肺、肾经，无毒，具有补肾益肺、止血化痰、扶正抑癌、提高免疫力等功能。

中国多名专家也做了相关的研究。武忠伟通过实验认为，冬虫夏草具有抑菌作用；宋金娣等通过实验发现，冬虫夏草能有效提高机体免疫力，对肿瘤生长表现出较强的抑制力；任健等分析得出冬虫夏草具有抗肿瘤作用；陈智平等研究发现，冬虫夏草的水提物可有效抑制巨细胞病毒的复制，从而起到抗病毒的作用；吴伟婷研究发现，冬虫夏草及其制剂，可以改善糖尿病患者的肾功能，对肾脏疾病有多种治疗作用；栾洁通过实物提取物研究，证明虫草子实体具有抗疲劳的作用；赵秋蓉对冬虫夏草多糖进行体外抗氧化研究，表明虫草多糖的氧自由基的清除活性较高，是一种很好的抗氧化物质……

存在就是价值，我认为深有道理。

作于 2018 年 6 月 30 日

希望社会有更多幸运的人

人生之幸，是在纷乱的世相下，亲历一些美好的事情。让心灵在温暖的照拂中，获取人生的启迪及灵魂的感悟。

提笔行文，是为感谢一群爱心人士。同时，也希望能感染到更多的人，欣然地献出爱心，让我们生存的这片土地恩泽无量。

2018 年 7 月 18 日，一天工作的主题似乎都与慈善有关。上午参加局党组会，研究周五去索县开展结对帮扶贫困群众的事宜。下午受兄弟俞奉庆委托，代表浙江永安资本管理有限公司，给那曲市色尼区达前乡中心小学的孩子们送温暖、献爱心。首先感谢永安资本管理有限公司奉献给贫困生的资助金、投影仪、计算机、打印机等物品。厚德载物，有爱心的企业一定会像宽广厚实的大地一样承载和生长万物，一定会有无穷的福报。

我是昨晚才接到的请托。色尼区教体局副局长王世美提前安排好了一切，我只需去讲个话便可。

但我希望做更多的事情。之前，我所在的一个微信群——"艺术互联互通群"就有在西藏做公益的愿望。群主黄顺意和我是同批从军队转业的兄弟，他是一个有想法、有爱心，并且极其仗义的人。他转业后组建微信群，以拍卖的形式，为书画艺术家和收藏爱好者搭建交流的桥梁，群里留百分之二十的收益，专门用于公益事业。之前已经资助了很多贫困学生及家庭，此次，他拿出 2000 元，托我将爱心传递给雪域高原的孩子。 正好结合捐献活动一并完成。

被资助的孩子叫扎西，是达前乡中心小学一年级的学生，品学兼优，但家庭极其不幸。 父亲在他出生不久，因车祸不幸去世，母亲改嫁，爷爷奶奶将他一手带大，现在两位老人已经年迈，贫寒的家庭有时连学习用品都买不起。 黄顺意的善举，无疑是雪中送炭。

我的同乡唐小云是一个极具悲悯情怀的人，她之前资助的孩子已经高中毕业了。 她希望再资助一名藏族同胞的孩子完成学业。 我也结合此次活动，助她圆了心愿。

被资助的孩子叫次旺拉姆，也是达前乡中心小学一年级的学生。 我们去她家走访时，正下着大雨，所住的房间飘摇在风雨中，极为简陋。 小姑娘漂亮、聪慧，可以用汉语和我们流利地交流，她渴望有一个美好的未来。 相信有唐小云的资助，次旺拉姆也一定会有美好的未来。

每个人的内心，都蕴含着人类所共有的善良，都会有一种助人为乐的力量。 就如世间万物，都有其迷人的魅力，只需要被轻轻触发，就能找到灵魂的根基，实现美好的际遇。 在我的呼吁下，邢台市江苏商会秘书长徐道富也转来 200 元红包，托我献给次旺拉姆。 慈善事业需要更多的人加入，或许几十元、几百元并不能改变什么事情，但有时候可以改变自己，并带动更多的人参与其中。

在爱心捐赠活动上，我说："爱心捐助，传递的是爱心，营造的是希望。 希望同学们好好学习，以优异的成绩回报这份爱心。 同时，心有榜样，将来有能力帮助他人的时候，把爱心传递给更多的人。 让我们的社会充满爱，让未来更加美好！"

我所提的希望是给孩子们的，但内心深处，我希望在心为物役已经成为常态的今天，爱心善举能唤醒和引领更多的人站在更

高的维度，去看待一个时代、一个社会、一个国家，直至成为全
人类共同的价值取向与精神内核。

作于 2018 年 7 月 18 日

善行，美丽自己、芬芳他人

人生在世，总希望能做一些能够取悦自己的事情，只是形式和方式不同罢了。

于我，援藏三年，在极其艰难的工作和生存环境里，更希望做一些有意义的事情，将孤独寂寞、平淡无味的日子过得摇曳生姿，让存在的每一天都能在余生里念念不忘。

2018 年 7 月 20 日，是一个难忘的日子。两年前的 7 月 20 日，浙江省 55 名干部人才进藏履职。两年后的这一天，我和局党委书记朱仲元、办公室主任文彦君赴索县赤多乡慰问贫困群众，同样具有特殊的意义。

朱仲元最近严重痛风，痛风结石长得老高，连走路都非常困难，但他坚持带病下乡，说是陪我。

晨 6 时，崭新的一天还安睡在夜色里，我们在万物懵懂的早晨出发了。车行不久，东方既白，朦朦胧胧的青黛山峦渐次明晰具体，随后见到远处的路上烟岚弥漫。远观似云，飘逸、悠远，天地一体。融入其中，素净、安适，如行仙境。朱仲元告诉我，高原天气冷热交替时，常会出现这样的景象。

心由境造，境由心生。心怀美好的夙愿，见到什么都会觉得与心情相宜。7 月的藏北草原，温和湿润，青草、格桑花遍布，远方近处，牦牛悠然自得地散落其间，氤氲着一种人文的宁静。

车过索县，便一头扎进群山之中，路随山行，峰回路转，叫人定不准方位，辨不明方向。

我问："导航在这不管用吧？"

司机才嘎大笑道："手机都没信号，路都是随山开挖出来的土路，一到大雨天，泥石流随处都是，那时路都没有。"

朱仲元说："西藏的乡下，都是名副其实的'水泥路'。一下雨，到处是积水、烂泥，道路窄，会车的地方少。如果有一台车陷住，所有车都别想通行。"还真是，返回时，一台货车陷进泥泞，10多个人揪挖手推地帮忙，折腾了1个多小时，货车才走出困境，得以缓慢通行。

最近西藏连续下雨，地势低的地方，很多路都断了，山水汹涌而下。环山的公路更是凶险无比，一边是悬崖，一边是随时可能滚塌的泥石，仗着车子的越野性能好，才嘎握着方向盘无所畏惧，一往无前。文彦君说，这才是真正的跋山涉水。

路在大山里无限延伸，蜿蜒曲折，坎坷艰难，像生活在大山里的藏族同胞的命运。我们，既是在深入自然，也是在深入民间。生命最好的方式，是在贴近自然和生活的本质处行走。

援藏的日子，于我是崭新的生活，是行进在理想与人生中，重新认识自我、认知世界的一次旅程。

我相信善行天下是有道理的。连日阴雨，独我们出行的日子阳光明媚。虽然一路艰难，但在中午时分顺利抵达索县赤多乡。

乡党委书记鲁文刚接待了我们。先是座谈，了解情况。得知我是援藏干部，他先后提了科技、医疗、教育等方面的援助请求，我一一答应。善心是投射给他人内心的一道光亮。我希望尽己所能，让苦苦求索的人们看到希望。哪怕是星星之火！

两座寺庙的科普活动站获批了8万元经费。今年5月16日，我在拜见自治区科协主席李秀珍时，已经得到予以支持的答复。在全乡任何一个角落都找不到手机信号的地方，得到明确今年动工建设的答复，无疑是给鲁文刚吃了颗定心丸。 建设固定的科普活动站，是一件有意义的事情。 这就如周转不息的宇宙，即便人的生命没有了，这样一种令人受益的东西，依旧会长时间地留在时空里，可以唤起后来的人们对科学的认知，获得相应的收益。

结合今年为藏族同胞即将免费开展的白内障患者复明手术活动，我将范围扩展到全乡。 赤多乡的白内障患者凭身份证，可以全免检查费、住宿费、手术费、住院费等一切费用。

生活在雪域高原大山深处的藏族同胞，与外界几乎隔绝，我希望每一个人都能看到外面的世界，看到生活的美好。

书籍是认知自我、认知人生、认知世界、认知宇宙，提升智慧最好的方式。 我和赤多乡中心小学的校长一拍即合，要在今年给学校建一个图书室，让孩子们从文字深处走进自身的内在，唤醒生命里本就存在的各种感受，连接外部无数的智慧，接触辽阔的世界。 这个任务，浙江省钱江频道的应晓红帮我承担了，她说开学后助我及孩子们实现心愿。 我和应晓红平时交流并不多，但她的一言一行，都能让我感受到她的善良和美好。 随着年岁的渐长，阅历的积累，我们可以毫不费力地检证出许多事物的真诚与虚伪、美好与丑陋、珍贵与卑贱。 我在人生的各种悲喜交集处，真切地感受到世间的温情与薄凉，并借以成长，成全自己的精神品质与存在价值。

座谈会后，朱仲元代表局党组向赤多乡的贫困群众代表捐献了扶贫结对慰问金，我也献上了自己微薄的爱心。 人的一生，是行进在时空里的一段旅程，总是希望通过某种方式，做一些让内心美好，让人性可爱，让灵魂有趣，让生命高贵的事情。 善行义举，或许是最好的方式，它会让生命的意义不同寻常、不可磨灭，并在时空里得以延续，渗透和影响到更多的生命。

返程，依旧是那条坎坷曲折的土路。 路遇陷车，众人帮忙。

路边花草葱茏，空气中流动着万物蓬勃的气息。 这似乎是生活里的一种暗示。

作于 2018 年 7 月 22 日

人生所得

　　2016 年 7 月 24 日，是我们挺进平均海拔 4500 米的雪域高原，到那曲履职的日子。 两年后，同样阳光明媚的晴日，迎来浙江省委组织部考核组一行来那曲考察援藏干部。

　　我们厅来的依旧是巫毓君同志，见他时他依旧处于高反状态，脸色苍白。 三千里外，见到娘家来人，分外亲切，因处于考察的状态，不便过度亲密，只能按照要求述职，然后离场。 在这个世界上，现实就是处于什么样的境遇，就应该以相应的身份，配以相应的言行，承担相应的责任。 成长的年月，无论我们情愿或者不情愿，必须慢慢学会周全，默默接受各种如期而至的结果。

　　人在不能决定自身命运的时候，只能尽人事，知天命，以竭尽所能的状态，过随遇而安的生活。 在时间的沉淀里，我愈加觉得，职务变迁真的不是衡量成败的唯一标准。 这一生，只要我们辛勤耕耘过、播种过、浇灌过，我们的人生就充实而饱满。 所以，晚上在和巫毓君单独聊天的时候，我坦率地表达了自己心声：远在异地，我所做的一切工作，所获得的每一份成绩，都是厅党组和各方力量支持的结果，否则人微言轻，必一事无成。 所以，唯希望在有限的时间内，多做些有益于助推当地发展和改善民生的事情，多做些体现人生价值和生命意义的事情，以回报关爱，给人生加分。

我一直倾向于认为，这个世界是平衡的，无非就是有些人早一点得到，有些人会晚一点得到。与其这样，还不如在数量守衡的世界里，放松心情，遵从内心，去决定自己生活的样子。人这一生，精神状态决定人生境遇和命运走向。

巫毓君说，他两次到那曲对我考察，两次和全局的同志一一谈话，应该是厅里最了解我的人。他感动于我在极其恶劣的环境下所做出的诸多贡献。他说，局里从党组书记，局长，到每一名职工，对我的评价都非常高。其实，这是意料之中的事情。在那曲工作的日子，我和局里的每一名同志都处出了亲人般的感情。这同样也是我生命的支点，倚靠这些支点，我才得以内心温暖地生活，才得以轻松自主地做事。

行走的时间里，我们的内心会逐渐枯萎一些东西，然后再生出一些新的东西，并攀缘而上，成为人生的思想，成为情感的表达，成为行为的指引。那曲给予我的，不仅仅是工作和情感上的获得。无数个孤寂的夜晚，那曲给了我一个人宽阔辽远的时光，给了我人生得失拿放的思考，给了我感受自我、释放自我、寻找自我、表达自我的机会。人生真的不是一味地向外追寻，必要的向内求索，对人生做必要的沉淀，才能浮现出一种清明的状态，才能在这个社会里更有力量地生存。

一直记得赫尔曼·黑塞说过的话："对每个人而言，真正的职责只有一个：找到自我。然后在心中坚守其一，全心全意，永不停息。"我相信，远离外界纷扰，倾听内心的声音，才能将人生的每一步都走得波澜不惊，才是不虚此生。

作于 2018 年 7 月 25 日

我和省委书记握了手

8月1日，是我曾经过了21年的节日。这么多年，每一个建军节都很难忘，今年尤甚。

在那曲，睡眠艰难，基本都是半夜2时入睡，夜间反复醒。今天一早6时醒来，索性起床，写了怀念军旅的文章。

我还是军人的性格，做事雷厉风行，不喜欢拖泥带水。因为下午浙江省委书记车俊要来那曲看望大家，所以我上午接连做了几件事情，盯着局办公室的同志抓落实，一一解决了藏文网站首页翻译、培训文件补写、免费白内障复明手术协调等工作，最后忙到火大，一点火苗可以点燃一场战争。所有的言行，只是为了更好地推进工作。

车俊下午看望浙江援藏干部人才时说，人生最美好的事情，就是付出了有收获。

深有同感。我们都知道，在这个世界上，努力与收获并不成正比。时至中年，太多的心血付之东流，太多的努力功亏一篑，我们都已经麻木到了习以为常。漫长的成长历程，我们把哭泣调成静音，吃遍苦，受尽难，始终保持着奋不顾身的姿态努力奔跑，只是希望付出有收获，努力得到认同。就如时长90分钟的足球比赛，所有的汗流浃背，都是为了射门时的激情时刻。

在那曲的日子亦然，在这段走路都极其艰难的日子里，我希望所付出的汗水，能在苦难的时光里，开出花儿。所以，我特别希望车俊能到市科技局看看崭新的工作生活环境，看看浙江省科技大市场落户那曲后的效应，看看嘉黎县中小学生在学校科技馆里的喜悦，看看今年数百名白内障将重见光明后激动人心的那一刻……可是车俊书记活动太多，时间太紧，我就连简单汇报学习践行张家明的体会，也没有丝毫的机会！

车俊也有援藏情怀。20 世纪 70 年代，他曾经报名援藏。此次来那曲看望全体浙江援藏干部人才，方案有两个：一是在拉萨见，二是到那曲见。但车俊坚持到那曲看望慰问大家。他说，同志们从海平面来到雪域高原、世界屋脊，长期战斗在那曲很不容易，他也能够克服。他用身体力行的事实证明了自己，在浙江公寓期间，在宿舍、食堂，车俊详细察看了援藏干部人才的饮食起居条件，拉家常，话温暖，一再地叮嘱大家注意保重身体，珍惜援藏机遇，努力为当地多做一些实事、好事。车俊说，对口支援西藏那曲是以习近平同志为核心的党中央交给浙江的重大政治任务。大家舍家为国、奉献那曲，以"缺氧不缺精神、海拔高追求更高"的精神状态，苦干实干，干得很出色，为浙江争了光。这段援藏经历，必将成为援藏干部人生中最难忘、最值得回忆的精神财富。

于浙江 55 名援藏干部人才，选择理想、选择坚守的每一天，都是难忘的时光。一如我与车俊握手的那一刻。

作于 2018 年 8 月 1 日夜

第一辑 援藏岁月里的事

感恩所有爱着我的人

  人生，总会有不期而遇的温暖，给生命留下难以磨灭的刻度。 譬如，浙江省科技厅厅长高鹰忠一行牺牲双休日时间来西藏对接深化对口支援工作、服务藏区失明群众、帮扶那曲创新发展等一系列活动。

  高鹰忠能来被誉为"世界屋脊的屋脊""生命禁区的禁区"的那曲，于我是意外的惊喜。 今年 3 月 31 日，高鹰忠来省科技厅履新。 4 月 12 日，我借协调"科技兴藏人才培养工程"培训班的契机，回杭州汇报援藏工作。 高鹰忠说，之前，曾 3 次带队赴藏看望慰问援藏干部，开展对口援藏工作。 当时我心想，亲历过恶劣环境的厅长，在我援藏期间，肯定不会再来低氧、低压的那曲看望我了！

  8 月 10 日至 14 日，是那曲"羌塘恰青格萨尔赛马艺术节"，是融政治、经济、文化、旅游和民俗风情为一体的盛会，是羌塘草原儿女的大日子。 每逢这个节日，那曲各级各部门都会邀请尊贵的客人，共享经济发展喜悦，领略时代社会风貌，感受美好幸福生活。 我也不例外，在特殊的日子里，格外希望"娘家"来人，感受科技援藏成果，共度美好佳节。 所以，早在 7 月月底，我就迫不及待地让办公室的同志给厅里发了《邀请科技厅领导参加那曲羌塘恰青格萨尔赛马艺术节的函》。 厅办公室呈报厅领导后，高鹰忠批示："我厅对那曲支持要按省委、省政府统一部署和要求，重在科技帮扶！"当晚，厅成果处处长陈龙根来电说，高鹰忠厅长将在赛马节过后，带科技、医疗团队进藏开展对口支援工作和看望慰问我。

温州医科大学附属眼视光医院的专家于 8 月 3 日先期抵达，先在那曲市嘉黎县为 2000 多名中小学生进行了全面眼科检查，为 50 名白内障患者免费实施了复明手术，安装调试眼视光远程诊疗设备。 8 月 14 日转战那曲市人民医院，开展白内障患者筛查及免费复明手术。 计划 20 日前，解除索县白内障患者的失明之痛。

8 月 16 日下午，高鹰忠带严明潮、陈龙根、应向伟等人抵达西藏。 时隔数月光景，再见厅长，再见亲切的笑容，让我想起一段温暖的回忆。 第一次到厅长办公室汇报工作的时候，高鹰忠首先关心的是我的身体情况，让我在干好工作的同时，一定要注意身体健康。 关切的目光，能照进内心，并化为周转不息的暖流，化为心心念念的美好，化为生生不息的力量。

我是一个幸运的人，人生里总能遇到真正关心关爱自己的领导和同事。 应向伟来时，带来了省政协副主席周国辉的问候；高鹰忠来藏期间，西藏自治区科技厅厅长赤来旺杰、副厅长张丽红陪同考察。 生命中，和有些领导共事的时光尽管短暂，但那些纯粹而甘美的感受，可以触达心灵深处，让人感受到体贴与温暖。

高鹰忠在那曲期间，那曲市副市长索朗次仁到车站迎接并陪同考察了浙江援藏干部人才公寓，考察了国家科技部"西藏那曲市城镇植树关键技术研发与绿化模式示范项目"试验基地，调研了科技援藏项目开展情况，向那曲市科技局捐赠了科技创新援助资金，向那曲市人民医院捐赠了眼疾手术设备款和远程诊疗系统，为"那曲市人民医院和温州医科大学附属眼视光医院远程诊疗中心"揭牌，观摩了远程医疗系统。

幸福，是洋溢在脸上的笑容，是无言以表的感受。 在那曲市人民医院，高鹰忠为已经治愈的白内障患者揭去眼上的纱布，让他们得以重见光明，重见幸福、仁爱而平和的世界。那一刻，藏族同胞纷纷用颤抖的双手给高鹰忠献上一条条洁白的哈达。这是最崇高的礼节，是发自肺腑的感动。我在一旁，也深受感染，仿佛看到一抹温情的光芒在时空中交错流溢，仿佛看到无数生活的希望在温情中得以重生。我深信，人性中一些善的根底，被激发之后，必定会带来一种能量上的转化、蜕变和更新，会形成更多的善的契约。

爱因斯坦曾在写给女儿的信中说：爱是光，是地心引力，是宇宙中唯一的人类还无法驾驭的能量。有些善事，对施者来说，或许不足挂齿，但对受恩之人，产生的力量无从估量，它会支撑和引领许许多多的人传承希望与梦想，会让更多的人有信仰地生活下去。

这世上，所有美好，都是摆脱功利之心的行为。在我援藏期间，周国辉、曹新安、章一文等领导先后来藏看望慰问，并以实际的援藏举措，给我、给那曲科技系统、给那曲人民留下了美好的印记。这两年，浙江省科技厅在那曲先后实施了"浙江科技大市场那曲分市场""那曲高寒地区温室蔬菜智慧管控及栽培新技术研究与示范""抗氧化营养素对高原地区早起年龄性白内障的防治"等项目3个，落实援藏资金250余万元，举办了"青藏地区科技管理创新人才培训""科技大市场培训""科技兴藏人才培养工程"等培训班3期，开展了"白内障免费复明手术"等科技援藏惠民活动2次，让120名白内障患者重见了光明。在此，由衷地感谢我强大的后方——浙江省科技厅党组和领导对援藏工作的大力支持，感谢吴伯正、应向伟、周丽红、吴海萍等兄弟姐妹在对口支援项目上伸出的援手，感谢涂昌森、徐栩、闵伟峰、米玛等眼科专家在缺氧状态下的艰辛付出。我一直觉得，每一个出现在生命中的人，都不是无缘无故的，他要么施以善意，要么让你学会成长。 每一个人每一场相遇，总有它特殊的意义。

想起朋友发在微信里的一段话："跟雨伞学做人，跟雨鞋学做事。 雨伞说：你不为别人挡风遮雨，谁会把你举在头上。 雨鞋说：人家把全部的重量托付给了我，我还计较什么泥里水里的。"援藏期间，能得到领导和朋友们如此的关爱，于我是逆境中的希望与信念，是奋斗的动能，是一生的厚恩。

世间所有美好的情感，来自不求回报的关心、爱护和帮助。感恩所有爱着我的人。

作于 2018 年 8 月 18 日

第一辑 援藏岁月里的事

立功感言

10 月 12 日，浙江省科技厅人事处印发了给我记三等功的通报。 这是对我三年工作业绩的肯定，是付出的印记，更是领导关心、组织厚爱留存给生命的凭证。

一纸通报虽轻，但它是我三年时间里人生的重量。 在部队工作时，我立过二等功 1 次、三等功 4 次，获过很多次奖，对荣誉看得并不重。 记得在温州军分区政治部工作时，有一位首长要给我立功，我以立功太多为由，婉言谢拒。 后来他在分区党委会上提及我欲让功一事，常委们仍然坚持以工作为标准，给我立了三等功。 时间是一个恢宏而细微的尺度。 人生只要不负己心，不负时光，总会获得肯定，得到恰如其分的奖励。

人生真正的价值，不是占有多少金钱和物质，而是追随初心和内心，做自己认为有意义的事情，找到生存于世的人生价值。

让·保罗·萨特说："生活在没有人去生活之前是没有内容的；它的价值恰恰就是你选择的那种意义。"作为平民子弟，在自己选择的人生道路上，我的拼搏从未停止过。 岁月模糊了很多往事，但那些用心用力用情奋斗过的历程，在一枚枚奖章里，会一点点、一段段地从内心深处翻涌出来，带给我一种关于人、关于事、关于意义的深邃领悟。 经过碎片化的重组，把经历过的人、事、物有选择性地提炼，它们就如同岁月的沉淀，铭刻在内心，弥散于周身，并借以获得一种神奇的力量，塑造重生的自我。 这就是奖励的意义。 超越物质上的认可，荣誉会让人在不可度量的时间进程里，生成对自己的体认，并吐故纳新、日益精进。

时间在消逝，会带走一切我们曾经在意的快乐悲伤、得失成败，唯有褒奖给人生的荣誉长存，荣誉背后深深浅浅的流年记忆永驻。 成长历程中，我们习惯于将生活的细节与彼时的心情一一镂刻，并在记忆里不断美化，成为精神的力量和生命的美好。 时间里，我总愿意在走过的路、结识的人、经历的事里，忽略繁复和不喜的部分，将喜悦、温暖和幸福的时光，记在心里，呈于纸上，让它们随同岁月延续、伸展，直至成为自己为人为事的一种特质和力量。

在这些令人喜悦的人生经历里，我要感谢许多帮助过、关心过我的人，这些业已汇聚成我人生的光亮，并伴随着我生命的成长，与我的肉体、我的岁月同频共振。 身体与精神都是在这样一种生长中，形成一个又一个逐渐强大的坐标。 当岁月流逝，当所有的东西消失殆尽的时候，这些凝聚着无数深恩厚望的坐标，会永远铭刻在我的生命当中。

其实，获得一份荣誉，我并没有觉得自己有多么优秀。 在人生秩序中，每一个人都在各自的生活轨道上，付诸着不同的行动，演绎出不同的生活，形成不同的人生厚度。 只是际遇不同，时间点不同，得到回报的先后顺序不同而已。 我一直觉得，上天不会辜负一个有梦想、有期许、有方向、肯拼搏的人。 任何一个人的努力付出，将来某一天都会得到回报。 只是此刻，我相对幸运罢了！

我们都是时间中的过客，行走在深爱的世界，我的生命里除了努力，便是感恩。

作于 2018 年 10 月 20 日

晋职感言

10月17日，浙江省科技厅党组印发了关于我任职的通知，随即，厅办公室王力通过微信向我传达这一喜讯。收到后，我感慨万千。

我的职务晋升，倾注了厅党组和太多领导的关心。用当下的心境，体悟彼时的点滴和真切的关爱，内心依旧清晰。用文字无法详尽表述的过往，是盘踞在内心，不会消散的温暖。我感恩组织，唯有在自我充盈与自我精进的路上拼尽全力，不断给人生加分，才是最好的回报。

人生的上升空间，存在着打开和激发的过程。在俗世里生存，谁也逃不过上天设下的重重关卡，要经历漫长的痛苦熬煎。每个人的内心都有一颗蓬勃向上的种子，都希望在冷暖交织的流年里，抽芽、成长、葳蕤葱郁，成为可用之材。人生是艰难跋涉的过程，我因某种机缘，得到领导赏识、贵人相助，让我感受到灵魂的呼应，并借以看到光明，找到存在的价值，获得信念般的力量。这样一种力量，会久存内心，给我的人生赋予动力，赋予希望，赋予向上的能量。

时常有朋友问我，拍照片为什么喜欢仰望天空。自小，我就有这样一种眺望的习惯，这既是在眺望和感恩过去的岁月，也是在眺望和思索人生的命运。命运，从来没有方向、没有逻辑，就在我们看不见的空茫的时空里，眺望的过程，也是唤醒思维方式的过程。 这是属于我的内在情怀，是我渴求抵达人生理想的生命姿态。

命运是大地，这一生，我们都在行走。 人世沧桑，行走的过程，也是人生领受风雨雪霜的过程。 一路坎坷，我们必须肩负责任与担当，义无反顾地走下去。 这不仅是面对人生的态度，更是实现存在价值的途径。 梦想，只有在行走中，才能随清风扶摇万里。 停下脚步，我们的精神命运也就死了！

每一个人都有一颗豪情万丈的心，都渴望驰骋疆场，有朝一日名扬四海。 自参军服役之日起，我就有这样一种执念，人生就一直处于奔跑的状态。 我觉得庸碌一生和死亡没什么区别。 我之所以努力，之所以拼，不是为了获得多少实际利益，而是为了证明自己的存在价值。 我听说这个世上有一种鸟是没有脚的，它必须一直飞呀飞呀，飞累了就在风中睡眠，这种鸟一辈子只能下一次地，那就是它死亡的时候。 我觉得我就是这样一种鸟。 天赋我命，也给我的人生赋予了使命，这份使命既证明"我可以！"的个人价值，也证明个人价值在社会价值中的存在意义。

人间，是名利场所，是各种力量争夺的阵地。 此次，第八批浙江省援藏干部基本都晋升为正（县）处长级，他们都以自我奋进的行为证明了人生。 看着他们和我一样因强烈的紫外线辐射而变得黝黑的脸庞，我时常在想，我们都是生活的跋涉者，都被社会塑造并赋予了不同的角色。 一个人有梦想，有信念，有雄心不是什么坏事。 我毫不掩饰，我渴望得到一个体现人生价值的舞台。 将来，如果能让自己，让自己爱着的人，让社会上更多的人过上更好的生活，便是我心有所归的无量幸福。

作于 2018 年 10 月 24 日

第二辑　援藏岁月里的思

奋斗的生命具有无限的能量

　　这篇文章是我的人生感悟，也是供他人阅读同时寄语自我的一种精神激励。

　　无须伪饰。 我是一个努力的人，我人生所尝试的所有探索，都受益于此。

　　生命中的种种，从我们出生那一刻起就已经注定了。 我出身平凡，除了汗水，没有更多的资本，我只能凭着对梦想执着的精神，咬紧牙关，和别人拼勤奋，拼毅力。 我是那个风雨兼程、含泪奔跑的人。 万物流变，我只能锲而不舍地迈出可以迈出的每一步，探索本来存在的每一个可能。 我深信，人生不会有白走的路，只要努力，只要坚持，成长的伤痕终会成为人生耀眼的勋章。

　　人生逆旅，一路艰难。 生生不息的信念，是支撑我一往无前的强大动能。 那些走过或没有走过的路、攀过或没有攀过的山、蹚过或没有蹚过的河、看过或没有看过的风景、学过或没有学过的知识、经历或没有经历过的苦难，都是我的世界的构成部分和将要探究的领域，它们让我变得愈加清醒和强大。

　　那些未曾抵达的地方，隐藏着我的人生。 那是时时交织、凝聚、奔突、翻飞在我生命中的不安的部分，是我的快乐与痛苦、生活与梦幻、精神与追求，我能鲜明地感知到它们那安静或活跃的存在，我希望在宏阔的时空，在未知的领域，找到它们，并挟裹着抵达更为高远的地方。

那片光阴并不遥远，冥冥中它一直灼烧着我、引领着我去探索、去拼搏、去奋斗，直至释放出奇伟磅礴的能量。在艰难反复叠加的征程里，坎坷、不堪、羁绊、艰难……该经历的、该承受的，我都一一领受。我一直倾向于认为，生活中，所有的努力与磨难都有意义，它会让你在经历与阵痛中不断累积经验、提高认知。我认同海明威说的："到后来，那些受伤的地方一定会变成我们最强壮的地方。"

岁月如碑。我一直在努力地探索和前行着，不断用汗、用血、用泪、用生命去追求，用崭新的自己替代过去的自己，循环往复。

留下的足迹，记载着一路跋涉的艰辛，记载着飞扬或沉落的酸楚，记载着吐故纳新的过程。任何一个生命，都有生长期的创痛与成长的过程。与时间对阵，与命运抗衡，是生存于世的明证，是生命的价值与意义。在很多个泪流满面的日子里，我有时会有放弃的念头，但最终总能给自己找一个理由，舔舐伤口，痛而不言，咬紧牙关日复一日地坚持着，我相信时间会给我一个答案。

正如昼夜交替才会有月圆月缺一样，人生的探索与前行，必然会经历无数刻骨铭心的疼痛，会有漫长的苦心孤诣的过程。这世上没有什么美好是一蹴而就的，人只有打败自己不想面对、不喜欢的东西，才能得到渴望的生活，才能活出自己喜欢的样子。生而为人，只有"抽筋扒皮"，才能脱胎换骨，才能成就不一样的自己。

一季又一季的时光里，交错着苦难、挫折、失败、辉煌……所有曾经学过的词，在生活中都会一一亲身体验。这很正常，无须介怀。我们所要做的，就是给生活种下一颗种子，对明天深怀一份希望，然后向着理想的方向，且搏且行，亦哭亦歌，坚持不懈地走下去。

人生就像翻牌游戏，我不知道下一张会是命运替我翻开的什么牌。 我只知道，奋斗的生命具有无限的能量。 它会载着我的命运无所畏惧地经历人生的黑暗与迷茫，把我带到一片更为广阔、更美丽多彩的世界中。

作于 2016 年 7 月 27 日

心灵絮语

窗外，一地星光。

此刻，夜像一条无垠的江河，所有喧嚣都湮没其中。 一个人的山河岁月，大多是无声的寂静。

寂静，是内心的寂静，是灵魂的归属之地，最真实的心音和絮语都储存其间。

这是令人沉醉的光阴。 在静中冥想，会给心灵带来宁静、诗意和温情。 心灵丰盈的人，内心自有山水，即便身处困境，也能给自己开辟出一片精神的家园。

孤独的人，喜欢静谧安详的时刻，喜欢安静默然的光阴。 人世浩荡，川流不息的时光，到头来不过是人与自然的无言相守，不过是一个人的秋水长天。

写下一些文字，是表达内心，表达一种状态，是与岁月的深情对白。

细水长流的日子，这是一种外在的呈现，是想让风吟成歌，雨落成景，星月成画，是希望平淡的日子绽放出素净的花朵。 这是我想要的情怀。

与文字做伴的人，内心不会孤独。 这是一处无限舒放的思想空间，字里行间，安暖自得。 如落墨表述，心情则会在墨香中得到淋漓尽致的释放。

岁月有痕，将结识的人、做过的事、走过的路融入文字的脉络，是呈现生活的本质，是体现人生的意义，是留给生命的念想。

世事纷繁，感动无处不在，忧伤也时常袭扰。万般情绪，循环轮回，反复演绎。这世间，物质其实是恒定不变的，变的只是物质之间的重新排列。就如一个人的心情，总是在喜怒哀乐中周而复始，更迭交替一样，变化的也只是面部的表情和文字的组合。其实，我早已习惯了世事沧桑，只是希望借助文字恰如其分地表述悲喜交集的心情，为内心找到安身之处，为灵魂找到立命之地。让它们在悠长时光里有生存、发展、传播、滋润的空间，还它们以无所不在的自由。

人生于世，我们每个人都在寻找自己的灵魂及与灵魂相契的东西。现在，我已经了然。其实不必缘木求鱼，修得安定丰盈的内心，便是精神的走向和理想的家园。某一刻、某一景、某一事、某一物是自己想要的，或物我两忘的状态，便是灵魂上的吸引和融合。就如这个夜，就如自然流露的文字。

夜，是一片疏离的风景，是灵魂的栖息之所。岑寂的时光里，放下声色欢腾，让心情与时光相融，让文字与夜色相欢，人生的佳境便悄然而至。

作于 2016 年 7 月 28 日

灵魂絮语

人的灵魂从何而来？ 爱思考的人免不了会冥想这类问题。

生命的意义在于找到灵魂所在。

平日里，灵魂就潜藏在我们的体内，与我们的肉体是休戚与共的生命关系。 那些尖锐的、平和的、激昂的、柔缓的东西，相安无事地蜗居在我们身体的核心区域，并随时随地应和着愉悦的我们、怅然的我们、出神的我们。

灵魂可以带我们远离人世庸俗，游离古今时空，连缀琐碎记忆，见证人生荒芜，感触万事万物。 我们体内那些或畅快，或忐忑，或欣喜，或悲伤的感受，都是灵魂带来的。

灵魂的沉凝，会让我们的心灵清绝明净，并由内而外散发出一种独有的气质和力量。 刚柔张弛间，独具魅力和内涵。

文字和语言是灵魂最直接的呈现。 灵魂是驱动力，它可以像构建一支军队一样，任意调遣文字组合成一支有力量的队伍，肆意表达我们的智慧结晶、思想观念、道德觉悟和人格品质。 它的出现，无论是细雨微风，还是排山倒海，都是一种伟大的到来和宏盛的回归。

真正造就我们人生的是灵魂。 在意识和思维的作用下，我们会真正地认识自己，并构建起属于自己的宇宙、大地、荒野、山川、河流。 这样一种思想上的裂变，会让人更好地成长，成为更好的人。

一个人是否优秀，决定因素是是否有灵魂。 一个有灵魂的人，能独自走过崎岖、泅渡苦难，照亮暗夜，在岁月里渐次厚重；一个有灵魂的人，能清晰地知道自己的来路、诉求和对未来的追索，在人生旅途上，兀自思虑，兀自历练，兀自坚强。 一个有灵魂的人，会给内心以诗意，给喧嚣以安宁，给时光以希冀，给生命以蓬勃和葱茏，给自己筑起坚不可摧的精神世界。

那些天真的、跃动的，抑或沉思的灵魂，是高层次的生命。与灵魂对话，能让心通透，让人安宁。 与灵魂对话的时分，我活在无所不在的时间里，与世界万物只隔咫尺。 这是一种意念的迁徙。 这种设想中的对话，像天空的飞鸟，让我任意驰骋自由的宇宙，抵达想去的任何地方和年代，抵达宏大的灵魂和细小的角落。

一个人的灵魂，是他一生的光。 灵魂所及，是他的人生境界。

作于 2016 年 8 月 2 日

生命的牵引

在雪域高原，每一个安静的夜晚，都会有一种情绪悄无声息地从心底袅袅升起，随后轻烟般向四周弥散，在漫无边际的黑夜里铺展延伸。

许多年过去了。这种情绪，一直温存地伴随着我的生命，若有若无地缭绕在最干净、最纯粹、最接近灵魂的地方，轻轻柔柔地飘浮在周转不息的生活里，并在岁月里随同生命，渐次厚重。

这是一种充满幻象的东西，来源于心，相融于夜。它似烟、如雾、若纱，时而澄明，时而幽暗，时而清绝，时而旷远，时而浮动般氤氲，时而闪电般显现，时而若天堂之光，时而似尘间烟火……很多年了，我无数次试图用词语描述它，但总是力不从心，词不达意，无法接近其本质，更无法感知它真正的质地。

它的存在，是一种虚无，是洪荒世界里飞翔的轻羽，是与生命、与精神相濡以沫的整体。它可以安静而纯粹地通往人的内心，也可以奋然而坚定地穿行于苍茫的时空。很多个夜晚，我都会像今夜一样，关掉屋里的灯，用心感触丝丝缕缕的生命，以求得情感上的交流与融合。

这是一缕自由的灵魂。安静的时刻，它会应心灵之约，以弥漫的方式，舒展自己的生命，并挟裹与之相契的灵魂，轻舞飞扬，不绝如缕。我想，它绽放的姿势一定如花般美丽。只是，它比花儿更强大，可以助人对抗秋的萧索，冬的凛冽，让生命一直以春天的盎然气象立足于世。

它是生命中不泯的天光，是可以点燃时光、照亮人生的火焰。持有它，我们的生命就像受了加持一般，被注入一种绵厚、悠长的力量，它可以通透而安定地抵达内心的世界，也可以坚定而执着地驰骋于辽阔的远方，可以回归到一种原始状态，也可以穿越未知的遥远时空。时间之流，这样的一种力量绵绵不绝，不知所终。

它是心灵深处迷人的景致。我一直试图在巨大而旷远的寂静里，顺着游丝般的踪迹，探寻奔腾在体内的源头所在和浩荡的去向。每每我都如一粒微尘，迷失并卷入巨大的空洞和一片虚无之中。天地之间，这是一种超然物外的事物，点化万类万物的灵魂，却是不为人类所掌控的秘密。

我等肤浅之辈，拥有它，已然是一种幸福。就任它牵引生命，诗意飘逸。

作于 2016 年 8 月 10 日

执迷黑夜

夜，冷月高悬，万物静默如谜。

目力所及，一片苍茫，如同深不可测的汪洋。 积蓄了亿万年的秘密就藏匿和潜于其间，亘古以来，没人捞得真相。 在这片阒寂无声的世界里，我被无以数计的未知包围着，无可追索。 感受到的，只有无以复加的静默，以及静默当中复杂、神秘而难解的力量。 这种力量，来自广袤无垠的星空，来自恢宏浩荡的大地，来自安宁平静的内心。 将心灵置于静默当中，与天地相接，与自然相晤，能感触到幽深，也能体味到悠远。 能在幽冷中感到孤寂、荒凉，也能在宁静中觅得安慰、寄托。 夜色，充满了暗示，也充满了一种肃穆的气息和宗教的意味。

黑夜有度量，它能包容一切。 在它的怀抱里，所有的纷争恩怨都能得以平复，所有的名利欲念都能得以净化，所有的孤寂疲累都能得到依附，所有的岁月尘埃都将归于沉寂。 在它的笼罩下，大地人间充满着时间和光阴的空旷，像是一片隔绝了俗世红尘的玄幻境域。 我一夜夜、一次次地打量这片极少有变化的夜色，感受却全然不同：时而熟悉，如触幼年、童年、少年、青年时期的光景；时而陌生，心里时不时地升腾起说不清、道不明的隔膜；时而心灵通透，思想在或平静，或喜悦，或悲愤的情绪当中，满脑章句；时而困惑愚钝，笔触在既模糊又复杂的情感里空虚飘浮，无可凭依。 人生是有局限的，我的认知时常在暗夜里触礁。

　　一切的精神活动都是需要载体的。 我喜爱黑夜，喜爱在纯粹而安谧的寂静里，凝望星空，遐思迩想。 喜爱以坦率真诚的姿态，与天地做切己交流。 我思故我在，至少这样可以看清自己，丰盈心性，开阔智识。 尘世迷离，在这样的时刻，人生诸多悲喜，可以忽略不计。 心静如水，任思绪牵引，还可以在黑暗中觅得通向光明的路径，获得栖息灵魂的天地。 安享黑夜，我时常莫名地错觉生命就是空灵、深邃的黑夜的一部分。 将生命熨帖在这片安宁沉静的精神道场内，能让人忘记当下，忘记自我，在融洽无间中得到真正的休憩。

　　黑夜如谜，执迷其间，可以给自己构筑美好丰盈的内心世界，让安妥的灵魂回归精神的故乡，找到属于自己的那份慰藉与陪伴，获得内心的和谐、宁静和出世的干净、欢喜。

作于 2016 年 8 月 18 日

梦的思索

午夜，时间在动，夜色将我惊醒。

开灯，给时间以光明，然后静静地回忆梦里经历的琐碎的片段。

流动的时间里，这是一场对虚幻的追思。尽管没有意义，但有些回忆，能够给心灵以温馨、以愉悦、以抚慰，是对平淡日子的一种调和，是对繁杂生活的一种充实。续上一些细枝末节，犹如一场淋漓尽致的书写，让人生变得精彩、创意而新奇。这是精神上的一种满足与欢腾。

每一夜，每一个梦都不会固守一城。梦里的片段，或古或今或恩或怨，或情或爱，或美好或忧伤，或激烈或平淡，都是岁月留给脑海的印记，是心灵的满溢，是灵魂的呈现。那些或完整或零碎的片断，有些照搬于貌似不变的现实，是对人生过往的回访；有些是现实的延伸或重新演绎，是生命时光里秘而不宣的一种暗示；有些则是无数时光碎片聚集后的再生，虚幻中暗藏玄机。梦里的时光，交织于现实，深浸于心灵，是另一片时空的另外一种人生。

人生经历的或者没有经历的事物，其实，一直飘浮在时间里，冥睡在生命中，真实与假设掺杂，清晰和模糊交替，不论天涯遥远，不论岁月交替，在某一特定的时刻，总能如梦所约，海阔天空地与生命不期而遇。

我自以为是地相信，在现实与梦境、人生与理想之间，存在着某种平衡，它们会让我们的才智、道德在不同的空间自行发展，有时我们无法再造自己，但可以根据幻想，在梦里衍生出不同的人物，不同的场景，不同的年代，展开恢宏的构建。 在这个虚构的江湖里，同样有光亮、有方向、有信仰。 每个人都是自己梦境的主角，都可以穿古越今，尽情地展现真我，展现自由的人性和舒展的灵魂。

一场场梦境，犹如波谲云诡的人世，犹如因果错综的人生，不休不止地反复演绎着、延续着、变幻着，永无止境，就如我们对人世和人生的探求，就如一场场生命的重生。 梦里那些悲喜酸甜的场景，明知是一场虚幻，睁眼即灭，与生活并无关联，但还是会唤醒我们遥远的记忆，唤起对前生、今世和来生的猜测，对情感、理性和灵魂的思考，对自然、宇宙和时空的思索。

梦之纷繁，我确信黑白世界带来的记忆碎片，并非虚无，定有原因，定带有某种神秘的启示，否则不会狂想曲般地闪现、熄灭又闪现，周而复返。 它在一而再地提示我们探寻其中的本质规律，破解固化的生命状态，从而开启和缔造新的人生。

作于 2016 年 8 月 19 日

善待清晨

又是清晨，又是崭新的一天。

昨日梦境，连同曾经的过往，在时间里绝尘而去，已经成为生命的旧物。

岁月里，生命中的得，是时光对付出的回馈，是垫高人生价值和前行的台阶。攀行而上的日子里，辉煌是属于过去的，失败也是属于过去的。人生是一个不断捡拾和放弃的过程，轻松趋行，才能走得更远。

命运交织的时光，是构成我们生活的全部，也造就了我们各自的人生。我将生命经历的种种，分为有感情和无感情两种。无感情的，会任它悄无声息地流逝，自此各别天涯，永不复返。有感情的，我会视为上天的馈赐，是一份珍藏，一种厚积，是激励人生永恒的动力之源。

生命无从止歇，在光明和黑暗交织的日子里，每一天，都会有令人潸然的故事流淌过灵魂。这些，我视它为美好的过往，任其蜿蜒于生命，周而复返。每一日，也会有令人伤怀悲怆的事情滋生蔓长，这些，我视它为虚无的梦境，任它往事随风，遗忘殆尽。在这个令人眷恋而又无奈的尘世里，我无暇顾及过去，纠结过往。人生只有不断前进，做好自己想做的事情，才会迎来崭新的自己。

人生漫长，不断消逝的当下，是我们生存的立足点。它就像一条跑道，从现时出发，跑好每一天，我们定会得到丰厚的回报，成为人生的佼佼者。生命的本质，就是一场持续不断的运动，与它同频共振，在钟爱的事业上投入时间和精力的人，才会在有限的生命里，活得无限精彩、丰盛和美好。

我喜欢生命中的每一个清晨，喜欢这清醒、柔和、宁静的时刻，这是充满希望、积极向上的时刻。从这一刻起，我们可以不用理会昨日的对与错、身后的是与非，让一切归零重整，以阳光的心态迎接明媚的日子，创造精彩的瞬间，走向人生的远方。

我们的情感由快乐、痛苦、哀伤、恐惧等诸多因素组合而成，但决定内心感受和情绪的只有我们自己，决定个人思想和行为的也只有我们自己，决定现在和将来的同样只有我们自己。内心坚定、辽阔且从容的人，定能透过纷呈的世相，探知到内在的本源，定能安然面对一切，接受挑战，走出一片属于自己的天地。

心中有所期待的人，每一天、每一时、每一刻都是崭新的。时光里，充满敬重地行走，就能给生命找到意义，给精神找到家园，给人生找到一切可能。

我们现在所做的一切，都在为下一刻埋下伏笔。所以，请善待人生的每一个清晨，因为它孕育着强大的能量，蕴含着你下一刻更为精彩的生命。

作于 2016 年 8 月 20 日

穿行在时空里的生命与灵魂

清朗的白昼退下，又一个黑夜降临。这一幕幕轮回，循环往复地带着我们在一次又一次的黑暗与光明的交替间穿行着。

每一个黑夜和白昼，都是在平静中降临的。这份降临，于我是一次又一次深情的回首和崭新的开始，也是一次又一次获得与等待。漫长的生命里，我学会了与时间妥协和较力。我已经可以在内心概略地计量出白天与黑夜的长度，进而规划出做事与叙事的时间。漫漫光阴，每一寸都是难挨的，我一切的力量也都是从中汲取的。

在那曲，时间没有鲜明的分界线。晴朗的每一个日子都是月与昼的拥抱，都是日月星辰的同辉。晚上九时以后，当黑暗吞噬白昼的最后一丝光亮，带走时空里残留的最后一袭温暖，便是到了我孤独的时分与叙事的时光。无论是示己的或是示众的，都是与另外一个自己的灵魂对话，都是思想触须对这片土地的深情抚摸，都是对自我身心的慎重安放。

在这片世界里，心灵所虚拟和飘浮的部分，是我们的灵魂。现实中行走的是我们的肉体。当肉体不能足以存放我们的灵魂时，我们需要给它一个更为广阔的空间，让它的触须得以更好地行走，抵达我们无比向往的未来与未知。

白落梅说："在这喧闹的凡尘，我们都需要有适合自己的地方，用来安放灵魂。也许是一座安静宅院，也许是一本无字经书，也许是一条迷津小路……"于我，雪域高原是我人生的修罗场，也是我灵魂的驿站。 这片土地给了我生命的陈述力。 我已习惯于在无数个夜晚，叙述心里想说的话。 有些在内心和自己说，有些在微信朋友圈里和有限的朋友说，有些会发在报刊及网络上和整个世界说。 文字是我内心的灯盏，我掌控着它辐射和光照的范围。 而我思想的触须一直悄然地伸展在这片广袤的土地上，牵连着那些沉默的或生长的万物。 我无尽的念想，或完整或零碎，或喜或悲，或隐或现，都是这片土地赋予我的灵魂，也是我的生命存续的意义。

遵循时空的秩序，我如同奔跑在这片土地上的绿皮火车。 这在其他地方已基本退出历史舞台的年迈的交通工具，在青藏线上依旧活力无限。 我唯愿在这片神秘的土地上，以古老的方式，朝着无数剑器的时代，做一次无悔的穿越，去探访生命的源头，去探索时空的秘密。 那永恒的遥远，自始至终闪烁着诱人的光芒，给予我漫无边际的憧憬。 那幅伟大的图景，或许只是一场幻空，或许是理想主义的虚无。 但直抵我内心的那一束光线，是想告诉我什么呢？ 时间之后，荒野仍是荒野，孤寂仍是孤寂。 我想，答案就飘浮在我们赖以生存的时空里，需要凭借着我们各自的认知去呈示和展现。 否则无以抵达内心想去的地方，否则未知永远是我们人生的谜底。

时间如同一条川流不息的长路，无限伸展向未知的远方。 我每天必经的浙江中路，白天车来人往，在平行的时光里各自忙碌。 到了夜晚，昏黄的路灯下依旧可见散步的人，安详而有定律地行进在独有的世界里。 这在平均海拔 4500 米的那曲是不易的，这是一份时光赐予的内心的安定。

这份安定，是灵魂在绵延不绝的昼夜里，清明无念的存在。

作于 2016 年 8 月 30 日

用文字做一场祭奠

时光可以老去，但与有些人生命交织的日子会常忆常新，让人记上一辈子。

夜，梦见我曾经的领导——陈洪涛副厅长。梦中他大步流星地走着，怎么叫都没回头……醒来，忆起往昔相处时的点点滴滴，满屋悲伤！

夜色漠漠，恍若隔世的感觉。与陈洪涛同志，确已阴阳相隔，永生不得相见。今天是陈洪涛同志的头七之日。今夜，我只能用最深的情、最伤的心、最悲的文字送他最后一程。

白天时，见严明潮处长发了一则微信：人生一世，草木一秋。世间就是这样，谁也逃不过两样东西，一是因果，二是无常……我知道，他是怀念陈洪涛同志了，这份感情，很多人心里都有。我与陈洪涛同志工作的时间并不长，但所积累的感情，值得用一生去怀念。

陈洪涛同志是 9 月 2 日离开我们的。虽然知道生命会有疾病和意外，但没想到会发生他身上。陈洪涛年富力强，是一个有工作激情的领导，分管办公室、条件处和厅属单位改革等工作。2015 年 3 月，我到办公室工作后，正逢厅里推进科技云服务平台和科技创新券工作，由他具体负责。第一站是舟山，办公室派我陪同，那天是 3 月 10 日，我们的缘分由此开始。历时 2 个多月，他带着我跑遍全省 11 个地市和大部分县（市、区）。当年，科技云服务平台在全省科技系统应用，科技创新券推广破亿元大关。 如今，科技创新券作为浙江培育企业研发能力的有效支点，撬开了全省科技创新的大门。 只是，这份沉甸甸的果实，陈洪涛同志看不到了！

陈洪涛同志是 2016 年 1 月初发现自己患上肝癌的。 之前陪他出差，他总是说肩臂疼，开始以为是肩周炎，实质是肝部辐射性疼痛，但他没当回事，仍然夙兴夜寐地忙于调研，疲于工作。2016 年 1 月 9 日，本来说好陪他去参加《科技金融时报》民主生活会，但早上突然改为厅条件处曹华芬处长带队。 下午回来时见他脸色苍白，心情低落得不想说话，也就没过多打扰，没问缘由，但心里隐隐有种不祥的预感。 过了 2 天，果然得知他患病——肝癌。 第一次去医院看他，见他仍在审阅文件。 陈洪涛同志就是这么敬业！后来陆续又去看望了他 3 次，可能坚强的他怕让人见到脆弱的一面，每次见到都说不是刚来过吗，怎么又来了？ 最后一次相见是援藏出发前，他瘦得厉害，但精神状态很好，那天破天荒地聊了一个多小时。 今夜，用上全部的力量和所有的记忆，却怎么也想不起来所聊的内容了，那天可能只是觉得时间珍贵，想多陪陪他！

到西藏那曲地区后，通过微信向领导和亲友报平安。 陈洪涛同志回：祝一切顺利！高原地区，多多保重。 这是他对我说的最后一句话。

生命无常。 知道陈洪涛同志会走，但没想到那么快、那么突然。 9 月 3 日早上，先是在合作处陈勇微信动态里发现了悲伤的文字，随后叶杭玲大姐通过微信发来大哭的表情，说洪涛副厅长昨天下午永远地离开我们了。 那一天，我不知道自己是怎么度过的！或许，当无常突然给我们一个结果时，我们所能表现的只能是惊愕、绝望、无奈和无尽的悲伤……

一个人的灵魂可以让另一个人照见自己的灵魂。 和陈洪涛同志工作时间虽不长，但他执着的敬业精神和优秀的品质，在我心里永远像山一样厚重。 只是，无法做最后的告别，是人生的遗憾。 托叶杭玲大姐送上花圈，寄托全部的哀思。

　　这个夜，仔细咂摸飘摇在记忆里的陈洪涛同志的音容笑貌，伤，无法弥补。 悲，经久不息……

作于 2016 年 9 月 9 日

第二辑 援藏岁月里的思

沉痛送别陈洪涛同志

这样一场送别，是永别。

9月11日，是原省科技厅副厅长陈洪涛同志出殡的日子。我远在雪域高原，悲伤弥漫于心，只能汇集大家的悼词，为我尊敬的领导，敬爱的兄长，做一场最后的送别！

9月9日，陈洪涛同志的头七之日。 周国辉厅长撰写祭文《悼念洪涛同志》，用很长的篇幅，对陈洪涛同志给予了工作的肯定，表达了深切的怀念，情深义重，感人至深！发进"创新浙江"微信群后，哀思一片。 "沉痛悼念洪涛厅长，一路走好！"等悼词，以及大哭和拜别的表情，整屏整屏地刷着，如同一场相思雨。 这是每一个人发自心底的痛惜和悲伤！

那一刻，很多不知情的人如我初时一样，不相信天妒英才会真实地发生我们身边，不相信年富力强的陈洪涛同志已经永远地离开了我们。 "万分没有想到，沉痛悼念洪涛副厅长！""怎么会这样？ 悲伤极了！""惊闻噩耗，万分悲痛！陈厅一路走好""惊闻噩耗，简直不可相信，不愿相信，病魔如此残酷，命运如此不公，将这么可亲令人尊敬的领导、兄长生命夺走……""万分意外！沉痛悼念陈厅！愿在天堂安息！"大家既惊愕，又悲痛。

很多同志哭了。 "看了周厅的悼念文章，心在痛，泪在流。愿洪涛副厅长一路走好！""沉痛悼念陈厅！看着悼念文章，不觉泪流，愿陈厅在另一个世界安好！""早上看到讣告，眼泪忍不住掉下来。斯人已去，怀念以往，历历在目，久久不能平静，陈厅走好！"您笑盈盈的样子，总在脑海中反复播映，每每想来，悲痛不已，泪眼蒙眬，愿您走好，愿家人保重！"生产力促进中心刘文献主任去看望了洪涛副厅长父母，轻拥其老泪纵横的母亲，无限悲痛，无语凝噎，心如刀割。"洪涛副厅长一路走好，天堂无痛。"这不仅是刘文献的心声，更是所有亲友、同事的心声。

大家所发的悼词虽不长，但字字情真意切，句句可见陈洪涛同志的生平。新昌县朱润晔副县长说："十年前我在省科技厅挂职，陈洪涛还是厅办公室主任，对挂职干部很关心……其音容笑貌，历历在目！争取周日回杭送他最后一程，愿洪涛同志一路走好！"《科技金融时报》阴文亮说："曾在西湖边散步偶遇陈洪涛副厅长，没想到他居然认识我，停步微笑与我握手寒暄，平日与陈洪涛副厅长少有交集，现在忆起，仍然温暖如初。深切怀念！"厅社发处叶琳说："每逢新年，总会收到一条并不算长却充满真挚的祝语短信；每次碰到陈厅，总能见到一脸微笑。陈洪涛副厅长很关心我们年轻人的工作和生活……"金华科技局来怡说："陈洪涛任办公室主任期间，偶有几次工作接触，都是亲切随和，周到细致，令人感动敬佩！愿走好！"

在周国辉撰写的祭文里，再现了陈洪涛工作勤恳敬业、任劳任怨的精神状态。原科技厅厅长、省人大常务委员会委员、教科文卫委员会主任委员蒋泰维对洪涛副厅长的评价是"拼命三郎"。厅办公室主任姚礼敏说："洪涛副厅长平时对工作十分敬业认真，对分管的同志十分信任放手，我们之前交心也是最多的，对我的指导帮助特别大。生病期间十分乐观坚强，我去看望他十多次，他总是劝我做好工作不要去，问他有什么要求或是要交代的，他总是说没有……"基金办主任吴正光说："从 1997 年一起到科技厅，陈洪涛同志都是我学习的榜样，工作中指导甚多，难以言尽！"厅党组成员、纪检组长郭丽华说："沉痛悼念洪涛同志！未竟的事业大家一定会加倍努力完成好。请安心，一路走好！"

人虽走，情难却。厅成果处处长陈龙根说："19年前同入考场，而今斯人已逝，悲哉！痛哉！"厅专利管理处处长丁峥嵘说："二十多年相识相知，一朝远走，深感痛惜！愿洪涛副厅长在天堂安好！"厅机关党委专职副书记齐昕说："望庐思其人，入室想所历。"知识产权发展处李雪芹副处长说："痛惜！悼念洪涛！一路走好！相信天堂没有病痛。"大家纷纷要求"创新浙江"社区保留洪涛副厅长的微信号"HTC"。

天长地久有时尽，绵绵思念无绝期。陈洪涛同志，一路走好！

作于2016年9月11日

行走在雪中

　　当人们还在用诗歌、画卷、相机等赞美和记录秋天的风景时，这一切，与那曲无关。

　　在平均海拔4500米的那曲，一场大雪！又一场大雪！不再给任何绿色生命以任何容身的机会。 在这座唯一不长树的城市里，矮蒿草、小蒿草、披菅草等高寒野草，是最顽强的生命力。 但此刻，躯干已现暮色。 寒风中，它们在用最后的光阴叙述生死轮回的无奈。

　　这个季节，洪荒之地，大雪是最具激情的力量。 可我更愿用不速之客、飞扬跋扈等词来形容它！遍眼所见，纷繁复杂如创世界的宇宙，漫天飞雪，以惊人的态势，铺地攀山，向着连绵不绝的远方拓展着自己的势力范围。 千山鸟飞绝，稀薄的空气变得更加稀薄，这是人为所无法改变的自然！万里静谧，隔绝尘世万千繁扰，谁又能安然入睡？

　　我见过黑色、灰色、红色的大地，有过萧瑟、落寞、炽烈的心境，唯独西藏白茫茫的土地，让人惶恐。 在这里，我们无法对未来做出预测。 自然所具有的摧枯拉朽的神威无时不在、无处不在，包括隐匿在我们身体之内悄无声息的伤害。

　　既然无法抽身，索性投身雪海。 莎士比亚在《麦克白》中说，生命的本质"只是行走的影子"。 此话太过悲观、悲壮，倒是应景。 于我，不适。 很多时候，行走的过程，也是我思考的过程。 人和人，表象在美丑光鲜，深层次却有着经历、文化和思想上的差异。 我爱看书、爱思考，或许就是因为我清晰地知道自己的所短所缺。

极目苍穹，在冷山峻岭之间，依稀可见山口，这是风的阀门，是记忆的风口。 忆起童年，寒冷的北方，类似的大雪常见。我对旧人、旧事、旧物、旧景素有深情，从不掩饰真实的态度，更不加约束感恩之心。 但那曲大雪，却非我憨实的故人！过往岁月，每一个转身都是一次永远的诀别，即便用尽洪荒之力，也不可能再回到命运的起点。 但那曲的大雪下起来，似乎绵绵无期，一直看不到命运的拐点。 唉！这或许也是命运所给予我们的苦难吧，无论好坏，都是注定了的。 此时的生命，已经不应该用好与不好、有用或无用、有意义或没有意义来衡量了，能够健康地活着，就是极好，便是价值！

九月的夜晚，想起海子的《九月》。 也写首《九月》应景吧！

> 九月，我在那曲
> 今夜风寒入骨
> 我只有行将冷却的躯体
> 目击雪神到过的地方
> 万物皆灭
> 此起彼伏的草原
> 是埋葬青春的坟墓
> 时间，是一口棺材
> 我在其中
> 风，呜咽着
> 是谁在哭泣？
> 雪野中，只有一座荒凉的城！

在雪中行走，看着藏北草原上大大小小、此起彼伏的山头，联想到了坟墓，心里顿觉不安，也或许正是畏惧，才构成了我们对这场人世的眷恋。

生命的意义，究其本真在于漫长道路上不断地前行，以寻求更好的生存与发展。很多人向往西藏，将西藏作为旅游的终极目标，或许是为了美景，或许是为了信仰，或许是为了完成对生命意义的探索。无论是受哪种因素驱使，都是积极向上的态度，都是永不止息的人生。

我一直在行走着，过程艰难，时间缓慢。但我相信，只要不停下，终有一天将如泰戈尔所说的，通过黑夜的道路，到达光明。

作于 2016 年 9 月 13 日

第二辑　援藏岁月里的思

明月千里寄相思

今天是中秋佳节，是一个让人思念且伤感的日子！

自17岁参军入伍，我的中秋，一直很难和家人团聚。虽然后来有几年从野战部队调到沿海省军区工作，但中秋时节通常是台风期，经常要奔赴沿海一线执行抗台任务。到地方工作仅一年便援藏，和那些旧时光一样，依旧与亲人分居两地，相隔千里，不能共度。

这是援藏以来的第一个中秋。白天，公寓内很安静，援友们都在各自的房间里修身养性。一直以来，因为氧气稀薄，大家都不愿串门聊天，更无娱乐活动。因为少说话、少走动，可以更好地保持体内的氧含量。这份安静，可以理解。

在那曲，还有很多事情，援友们都默契地保持着一致。比如，不洗澡、洗头，因为容易患上感冒，会危及生命；不快速行走，因为会增加心率，降低体内含氧量；不吃太饱，怕肠胃超负缺氧，再者低气压已经让大家腹胀如鼓了！

到了吃饭时间，公寓才开始热闹起来，大家平时的交流都在这个时候。因为过节，饭后大家仍不舍离开，找各种话题打发着寂寞的时光。我习惯于置身事外，独享孤独，过属于自己的时光。

我喜欢黑夜。在那曲，月亮和星星是我可以倾诉心情的挚友。在之前，我习惯于自己和自己对话，在心里。从小到大，这一直是一个秘密，没人知道我内心的宇宙有多辽远多深邃。 在雪域高原，了无人烟，孑然一身，天空是最好的倾诉的对象，这是释放心情最好的方式。 望着星空，我会把思想风筝般放得很远很远。 但今晚的主题，只剩下无尽的思念。

此刻，我亲爱的母亲也在赏月吧？ 父亲突遭横祸离世年余，她一直没走出悲伤！ 援藏以来，最大的遗憾是对她的陪伴和所尽孝心的时间更少了！ 所谓儿行千里母担忧，白天通话，母亲问我好不好？ 我满口说好，她竟一时不知如何作答，我知道，在她的心里，不知道有多少话语想要诉说、叮嘱……

杭州没有月亮。 但我知道妻女的心里有我。 于她们，我的内心一直深为愧疚。 之前，军装一穿就是 21 年，把最好的青春献给了国防。 现在援藏，正是孩子需要教育，妻子渴望呵护的时光。 但我又把最好的陪伴给了雪域高原，把家庭的重担全部压给了妻子。

现在，我所能做的只有在内心为她们祈福。 听说有流星划过的时候最管用，我虔诚地等待了数小时，终于见到，赶紧双手合十，低头许愿，祈求安好……尽管很傻，但这真的是我唯一可以做的了！

夜越来越深，格外安静，但我还是打开手机里宋祖英的《望月》，一直听到泪流满面……

作于 2016 年 9 月 15 日

第二辑 援藏岁月里的思

199

飘浮在时光里的尘埃

至今日，援藏进入第 60 天。

在那曲，在我的心底，光阴流动得异常缓慢，在无数个仿佛静止的时光里，我总能看清浮尘的模样。

那些小到极致的物体，在阳光下无声且缓慢地游弋着，终日清心寡欲地飘浮在属于它们的时空里。人类是入侵者。

在那些巨峰高耸之处，在天地洪荒初开之时，或许这些大大小小的浮尘，主宰着这里的一切。先是鸟兽改变了这片时光，随后，人类超越了界限，攀山而上，占据着这片土地。

只是，时至今日，我们的容身之地，依旧是寸树不生的冻土，依旧是尽入眼底的荒凉。这是这片世界的本原。

在高原生活的时日里，我见到了同类的真诚与热情。但那些藏匿于虚无时光里的敌人，一直游走四周，时时袭扰，头痛、腹胀、胃痛、失眠、流鼻血……一直在不留空隙地造访着我的躯体。无可奈何！

野草比人类更艰难，进入高原，在无数个雨雪侵袭的日子里，我见证了它们从繁茂到枯萎的一生。它们的生或死，是一场沉默的悲欢。走过岁月的苍凉与温暖，属于我内心的悲欢，又何尝例外？

固守这座城，我自始至终警饬谨慎，对草木也好，对虫豸豺狼也罢，都无意冒犯。安心、安静，坚韧、坚守，在光阴的淬炼里，我们放弃欲望，放弃速度，以最好的品质与这座城默然相陪。 这是最长情的诺言。

我们，一批又一批的援藏者，不是天生的外物，我们只想改变这座城，在这片荒凉的土地上建造理想的生活。 那些日新月异的变化，是最好的证明。 这些伟大的东西，不仅仅是用物质打造的，也来自我们心灵美好的构造。

人是大地之上最高等的生物。 在这片土地，55 名浙江援藏干部人才，各自都是手艺在身的"匠人"，大家在各自的领地，心无旁骛，全神投入，恳切而庄重地雕琢着属于自己的时光。 大家的内心，和这些时光一样，无比的宁静、单纯。 披荆斩棘的时光里，我们浑然忘却了一切外物。

我们还在前行着，那些乐观的意志，是我们突破困境的力量。 生而为人，奋斗是我们与生俱来的品质，是对生命的赤子之情。 否则，无以抵达那些大生活。

索然寡趣的日子里，公寓的阳光房是我喜爱的地方。 阳光房内种植了一些植物。 在四季可控的温室内，有专人精心呵护，它们不必考虑生死。 在这个世上，还有很多人不用为了领受痛苦而活着。

正午，刺目的阳光常常使我眩晕。 或许这根本与阳光无关！

飘浮在阳光中的尘埃，乐此不疲地追逐着、飞舞着，彼此纠缠着……或许它们也有自己的快乐与忧伤，也有自己的幸福与痛苦，也有飞扬的生命和不得不跋涉的理由。

我并非喜爱任何飘荡和虚浮的事物。 但在这缓慢流动的时光里，我别无所能，无法发掘出更多的美，当下，它们确是可以陪我的伴儿。

作于 2016 年 9 月 17 日

时间无言

时间里，万物遵循生命的轨迹，在命定的界限里前行着。

和沉默的日月星辰、白天黑夜、群山大地一样，时间，终年无言。

繁衍不息的生命里，没人知道时间的原点在哪，更没人知道在所谓的"大爆炸"之前，宇宙的物质、能量和时空的模样。原始时代、石器时代、青铜时代……每一个时代，都已淹没在时间的洪流里。天地可以轮回，但时间不会再重现一个时代的葱茏与繁茂。亘古至今，时间没有敌手。

春花秋月，夏雨冬雪。在草木荣枯无以数计的时间里，秦皇、汉武、唐宗、宋祖……以及历朝历代的兴衰成败，都如浮云般飘过。任何事物都有起伏，都是一场场盛开与凋零的轮回。盛极而衰，万物皆同。博物馆里陈列的物件，记录着一个个时代的变迁。只是，缕缕斑驳，隐藏着多少的缤纷缭乱？不得而知！亘古苍凉的时间里，如山似海的秘密和天机，又有谁能知晓与参透呢？

流逝的光阴里，可以考证的是无数对时间的感怀。"子在川上曰：逝者如斯夫，不舍昼夜"，那是对时间去而不返的惆怅；"哪有长绳系白日，年年月月俱如春"，那是幻想留住时间的渴望；"少壮不努力，老大徒伤悲"，那是对珍惜时间的告诫；"盛年不重来，一日难再晨，及时当勉励，岁月不待人"，那是对时间深刻的见解；"寄蜉蝣于天地，渺沧海之一粟，哀吾生之须臾，羡长江之无穷"，那是极富辩证法的人生华章！渴望也好，感叹也罢，时间始终不争不辩、不惊不扰、不喜不悲，沉默不语着。 我们很难认知时间的质素，只能感知它的存在，感谢留存给世人的精神和物质的财富。

晨迎朝霞，夕伴余晖。 日复一日，在永不止歇的时间里，流淌着成功者的喜悦、受挫者的沮丧、进取者的欢愉、平庸者的伤悲……喜或悲，哭或笑，憧憬或希望，最终时间都会给出公正的裁判。

"人生代代无穷已，江月年年只相似。 不知江月待何人，但见长江送流水……"时间无言，每天静默地穿行于白昼黑夜。 流水般的光阴里，循着自己的心迹前行，可以在岑寂的世界，听到时间行走的声音。

作于 2016 年 9 月 28 日

第二辑　援藏岁月里的思

西藏的云

10 月的光阴静静地流淌着。

抬头，于秋阳中仰望天空，纯净安详，一如往常。

从小就喜欢看天赏云。孤独的时候、失落的时候、悲伤的时候、平静的时候，常常会寻一处人迹罕至的草地，仰面朝天，看云卷云舒，任心思随着云朵漫无边际地飘荡。

那时，没有功利之心，没有凡俗欲望，心思和云一样洁白单纯。在童年和少年的时光里，云俨然成了最亲密的伙伴。

西藏的天空和儿时的天空相似。白云以湛蓝的天空为布，以优美的姿态悬浮在半空中，有风吹来，时而变成奔腾的骏马，时而变成洁白的羊群，时而变成憨厚的大熊……千姿百态，可以满足心里全部的童真。

这样描述的场景，在中国的很多乡村依旧可以见到。但在西藏，所观所感会完全不同。西藏，地处世界之巅，距天空极近，不用仰头，便可见到洁净得没有一丝杂质的天空，点缀上棉絮般的白云，美得夺人呼吸。如果你想和云近距离接触，随意爬上一座山峰，便可以身披轻纱、漫步云端，宛若行走于仙境。

我援藏所在地——那曲，是全球海拔最高的城市，景致更美。拉开窗帘，便可以见到纯净得没有一丝杂质的蓝天，洁白得没有一点瑕疵的云朵，再配以秋日里金黄的草原、起伏的山峦、清澈的河流、积雪的巅峰……这样的美景，重叠在窗前，像是在墙壁上挂上了一幅宁静、和谐、壮美的自然画卷。

　　节假日，我常常会选择静坐在窗前，看书、望景，如云一般呈现自己最轻松、最真实的一面。 这是真正意义上的放空自己，安享内心丰盛。 人生至美，莫过如此。

　　"宠辱不惊，闲看庭前花开花落；去留无意，漫随天外云卷云舒。"将心思安放在云端，天地会豁然开朗，心情也如云一般有条不紊，泰然自若，逍遥容与。 凡尘俗世里，我无法以绝尘的姿态淡然对待一切，但希望拥有无垠的天空，思接千载，视通万里，修得人生的大境界。

　　电影《一代宗师》里说："人生有三重境界：见自己，见天地，见众生。"此生，我不一定修得见众生的境界，但我深信，一个人只有志存高远，才能拥有开阔的视野，获得生的力量和心的安宁，让自己比过去的每一个日子都更加优雅、从容、内敛而富有深度。

　　"我们是宇宙对自己的省思。"人生旅程，每一个季节、每一程山水、每一处风景都有禅意。 常常走向内心，反省自己，才能悟得自然和生命给予我们的一切，才能轻握一份懂得，在岁月的辗转中如云般拥有自己的天空。

　　秋日里，仰望西藏的天空，太阳已经没有了暖意，这时想起小时候全班齐声朗读过课文：天气凉了，一群大雁往南飞，一会儿排成人字，一会儿排成一字……那曲的天空没有大雁，也少见有鸟飞过，只有琅琅的读书声如云般飘浮在记忆里，遥远而真实，如我的理想。

作于 2016 年 10 月 1 日

第二辑　援藏岁月里的思

205

藏地星空

　　每个人应该都有一个数星星的童年，我也不例外。

　　小时候，乡村里的生活是很艰苦的。那时别说空调、电风扇了，连电都没有。夏季的夜晚，最好的避暑方法就是在室外的地上铺一凉席，然后家里的大人会用芭蕉叶做成的扇子，边扇风边讲述牛郎织女、嫦娥奔月等各种神话故事。那时，满天繁星闪烁，徐徐微风里，常常听着故事，数着星星，悄然进入梦乡。

　　后来参军离开家乡，便再难见到纯粹如童年的星空。在都市定居后，除了耀眼的路灯，连看到零星的几颗星星，都是一种奢望。

　　在西藏看星星，会有一种暴发户的感觉。高海拔，是造成空气稀薄、地理环境恶劣的罪魁祸首，同时也有效地保护了这片自然生态景观，给了这片土地最为纯净的星空。在藏地，任意一个地方、任意一个晴朗的夜晚，一转身，一仰首，都可以近距离地观赏到清澈的夜空、灿烂的银河、纯洁的星子、圣洁的意境，感受到"星垂平野阔"的美丽。

　　援藏的生活状态和军旅生涯基本相似。白天看人，晚上看星。上班时间充实，极易打发。夜晚漫长，可选择的是要么看书，要么就看星星。远离喧嚣，蛰伏在寂静的夜里，我喜欢以这两种方式享用寂寞的时光。

　　在藏地看星星，时常会有意外的收获。譬如流星，璀璨如烟火般的流星。 西藏的流星区别于平原地区，光芒极其耀眼，划向天际时，会拖出一条长长的美丽的弧线，在天空停留好一会儿，才会一点一点地融化到夜空中。 今夜，我接连看到两颗流星，光亮夺目，划过夜空时就像两条鲜亮的丝带格外绚烂，随后极其缓慢地消失在夜色里，仿佛有数不尽的悲欢，道不尽的留恋。

　　如果非要用语言来形容观后的内心，那便是万籁俱寂之夜，无言的流星用最后的光芒带给我的关于生命意义的思考。 我想，这些流星，或许是某个星体超负的一部分，它们为了整体牺牲小我，投身火海，在极短的时间内燃尽了生命的全部。 或许很多人不会知道它们曾经存在过，但它们的母体会用一生去记忆和怀念。 木心在《文学回忆录》里说，凡永恒伟大的爱，都要绝望一次，消失一次，一度死，才会重获爱，重新知道生命的价值。 流星那闪耀的一瞬，或许就是自我价值的全部体现，也是生命意义的最高境界。

　　小时候，看到流星总会尖叫着指给家人看。 那时，家里人总是提醒我赶紧低头许愿。 童年无法倒带重来，流星划过更是过而不返。 今夜，在圣地，流星过后，最美的星夜下，唯愿我认识和不认识的人，都能珍惜拥有的一切，珍惜当下，如此，即便是时光如流星般短暂，也会是一生中最为珍贵的收获和永恒的美丽。

作于 2016 年 10 月 4 日

第二辑　援藏岁月里的思

重阳忆父

今天是重阳节，中国的老人节。 然而，自父亲离世，思亲之日便成了伤感的日子。

父亲是在 2015 年 6 月 13 日的一场车祸中离开我们的。 时至今日，心底悲伤依旧，思念依旧。

记忆中的父亲，腰一直弯曲着。 听说他是在一次雨后补漏雨的茅草房时，不小心从屋顶上滚落下来摔伤的，当时没钱医治，致使腰至终都没伸直过。 在那个贫穷的年代，这是一件没有办法的事情！

收种之时，父亲常常赤裸着上身，黝黑黝黑的后腰暴露在烈日下，汗水在父亲弯曲的腰上肆意流淌，像奔涌不息的河流，汗水滴在泥土上无声无息，一如父亲的沉默。 我们兄妹三人数年的学费，都是用地里的粮食换的。 一袋袋粮食沉重地压在独轮车上，生活的负重压在父亲弯曲的腰上，那弯曲的腰，就像一张拉满了的弓，父亲用尽了一生的力量，将我们兄妹三人一一射向了远方。

都说陪伴是最好的爱，但我对父亲的陪伴是不够的。 懂事后，为了缓解父亲肩上的压力，为了不再让父母用血与汗水浇灌苦涩的日子，我在还上学的年龄便参了军。 自此和父母相隔两地，后来几次工作调动也都远离家乡，相聚的日子屈指可数。

缘于此，我总想把最好的东西给父亲，而每次都事与愿违：

在部队时立了很多军功，获得了很多全国全军的奖项，每次报喜，他都心疼说这是拿身体拼来的，让注意健康；父亲爱抽烟，我给他买了很多名贵香烟，他硬是不抽，每次我休假走后都换回一堆廉价的烟回家；陪他买衣服或其他物品，他做的第一件事情是拿出老花眼镜，专注地看标价，反复地比较，最后会坚持着买便宜的；带他去景区游玩过一次，景区的物品和饭菜都比较贵，结账后，他一个劲地责备，之后再没去过景区；好几次带着钱回去给他买房，每次都没成功，最后好说歹说买下可以俯瞰全城的房子，还没装修，人已去了天堂……子欲孝而亲不待，这种遗憾是无法弥补的痛！

电脑里，存着很多父亲生前的照片。今夜，我长长久久地翻阅着那些静止的画面，他那阡陌纵横的皱纹如同岁月的沧桑，印刻在脸上是那么的清晰！我用了很长时间，努力地想象他年轻时的笑容。然，无果！这种记忆的失败让我伤心！或许在我成长的那些困顿的岁月里，他根本就没有笑过，即便有，在他的笑容背后，也是我所不能体味的艰辛！

一直以来，我都无法走出没有父亲的日子，依旧常常在梦醒时分泪流满面。每次听见有人叫爸爸，总是会愣神，随后会在心里极度羡慕，既而悲伤。这半生，我吃过很多的苦，尝过无数的累，但纵然如山似海，又怎么能抵过父亲猝不及防的离世留给我心灵的悲痛呢？！今生，我再也没机会喊爸爸了，那来自心灵的呼唤只能在心底里千百遍地叫着，声音一旦出喉，肯定痛彻心扉！

比肩接踵的街头，我总希望能在无数陌生的面孔里，瞅见转世后父亲的脸庞，但最终都只是一场荒芜的僵望。父亲，咱父子此生相见无望了，唯希望您在天堂平安喜乐，一切都好好的！

作于 2016 年 10 月 9 日

忆起外公

昨夜，梦见我的外公，英勇的解放军战士——李士炳。

梦中的他，弥留人世之际谁都不认识了，我赶到他床前时，他竟记得我，坚持着从床上爬坐起来，让人从里屋的某个地方拿东西给我吃，我妈妈去拿，东西果然在那……老人的那份疼爱，戳中了我的泪点，夜里虽然超量服用了安眠药，但还是哭醒！

外公走的那年，我在部队服役，事实上没能见上他最后一面。 等我连夜驱车一路风雨赶到老家时，只见到他僵硬的身躯和依旧坚毅的表情。

受战争影响，外公一直耳背，和他交流，都要用很大的声音。 有关他的战争记忆，有些是他生前零碎地讲述的，有些出自他战友之口。

外公的部队，是新四军华中军区一支主力野战部队，是名副其实的苏北人民子弟兵。

外公入伍前，已经与外婆结婚。 但铺天盖地的"打倒日本帝国主义"的宣传口号，让外公热血奔涌，于是他毅然放弃小家庭的温暖，于 1944 年参军，成为光荣的新四军第 3 师战士。 此时的外公，因为聪明机灵、为人本分，被这支部队的首长一眼看中，任命他为通信员。 外公本来是不需要到一线战斗的，但他数次请命要求到任务最重、战争最艰苦的战斗连队打击日本鬼子。

1945 年 8 月，外公如愿加入某特务团战斗班，跟随部队打击占据盐城东台的日伪军。 攻击在凌晨发起，日伪军凭借坚固的工事，垂死挣扎，战斗一度处于胶着状态。 此时，特务团官兵每个人的眼睛都是红的，个个要求当尖兵，外公有幸成为敢死队员中的一员。 后来外公形容那场战争为人海战，特务团扎堆似的进攻，倒下一批又上一批。 战争一直打到晌午，全歼守敌。 那场仗打下来，外公一个班仅剩 2 人，外公荣升为班长。 后来的日子，部队的主要任务是接受日伪军投降。 那段时间，是外公最扬眉吐气的日子。

1946 年 3 月，国民党破坏停战协定，发动全面内战。 外公先后参加了苏中战役、淮海战役、李堡战役、盐南战役……外公最引以为豪的是淮海战役。 当时他们面临的是黄百韬兵团。 黄百韬兵团是蒋介石的嫡系，装备好，战斗力强，5 个军 11 个师在徐州以东至海州沿线严密布防。

在硬仗恶仗面前，外公和他的兄弟们个个嗷嗷叫。 11 月 6 日夜，部队向新安镇出发，在昂扬的士气面前，战争进展得异常顺利。 部队迅猛攻占了新安镇至阿湖地段的铁路，敌人被打得建制混乱，节节败退。 外公说，只用了 3 天时间，他们便有效地实施了攻点打援的作战计划。 随后，部队奉命向敌翼侧发起攻击，切断碾庄外围联系，阻敌 63 军西撤与黄兵团部靠拢。 为阻止攻击，敌人背水一战，炸断了某河（地点不详）桥梁。 11 月的苏北，天气异常寒冷。 外公和他的兄弟们二话没说，跳进河里，用门板等物搭起一座人桥，确保了部队在第一时间得以渡过，发起攻击。 等部队全部通过，外公的棉裤和双腿冻在一起，成了两个冰柱。 经紧急抢救，得以保全双腿。 至 22 日夜间，部队全歼黄百韬兵团。 外公荣升为作战排长。

1949 年 1 月 6 日下午，解放军向杜聿明集团发动了总攻。 外公的部队是总攻部队之一，外公带领他的排从夏岩西北投入战斗，配合攻打夏庄。 此战一直持续到 1 月 7 日凌晨，外公手指被子弹打残。外公说，能够胜利围歼杜聿明集团，丢一个手指，值！

1949年3月15日，外公的部队改编进30军90师270团。外公随部队参加渡江战役。4月11日发起攻击，战争死伤无数，可用惨烈来形容，外公的团为预备队。4月16日，奉命接替269团任务，进攻西梁山主峰。下午4时，外公带领排里的兵进入阵地隐蔽。当时敌军炮火仍在激烈地向我军射击，外公和他的兄弟们像邱少云一样，隐蔽在草丛里，一直至黄昏。这中间，不时有战友被敌人的炮火击中，不少都是外公的同乡。外公说，打起仗来，无法顾及战友的死伤，但那天趴着，眼睁睁地看着战友一个个被炸死，心格外地痛。黄昏接到总攻号令，部队在愤怒中冲锋杀敌。那一仗，一举夺取了西梁山主峰狮子头，彻底击溃了国民党守军，取得了西梁山战斗的最后胜利。

1950年1月16日，外公的部队改建为防空部队。这时，已经无仗可打，主要任务是接受文化学习。经历数年的战争，外公一直无暇顾及妻儿老小。思亲之切，已升为军官的他毅然放弃前途，提出转业，那时转业没有工作安置。但外公义无反顾地回到家乡，开始了耕作的日子。或许在有些人眼里，外公是傻的。但这是一个男人的担当，我为外公的选择感到自豪！

当年，对外公的去世其实是有所预感的！春节回家，他精神虽好，但已不能下床走动，对很多人都不认识了，但认识我。年初二，去看他，因他耳朵背，没法交流，只陪他长长久久地坐着，后来他握着我的手睡着了，我流了很多泪。离别前，他满脸的不舍，问我什么时候还来。我对他说，等明年回来给他过九十大寿的时候。

但这已是不能实现的愿望！泪眼蒙眬中，是他孤独离去满脸落寞的神情，是他枪林弹雨中英勇作战的片断，是他为家人毅然决然放弃为官的态度。他让我拥有了战斗的品质，懂得了一个身为男人的责任与担当。

如今，外公虽走了，但他的精神永远存活在我的心里！李士炳同志，永垂不朽！

作于 2016 年 10 月 11 日

（本文曾发表于《浙江国防》杂志）

独坐秋夜

10 月的夜风，循缝入室，很冷。

毫无体察，温暖的日子倏忽而过。 那曲的夜，寒气逼人，呵气成冰。

昼，那曲的天空还是那么湛蓝，太阳还是那么灿烂，只是没有一丝暖意。 因为遍地烧煤供暖，空气污浊也倍于杭州。

寒冷，悄无声息地掠过未曾融化的积雪，以不容置疑的姿态，侵占整片高原，肆无忌惮。 无处不在的严寒里，我和草木、虫豸、豺狼一样，不知该赴何方取暖。 寒意从脚底直抵内心的过程，是从始至终的无助。

自进高原，在极低的气压里，耳鸣和风一样，从未停歇。 这常让我错觉是在空旷辽远的山谷里，虫子在鸣叫。 梦境里，我时常幻想厚积的雪下有坚强的生命，幻想庄稼的清香可以漫过少年的光景，连同虫鸣一起抵达。 秋夜里，我确信这是牵连我与故乡的某种暗示，如同种子的力量。

循声而返，逆时光的河流，寻深不可回的过去，是缘于内心不可撼动的情感。 我渴望拥有回到往昔的能力，渴望做拯救未来的英雄。

这样一种想象，可以让我获得精神上的欢愉，但同时也无比痛苦。 通常在凌晨 3 时或 5 时的时候，我的思绪还在黑夜里毫不安分地游离着。 由不得它，无处不在的高原反应，已经成为满身创伤的图腾。 这样的时日，顺其自然是生存最好的方式。

天空，布满了孤寂的冷星。 如果真如老人所说的，地上一个人对应天上一颗星，那满天都是陌生的面孔，如同藏地时光里的际遇。 心若浮尘，在生命归于沉寂的辞典里，烟火三生的风情，无所归依，万千词汇，找不出可以慰藉心灵的文字，整片世界，只有充满寒意的孤独。

静夜里，血液流经心脏，跳动声分外强劲。 在类似于村庄的寂静里，这样一种跳动，犹如飘摇在风雪中的野草，以羸弱的身躯，与严酷的自然做一场不屈的生命抗争。

在这样的时刻，总是会怀念一些温暖的事情和暖心的人。 那些深深浅浅的回忆，如低徊的微风，如细碎的花语，丰盈着内心，和暖了流年，是艰难岁月里的精神力量。

冷暖人生，身体贮存着生命的暖，也忠实地记录着岁月带来的伤，留下的痛。 所有经历，即便记忆淡忘了，身体也会刻盘般地留下伤后的茧。 不会有人知道，我不再哭泣，是泪都流在心里了，这是无人可助的疲惫与脆弱，是生命的无奈与庄严，同时也是如鞭般催我前行的力量。

作于 2016 年 10 月 14 日

第二辑 援藏岁月里的思

215

夜色中行进与思考

在夜色中行走，常常能唤起一些意象和思绪。

夜，难眠。 走出公寓，漫步荒原，短诗跃然脑中：

寂静的时间

我会拿出一部分,思考

要做的事

要走的路

用思想丈量

未曾经历的光阴

另一部分寂静的时间,用来回忆

认识的人

经历的事

感恩光阴的赠予

行走的日子

我押上了人生全部的筹码

我相信一无所知的时间里

走下去,定会有惊喜。

援藏岁月，在静夜里信步独行，总会有意想不到的收获。 无数个孤独的夜晚，我喜欢就着夜色独自发呆或游弋户外，在反复深思与不断追寻中，探究人生和思想未知的领域，寻找属于自己的人生价值和秩序。 人生就是一场不断设定目标，不断沉思，不断前行，不断突破的过程。 我坚信未知的暗处隐藏着我的人生，相信做一场无休止的追寻，定能穿越迷茫，走出一条属于自己的敞亮的道路。

　　漫长的光阴，我人生的路都是在拼搏中含着泪走过来的。 记忆无眠，在成长、学习、追求和奋进的日子里，一路跋山涉水，披荆斩棘，很多痛都刀一般地深刻在伤痕累累的心上。 示众的，都是人生的锦瑟。

　　其实，也早已习惯了疼痛，习惯了孤独，习惯了焦虑，习惯了将一切冷暖交织的故事埋葬心底，习惯了独自一个人抚平世间种种创伤。 没有足够的力量，沉默以对、淡然承受，内心是唯一的支撑，诗歌是取暖的方式：

　　　　　　　夜风穿过回忆，直抵内心
　　　　　　　那些我走过的路，是我打下的江山
　　　　　　　我把泪水丢在生命之外
　　　　　　　把生命丢在往事之外
　　　　　　　一往无前，没有什么可以阻拦
　　　　　　　意志高于山峰
　　　　　　　我必须像武士一样地活着
　　　　　　　必须心无畏惧
　　　　　　　咽尽悲凉/埋葬沧桑
　　　　　　　把身不由己丢给山风
　　　　　　　然后执迷不悟地道一声：各安天命。

　　百感交集的人间，坎坷、挫折、忧愁、痛苦……一路相伴。用诗歌搭建可供灵魂栖居的家园，但也堆砌出孤独的围城。 被围困的生命里，没有锦囊，没有救兵，只有一种接近死亡的生，只有无人可懂的忧伤的腹语。 无以复加的绝望里，我的迷茫一直在，叩问一直在，追求也一直在。 很多东西都交织在内心里，酸甜苦辣搅拌在一起，五味杂陈。 穿越浮尘，我希望能在周而复始的行进中，找到适合自己的路。 然后，走过春冷，走过夏凉，走过秋寒，走过冰冬，走出世事繁杂。

进入 10 月，那曲的风大了起来。 寂然行进中，我仿佛又回到了少年，回到了那个富有青春梦想和满心炽烈的时代。 我一直坚信，只要心怀少年的本真，热切的希望，提剑而上，孤勇前行，就一定能在迅疾变化的时代里，走向生命的重生。

作于 2016 年 10 月 16 日

写在立冬之夜

今夜，零下 9 摄氏度。 受低气压影响，胸口像压了块石头般的难受。 公寓的制氧机坏了，房间的暖气也未修好。 吃了安眠药，依旧难以入眠。

按此刻凌晨 0 时 20 分的时间算，立冬已经是昨天的事情了。此时，南方还是小阳春的天气。 但那曲，经数场大雪光顾，气候早已进入水结冰、地始冻，万物收藏、规避寒冷的孟冬之月。

远在异乡，蜷缩在退无可退的角落里，身体辗转难安。 内心格外向往明媚之春，格外渴求温情护佑。 一直压制的思念和深藏的情感，在漆漆黑夜昭然若揭，以不可阻拦之势，肆意疯长在最深的寂静里。 漫过眼眶的心事，延绵不绝，像断了线的珠帘，无从捡拾。

打开手机，翻开所有的音乐，调阅所有的文字，均不能暖心。 拧开台灯，顾影自怜是最好的安慰。

其实明白，苦难改变不了什么，只有扛过苦难，才能改写命运，抵达人生企望的地方。 所以，这些年，尽管岁月落满霜雪，内心盛满泪水，但依旧保持着仰望天空的姿态，有伤自己疗，有苦自己咽，有泪自己擦，心怀执念，努力地奔跑着。

这是一场生命的跋涉。 逢山开路，遇水搭桥，逆流而上，每一步都走得异常艰难。 我们都是普通人，会疲惫，会脆弱，会力不从心，但很多时候又不得不独自面对那些艰难的时刻。 我知道，人生所有绝美的东西，都是以无数的付出换来的，要么是血，要么是汗，要么是青春，要么是健康。 我们人生的命运，一半在脚下，一半在路上，迈出脚步，将所有悲欢收入囊中，才能历练出安定而无畏的生命，才能抵达渴求的远方。

人生漫长，所有未知的路，都需要我们用脚步一一去丈量，尽管坎坷，尽管艰辛，但每迈出一步，我们离成功的终点就近了一步。 一个人只有斗志不灭，生命才能长出担当的骨骼，灵魂才会愈加坚韧，人生才能拣拾出属于自己的份额。

莎士比亚说："黑夜无论怎样悠长，白昼总会到来。"艰难的日子是阶段性的，只要心中有光，人生就不会迷茫，就一定能跨过渊壑，走出寒冬，迎来生命的春天。

作于 2016 年 11 月 8 日凌晨

孤独的时日

那曲的夜，一如往常沉寂。

这是一片孤寂的营地，是一个人的冷暖时光，一个人的孤独荒凉。时间里，也习惯了一个人浅淡、安静、清宁和寂寥的光阴。

孤独是一种意境。只有置身于孤独，才能从"孤舟蓑笠翁，独钓寒江雪"中体味到诗人摆脱世俗、超然物外的清高孤傲，才会有"举杯邀明月，对影成三人"那孤独清冷的感受，才会从"众鸟高飞尽，孤云独去闲"的景语中感触诗人的孤独。在一片无人相扰的境地，读喜欢的书，可以有效地屏蔽周围的杂音，忘却尘世的繁杂，遵从内心的召唤，吸吮经典的精髓，绽放自己的心情。这样的时刻，内心灿烂而祥和，灵魂孤立而骄傲，生命葳蕤而澎湃。

孤独是一种积极的生活方式。挨着静寂的光阴前行，可以与历史对话，接灵感入怀，让灵魂飞翔。孤独是吟唤思想的天籁，是酝酿成就的养料。这个时代崇尚能力，重视才华。在孤独中韬光养晦，潜心修行，积蓄力量，生命才能变得睿智而有力量，将来才有可能在困难面前说"我行"；在机遇面前说"给我机会"，人生才有可能放射出璀璨的光彩。我喜欢独守静隅，在空灵悠逸的境界里，唤醒内心的宇宙，寻找真我的特质，获取前行的智慧。冥思苦索的过程，是一次次自我更新和灵魂再造的过程。

孤独，如消音的海绵，可以有效稀释我们体内不断扩大的躁动和欲念。 它可以让浮躁的人沉静，让张扬的人深沉，让睿智的人风雅。 在孤独中沉淀的时光，是时间里，岁月收缩出的深厚内力。

孤独的时日，是一片独享的精神世界。 在安静的一隅，可以听喜爱的歌，听呼啸的声，赏寂寞的雪；可以思物念友，眷妻思女，自设温馨之境；也可以将感情寄托于文字，任其蜿蜒流淌，蔓延时空，真切呈现。 独处的时光，是反观自心，自净其意，悠然从容的时刻。

有援友在我微信里留言说"人生如戏，全靠演技"。 细想，的确如此。 生活的戏，或真或假，或悲或喜，或长或短，一幕又一幕，每天都在上演。 只是，多年军旅生涯，没有教我演技，所以喜爱独处，喜爱在心里悄然记着别人的好，检讨自己的过，释然所有的非，遗忘所有的怨，淡化所有的痛。

孤独，是一种境界。 孤独的存在，是一份幸福。

作于 2016 年 11 月 9 日

一个人的时光

援藏岁月，大多是一个人的时光。

一个人面对恶劣的高原环境，一个人度过漫漫黑夜，一个人对抗病痛袭扰。也习惯了一个人的日月，一个人的孤独，一个人的冷暖。

一个人的时光，是安享内心宁静的时刻。在自在独行的时光里，不受凡尘拘束，不为俗务扰心，用一颗专注的心，听风、听雨、听雪，看山、看水、看云，素食、独宿、默坐。用一颗静寂的心感受高原最原始的面目和魅力，通透灵魂，涤洗尘心。所见所闻、所思所想、所悟所得，确是世俗的、流行的、现实的社会所不能给予的。人生最曼妙的风景，是一个人内心里自我生长的美好的部分。

人生是需要沉淀的。在一个人的时光里，以最肃穆的灵魂，精简岁月冗余，静赏世间繁华，参悟人生意义，安享时光宁静，是距心灵最近、灵魂最近、自然最近的时刻。光阴缓缓流逝，与自己灵魂相依，对生活多一份思考，思想会变得更加深邃，视野会变得更加深远，内心会更有方向、有力量，人生会更坚强、坚定，生命会更加厚重、悠远。

一个人的时光，是一个人的修行，过好了便是一个人的重生。那些与原先生活完全不同的部分，是生活对我们的考验，是经过岁月沉淀后一次新的出发。新的所得，是超脱局限后崭新的自我。 笃定前行，生命会在似水年华里旖旎而延绵，抵至迥然不同的世界。

一个人的时光里，我们都以各自的方式面对孤独喧嚣，领受生活忧喜，经历苦难辉煌。 这个世界看似纷繁复杂，究其本质是一个人的世界，我们每个人都是独立的个体，终归要一个人走遍千山万水，吃尽千辛万苦，丈量前路茫茫，感悟生之不易，咬紧牙关扛起生命之重。 歌德说："凡事溯本求源，人最终只能依靠自身。"专注自身，度过生命中最艰难、最孤独的那部分，才能在寂寥的世界里或纷繁的世事中，找到专属于自己的光环和美好。

那些看似平淡、孤独、无情、沧桑的日子，实则也是一种对人的历练。 在一个人的时光里，可以心无旁骛地做自己想做的事情，可以心无杂念地看想看的书，可以心平气静地写想写的文字。 尘世繁杂，保持内心的清醒，踏实安稳地走好每一步，才能更深层次地追寻生命的意义，成就更好的自己。

作于 2016 年 11 月 11 日

融入高原

援藏与雪域高原的故事很短，却注定源远流长。

初上高原，失落的瞳仁总关不住门，你会习惯性地将迷茫的目光投向远方。 那些苍凉悠长的岁月，像一把篦子，日积月累地梳刮着峰连天际的群山。 绵延万里，一片荒凉。 野草贴地而长，草原上那些悠闲地甩着尾巴的牦牛，是流动了万古千年的象形文字，它们经历了雪域高原数千年沧海桑田的变化历程，忠诚守护至今。

那么远道前来的风，沿山口而来，像一条条凌厉的鞭子，锻打着每一张白嫩的脸庞。 你能听到每一声隐藏在胸膛里的叹息。这些风有进无回，在群山间横冲直撞，用凄凉的语调诉说着历史的清冷与孤独。 缺氧的日子里，藏族同胞一脸坚毅，毫无杂质的瞳孔，是这片世界的缩影和写照。 这是一群各具风姿的生命，是都市生活里感受不到的纯净与神圣。

时间在孤寂中漂泊而过。 这是一方没有炊烟的地方，是一段无人相伴的行程，是一段没有歌声的时光。 身处寂寞的时刻，体味着低压的痛苦，品味着孤独的苦涩，你时常缓慢而行，沉思默想。 是热火朝天的工地敲醒了你。 重新审视高原，凝视着矗立在绝境之地的一座座现代化建筑，你被感悟了，这些，凝结着一代代援藏人与藏族同胞的心血与汗水。 仰望莽然苍山，你在心里悄然树起了一座座高大的丰碑。

高原劲风依旧，强有力地叩击着你的心灵。 你开始惭愧，你本出生在落后的地方和困难的年代，一路拼搏，你不允许艰难的磨石将进取的锋芒磨去。 于是，你将所有繁芜的过往统统遗忘，告别落寞与惆怅，担起责任与使命，将脆弱的生命能源向这片土地聚集燃烧，开始用百倍的努力来证明自己生命存在的价值，你相信这种奋斗要比无数个平淡无奇的日子有意义，更希望生命在有限的时空里，放射出最为璀璨的光彩。

情到深处，何惧孤独。 爱到无悔，何惧艰险。 你与雪域高原的感情日渐真挚。 往后的日子里，你懂得了在平静中追求。在单位，无论是工作还是会议，你都主动请缨，时时展现浙江援藏干部的形象和风采；学会了在遗憾中调节。 眷妻想女时，你会将思念放远，心驰神往，在心中自设一片温馨的世界，习惯了在寂寞中充实；一个人时，文思泉涌，佳构待书，笔走龙蛇，在创作的欢愉中沉醉。

与雪域高原结缘，你获得了高原的气质，高原的秉性。

作于 2016 年 11 月 13 日

如雄鹰般活着

终于在那曲见到了在天空中飞翔的鸟类——鹰，一只巨大的苍鹰。 这是一份意外的惊喜！

援藏以来，第一次见到天空中的生物。 这是在不经意间发现的，先是在草地上见到移动的影子，抬头便见矫健的雄鹰，缓缓地拍击着翅膀，在天与山峦间凌空翱翔，展示着雄姿。

在藏族同胞眼里，鹰是盘旋于人类头上的一个精灵，是召唤灵魂的使者，是他们的朋友。 日复一日，它陪伴着藏人农作、游牧、朝圣，直至终老。

如果人的前世是鸟类的话，我想我上一辈子肯定是鹰。 因为在我的身体内、血脉里，一直持有着鹰的血性和秉性。

鹰不善结群，天性孤独，如我。 在成长的天空里，我一直形单影只地生活着，童年、少年……很长的岁月里，我都没有一个真正意义上的朋友。 至今能建立真实而深入关系的，也为数不多。 也渴望接纳，也试图接受，但大多会因语言、修养、行为举止、处世方式不是自己想要的，而各奔西东。 在乎过的，也曾试着适应，但人的秉性岂是朝夕间可以改变的？ 所以，只有失去，只能孤独。 回首望去，流逝的岁月，是流水里一只只用忧郁、忧愁、忧伤折叠的纸船，回无来路，咫尺也是天涯。

鹰，永远有鹰的品格，从生到死，它的胸膛都挺得高高的。据说，它们在雨天从不猎物。 很多动物因为无法忍受饥饿，冒雨觅食。 这时，鹰哪怕饥肠辘辘，也会漠视这样的行为，甚至会对那些动物的狼狈充满不屑。 在我的内心，自视灵魂高贵，是不容侵犯、不容亵渎的圣地。 所以，大多时候，我喜欢独处，长久如此，以换得心灵的安静。 或许，人也只有地处深渊绝地，才能如苍鹰般，任自翱翔，海阔天空。

很喜欢一位上将送我的一幅"鹰"字。 字写得形象而又刚劲。 字上端的点溅起许多星点的墨汁，如鹰高昂的高贵的头颅。中部浑厚有力，像鹰硕大而雄壮的身体。 下端的枯笔恰到好处，如同一只只锋利的爪子。 这幅字一直激励着我走过受挫的岁月，坚持自己的操守，心怀傲气，漠然于不屑理会的人或事，淡然于屈辱与疼痛。 愈挫愈勇志愈坚！

黄昏时分，雄壮的苍鹰长长久久地在我头顶盘旋着，它们的姿态犹如藏文字母一样飘逸舒展、伸缩自如，飞翔的翅膀间蓄满了力量。 这是对拼搏最具深意的注解。

作于 2016 年 11 月 14 日

安静的力量

那曲的夜，总是那么安静。 这和我的内心是契合的。

安静的时光，可以静静地梳理凌乱的思绪，思念一些人，释放一些心事。 这样的时刻，一切过往都可以重新演绎，慢慢回味；可以平心静气地与自我对话，用文字阐述内心的深情与安详；可以放下一切俗事的纷扰，沉淀所有喧嚣，放空心灵，忘记自我，忘记世界万物，然后安然入梦。

安静是灵魂的居所。 在安静的世界里，灵魂可以如婴儿般沉睡，静享现世安稳。 也可以展开通灵的翅膀，穿越暗夜流光，穿越远山远水，穿越宏大天地，穿越今生来世，穿越一切已知或未知的事物，随意念抵达想要去的地方。 广袤的空间里，思绪任意地飘游，于我是一场完美的旅行。 安静的时刻，我的灵魂多处于穿行的状态，即便尽头只是一片虚无，依旧乐此不疲。 我的文字负载着使命，是一种生生不息的理想主义精神。

我感谢生命赐予的每一个安静的时刻，感谢流走的和即将到来的时光，感谢在那曲每一个醒着的或失眠的日子。 纷繁的人寰，每一份生活的积淀、宁馨的灵魂和坚定的信念，都是安静的厚赐。 安静，给了我洞察一切的能力，让我得以用文字向你们，向这个世界，向未来的人类，描述当下我所肩负的使命，描述思想所感触到的万物，描述一切成熟或不成熟的思索。

安静是一条通往心灵圣地的道路。 那是我生命中另一处家园，那片柔软的空间，血液畅流，生命蓬勃，不仅供奉着我身体的每一处器官，更栖居着我爱的人、我的梦想、我的孤独。 数十年来，它们朝夕相处，彼此依存，互相渗透，构成和支撑着我内在的思想和前行的生命。

安静中，可以找到精神的皈依。 哪怕是在最无妄的日子，也会找到告慰自己的理由，找到再生的黎明。 它让我始终相信，暗夜的尽头肯定有点燃的灯盏，荒凉之后肯定是生命的绿洲。

安静中，暗藏着一股平和的力量，它可以抵制一切浮躁、烦恼和苦痛，让人在扰攘的尘世里，觅得纯净、美好和安然。 日夜交替，在无处不在的时间里，安静，会厚报每一个善待它的人，会遵循每一个造访者的意愿，让人找到更高的自我。

夜很深了。 晚安吧，安静的世界，安静的我！

作于 2016 年 11 月 15 日

安静时语

夜，悄然袭来。依旧是再熟悉不过的寂静。

这是我喜爱的时光。自小到大，我不爱应酬，不爱戴面具说虚伪的话，不爱做勉为其难的事情。更多的时候，我喜欢一个人的安静，喜爱在静寂的夜晚，沉迷于一场独有的盛大的空寂。

很多个夜晚，我会像今晚一样，隔离喧嚣，将自己置于安静之地，看满天的繁星，看如水的月色，静坐冥想，感悟蕴含于其间的哲理。在遥远而又漫长的求索路上，人只有在安静的时分，才能感受到沁心的静美，才能让心境变得清澈剔透、豁达明快、静谧安然，才能让灵魂安宁地栖息或泅渡到明媚的彼岸。安静，是与灵魂里另一个自己的相遇。唯有安静，才能找到自己，认知和抵达人生的大心境。

援藏岁月，是一段无人相伴的时光。形单影只的夜晚，书是我最好的伙伴。无人打扰，我可以悠然自得地看书，安详从容地回味细节，不紧不慢地消化内容。一个人最好的活法，是不受外感，按照自己的方式，把日子打理得充裕、饱满、丰富、细致，让生活的每一刻都过得有意义。我相信，每一个卓越的人，都是在静思独行的时光里，喂养精神，强大灵魂，最终步履从容地走出人生的境界。

甚嚣尘上，也只有在安静的时光里，我才能心无杂念，排除纷扰，写出心灵想要的文字，哪怕只是随意的搭配，都可以让精神欢愉。 一个人只有在安静的时候，才能心无旁骛地倾听内心的声音，并从中获得灵魂的快慰，提炼出生活的深刻，得以优质地提升。 人生是一个不断修炼自己、完善自己的过程。 安静，是修行的道场。 将身心置于安静的境地，会探寻出源源不绝的精神资源和生命营养。

静谧的夜里，我还会反复地听自己喜爱的音乐，让自己的灵魂和着旋律游离，将内心抽丝剥茧般地呈现给夜，呈现给世界。这是一段柔软的时光。 把情感交给音乐，任其随夜色起舞，兀自高飞或低徊，也是连接身体、释放心灵的方式。 就像走进精神家园，将自己还原成赤子，任情绪漫过心壑，由其激越或坠落，抑或在红尘阡陌间穿行。 这样的时刻，时常会有莫名的忧伤在心间回旋，需要用长时间的沉默或眼泪才能慢慢消泯。 红尘浮世间，安静的灵魂遗世而独立。

人是需要安静的。 漫漫风尘，一个张扬的人，精神层面很容易流于轻浮和浅薄，最终会穷形尽相，变得丑陋。 日复一日，便会被时代挟裹着慢慢地丢掉自我。 安静的灵魂，自带静气，可以让人忘却烦恼、清洗喧嚣、净化灵魂，发现生活中最真实、最不慌不忙的本真。

喜爱夜，喜爱安静。 每每沉浸其中，便能将一切功名利禄、痴爱迷情尽抛尘缘之外，在安详而美妙的生活里见到诗和远方，以及真正重要的事情。

作于 2016 年 11 月 17 日

珍惜时间，是对生命最好的尊重

援藏以来，我会在工作之余写些工作、生活和心情类的文字。 这些大多是在深夜完成的，原因有二：一是高原氧气少、气压低，常常失眠；二是觉得时间宝贵，多年来养成了向睡眠借时间学习的习惯。

年少的时候，总觉得人生漫长。 对"一寸光阴一寸金，寸金难买寸光阴""少壮不努力，老大徒伤悲"等类似珍惜光阴的话，根本不能感同身受地理解。 待肆意地挥霍掉了学生时代许多宝贵的光阴后，进了军营，才知道那些自以为是的青春岁月是多么的狼狈不堪，时间是多么的可贵。 所幸，亡羊补牢，未为晚也。 在复习考军校的那段日子里，开始不分昼夜地恶补功课，直至把自己逼到墙角，最终才赢来人生的拐弯，考上了军校。

爱因斯坦说，人的差异体现在对业余时间的利用上。 我受益于此道理。 进了军校，从早到晚，每天除了学习文化课程，还要完成超强度的军事训练。 一天下来，又累又困。 夜晚，同学们都美美地进入梦乡了，我一个人爬到学员队分的小阁楼里学习、写作，一直至凌晨，一天都没松懈过。 待挨过那段最艰苦的军校岁月时，我比其他同学多了发表在军内外媒体的数百篇新闻和文学作品，多了数张军区和学院颁给的新闻质量获奖证书，毕业后我也因此直接进入某师政治部机关工作。 至今，军校同学还常提及我的小阁楼岁月，赞叹我当年的毅力和取得的成绩，并懊悔曾经错失的光阴。 狄更斯说："没有一个人能够制造那么一口钟，来为我们敲回已经逝去的时光。"在逝而不返的生命里，只有春种一粒粟，才能秋收万颗子。 那些虚度的日子，待回首，肯定是杂草丛生，一片荒芜。

时光有涯，岁月无情。 那些看似冗长的岁月，往往在不经意间，不露痕迹地来，又悄无声息地走。 一个人的未来有多长？答案无人知晓。 今天，看了梁实秋先生的一篇短文。 文中说："最令人触目惊心的一件事，是看着钟表上的秒针一下一下移动，每移动一下就是表示我们的寿命已经缩短了一部分……"看罢，对生命的恐慌愈加强烈。 在这个世界上，有没有什么东西是时间不能穿透的呢？ 我们走路的时候，那些从耳边呼啸而过的是时间；我们发呆的时候，那些从眼前缓缓流淌的是时间；我们闲聊的时候，那些嘴里嗑过的瓜子、发过的牢骚，都是时间。 待我们从懵懂中醒来，时间肯定会给生命一幅兵荒马乱的图景，让人在措手不及的时候唏嘘不已。

在时间的战场上，我们没有救兵，只是一个人的征战。 这是一场公平的对决，你调动身心的力量善待它，它会让你的生活变得丰盛而独特，让你欢欣喜悦。 你毫无激情地怠慢它，它会让你的人生停滞不前，给你逼仄疼痛。 时间不会欺人，你以怎样的姿态面对，它就会还你怎样的人生。 所以，这些年我一直不敢懈怠，应酬会有所选择地参加，来人、来电会让其直奔主题、阐明要义。 援藏岁月，下班后也不愿意让时间白白地流逝，坚持吸着氧气看书、写作。 我深信，一个珍惜时间并努力前行的人，一定不会迷失人生方向，所到一处都是良辰美景，走过的日子都是通向明天的台阶。 即便将来一无所获，曾经的拼搏也同样是这辈子充实且美好的回忆。

最后，借用朋友发在微信动态里的话结尾：对生命最好的尊重，就是每天都把时间消耗在有意义的事情上，努力工作，敬天爱人！

作于 2017 年 3 月 8 日

第二辑　援藏岁月里的思

那曲的风

3月的那曲，常常狂风大作。 亘古至今，一直如此。

这些来自天国的风，通常从 11 月开始，浩浩荡荡地翻过重重雪山，掠过茫茫雪原，肆无忌惮地涌流而来，凄厉地呼啸着，横冲直撞地在这片古朴的土地上肆虐着。

这些在岁月里横行了亿万年的风，比青藏高原还要苍老。 相传，远古时期，西藏是一片海洋，经过地壳运动，逐渐形成巨大的山脉，再后来由浅海区变成了世界屋脊。 20 世纪 60 年代，新的地质学理论印证了传说的科学性和真实性。

盘旋在藏北高原的风，见证了岁月交替，历尽了世事沧桑，阅尽了人间浮华。 远古的石器时代，藏东、藏西的古老族群，雅隆部落的兴衰成败，吐蕃王朝的历史文化，古格王国的恩怨纠葛，宁玛派、噶举派、萨迦派、格鲁派等藏传佛教的发源传播……在劲风的翻腾鼓荡下，西藏历史的长长画卷如厚重的云层，忽卷忽舒，掂一掂，分量沉重至极！但对于风来说，再悠长的时光都太过短暂，那些人类认为漫长、久远的事物，风都来不及细细咀嚼品悟，便已在岁月的淘洗中销声匿迹。 那些峥嵘与沧桑，最多不过是梳刮在岩石上的苍凉印痕。 那些不朽传奇，至多是风掀起的千年尘土。

恒长的岁月里，风一直以声嘶力竭的状态，周而复始地呈现在这段季节。 用心听风，依稀可闻金鼓的轰响、战马的嘶鸣、历史的呜咽。经久不息的风里，用心可嗅古老的韵味、原始的状态、神秘的气息。风，是留在时间里的物证。

数月里，砭骨的朔风不休不止地刮着。坚韧不拔，锲而不舍，群策群力，勇猛精进，这也是风的本色。但这段季节里那曲的风，我更想主观地用凶猛、无情等贬义词来形容它。或许也正因为风的剧猛，才更加凸显出人类渺小与强大自然的鲜明对比，才会让人们对大自然顶礼膜拜，深怀敬畏之心。

在飞沙走石、电光石火的日子里，那曲，一直安静地伫立在世界之巅。铺陈到远天的草原，依旧安然恬静。贯穿整个草原的青藏铁路和青藏公路，依旧车来人往。在积雪消融的地方，依旧牦牛成群。逆风而行，我常常心生感慨，人只有根植于自然，才能战胜自然。

万事万物终有疲倦的时候，风也不会例外。每年过了3月，那曲草原会突然间空荡起来，那些翻滚的呼号的事物，会突然间遁地而走。蓝天白云之下，徐风轻拂，整片草原会呈现出一种久违的宁静、美妙、自由。大地安澜。

作于 2017 年 3 月 16 日

第二辑 援藏岁月里的思

春天，在哪儿呢？

春季走过，偏偏无痕。

无数个日子，当落日徐徐隐入群山，我一直期盼着春日暖阳能从东方冉冉升起。 漫长的等待中，春日至今了无踪迹。 在一颗渴盼的心灵面前，春天究竟在哪儿呢？

春天是希望，夏天是丰盛，秋天是收获，冬天是凋零，自古以来约定俗成。 但在那曲，春天了无音信，一切茂盛的力量皆匿在三米之深的冻土里。

凛冽的寒风中，心里常常会回味儿时唱过的歌曲《春天在哪里》。 然，那曲没有青翠的山林，没有红花，绿草也迟迟未冒出幼小的脑袋，更别说小黄鹂了！ 前些日，去林芝途中，偶然在地上发现几只小蚂蚁，很新奇地瞅了半天，竟忘了赶路。 这在那曲是很难见到的！

满目荒凉的土地上，哪怕只是微小的动物都会给人带来无限的惊喜。 我房间里有一只苍蝇，每天嗡嗡嗡地飞着，特别影响我的心情、思考和睡眠。 赶了几次，可能苍蝇也因缺氧反应迟钝似的，始终赶不出去，但我一直没忍心下手消灭它。 在人类难以大量繁衍的高原上，动物繁衍同样举步维艰，有生命就当珍惜。

白雪皑皑的唐古拉山、冈底斯山和念青唐古拉山像一堵晶亮剔透的墙，终年围剿藏北高原，只许风出入。 亿万年来，岁月的长风就像一条残酷的鞭子，反复鞭挞着这片荒芜的土地。 时间在孤寂中漂泊来回，早已遗忘了春天的模样。 4月，凋零的积雪和时常飞舞的沙尘，是一道漫布在时空里的破碎的风景。

春天在哪儿呢？ 女儿的作文里曾经写过：在枝头，在柳条嫩绿、桃花鲜艳里；在空中，在和风送暖、燕子翻飞时；在水里，在鱼儿追逐、鸭子戏水间；在田间，在麦苗返青、菜花金黄处……于那曲，日子天天月月年年地循环往复，却始终未见春日轮回。 春满人间的景象，只在我目光达不到而想象可以到达的远方。

岁月，反复演绎着日出月落。 但春天在哪儿呢？ 那些生命的本相，始终埋藏极深。 在旷日经久的等待中，热情消失殆尽，落寞和惆怅倏然而生。

浩渺的尘世，我希望看到那些蓬勃的生命，在萧瑟的日子里，以美好的姿态倔强地成长。 辽阔的生命中，我更希望自己依旧是那个青春飞扬，充满拼劲和韧劲，生机勃勃的少年。

作于 2017 年 4 月 20 日

第二辑 援藏岁月里的思

239

世界读书日，给女儿的信

女儿若菡：

4月23日，是世界读书日。 自援藏后，爸爸没有更多的时间陪伴你，见信如晤，希望能对你有所启发。 文字是心灵最真实的直白，相隔数千里，这也是我们父女最好的交流方式。

一直以来，你喜欢看书和音乐，爸爸由衷地感到高兴。 读书，可以让人变得更丰富、更有力、更理性、更沉潜。 音乐，可以除去浮躁，让人的内心变得平静、温和、柔软、积极。 在这个喧闹的时代，这两种生活方式，会很好地滋养你的精神，丰盈你的内心，提升你的气质，提高你的修养，给你带来源源不断的优雅和安宁的力量，让你在繁华三千中找到心灵憩息的圣地。

爸爸之前告诉过你，那曲地区的生存环境非常恶劣，其实这些带来的伤害只是肉体上的。 漫长的岁月里，对远方亲人的思念，来自心灵的煎熬，灵魂层面的孤独，就如钝刀割肉，更为痛楚！工作之余，是书陪伴我度过了一个又一个漫长的夜晚。 阅读的时刻，是灵魂安静的时分，也是与心灵对话的过程。 它可以让岁月变得柔软，夜色溢流风情，人生充满力量。

如果时光倒流，遇上你此刻年龄的我，我肯定会非常陌生，不敢相认。 在那个自以为是的年月，年少轻狂的我不知道村庄之外是什么样的世界，不知道自己未来想要什么。 是书本让我认清了浅薄，看到了一片更为广阔的世界。 是书本让我拥有了智慧，有了选择人生的权利。

所以爸爸希望你多读书，读好书，不断充实和丰富自己的人生。 更希望你能认真对待自己的学业。 你所学的语、数、英、科等知识，尽管你现在会和我当年一样，不知道有什么用，但终有一天你会懂得，这些，是人生坚实的基石，是迈向未来的门槛，是通往成功的阶梯。 一个人努力程度不同，获得的效益也会不尽相同。 当下的每一时每一刻都决定着你的未来。 书本知识学不好，一切都是枉谈。

我在你这个年纪，有好多好多的梦想。 现在的你可能也会有，但每一件美丽的绝世好东西，都不可能靠想象得到，都是用无数的艰辛换来的。 有句俗语说得好，"吃得苦中苦，方为人上人"。 命运不会辜负一个勤奋的孩子。 只要你有端正的学习态度，正确的学习方法，克服惰性，竭尽全力去耕耘，你定会拥有曼妙的青春时光和向往的人生美景。

爸爸援藏的头一年，也是你离开监督、自我适应调整的一年。 在高手如云的文澜中学，遇有挫折、考试失利等等，都很正常。 每个人都会有一段异常艰难的时光，经历、成长、领悟，是人生的必经之路。 从现在开始，你的人生需要你自己去走。《山河故人》里说："每个人只能陪你走一段路，迟早是要分开的。"父母也不例外，我们终会老去。 但爸爸妈妈会在有生之年，将自己在艰难困苦中收获的经验与你分享，尽己所能地帮助你走过生命中泥泞而混沌的时期。 不求回报，但希望你今后能知父母的养育之辛，老师的教诲之恩，朋友的帮助之情。 这世上，懂得感恩的人，才会走得更远。

人生，是一趟单向的列车。 你努力也好，懈怠也罢，每一天都会留在生命里，过而不返，是不可能再重新来过的一件事情。 所以希望你见信后，能认真思考爸爸所说的话，希望能对你有所帮助，让自己变得更完美，更睿智，更富含魅力。

愿你被岁月温柔以待，未来傲然于世！

作于 2017 年 4 月 23 日

安静，是内心最丰盛的清欢

春日的午后，阳光温暖着这座陌生的城市。

忙完公事，尚有余时。支开相陪的友人，在闹市处觅一茶吧，开始独享午后内心最丰盛的清欢。

三丈红尘，八千里风月，我喜爱心界空灵的时刻。正如美国物理学家费曼所说，那是一种内心的平静，已超越了贫穷，也超越了物质上的享受。

温润的季节，绿色在细风和雨里爬上了拉萨城的树梢，春意已浓。我选择的座位在室外。石桌、躺椅，是我中意的格调。

春日的风比平日里温柔了许多，吹在身上暖暖的。邻桌的姑娘倦睡在躺椅里，满脸安然。

眼前人来人往，一切喧嚣与繁华，与他无关，也与我无半点关系。在既定的生活里，每个人都各司其职地生活在自己的领地里。无论是为己还是为他，灵魂深处，都会有一方独立的世界，互不干扰。这是一段彼此相隔千山万水，远于天涯海角的距离。

灵魂的领地，可以是一望辽阔的草原，可以是碧草连天的山野，可以是茫茫无边的海洋，也可以是森林、高山，抑或是雪原。一个人的思想范畴、人生高度，取决于他内心的视野。

我的内心世界，有春暖花开的明媚，有花开荼蘼的黯然，有梦回牵绕的思念，有无法挽回的遗憾，有撕心裂肺的伤痛，有寂寞清冷，有孤独无助，有欢有喜，有憎有恶……那是一方我自己的领地，是我安栖灵魂的场所。

　　我相信，很多人内心都有一座城堡，用以存储回忆，贮藏美好，安放念想。 在你我心间，那些人生的过往与生长过程交织缠绕，一直安在。 寂静的时刻，记忆的闸门一旦打开，那些时光深处的暖，那些渐欲淡忘的人或事或物，都会随着思念的潮汐，从遥不可知的角落渐次涌来。 陈年往事，落满浅滩，随处可拾。

　　清风徐徐地吹着，没人会在意它的存在。 别无他扰，我可以感受到它的抚摸，感受到轻如鼻息般的呢喃，感受到夹在其间的清新、幽香、淡雅的泥土气息。 这一刻，我将灵魂安放在风里，随它穿过连绵的山川，拂过广袤的沙漠，造访平淡的四野，去唤醒花开，召唤鸟鸣。 这一刻，我如少年般单纯，平静，自由。

　　静思，冥想，放空。 这是我喜欢的生活方式。

作于 2017 年 4 月 26 日

援藏岁月里的友情

援藏岁月，衍生在每一个日子里的点点滴滴，于援藏干部人才而言，都是珍贵的。特别是友情。

我们居住的地方，有一个阳光花园，是集聚友情的地方。身体机能逐渐适应那曲地区的环境后，援友们不再顾忌氧气的稀薄，会习惯性地在花园里待上良久，或谈天说地，或下棋打牌，或嬉笑打闹。这是对抗孤独寂寞的一种生存方式，更是以苦为乐的一种生活态度。

援友们在一起有时玩笑开过头了，也都一笑而过。这是一份远离利益的友情，在经历生死考验的每一天，彼此心里只有谦和、包容、真诚，以及爱和温暖。这天涯海角的朝朝暮暮，天长地久的日夜相陪，是缘分所在，没人会计较事情的对错和道理的多寡。

"我们是生死兄弟！"这是一句刻在浙江援藏干部人才心里的话。第八批援藏干部人才已经牺牲了数名同志。尽管素不相识，但每牺牲一名同志，援友们的心情都异常沉痛，微信群里都会刷出整屏整屏的蜡烛和拜别的双手。也或许因为这段经历，大家对生死、对情义，都有了别样的理解和感悟。

凡尘俗世，很多人会习惯性地按世俗功利的标准，来衡量一件事物的价值。会依据自己的需求和感受，选择要做的事情和要交往的人。但在平均海拔 4500 米的雪域高原，我们能选择的只有生死，只有责任，只有浩荡的友情。

江湖太远，红尘太深。 行走于人间烟火中的我们，谁都不缺乏经历，但不是每个人都会有这段同生死、共患难的岁月。 漫长的时光里，援友们每一天都在承受着高反的折磨、身体的病痛、亲人的思念和孤独的煎熬。 实属不易，身边能拥有的只有丰盈的友情，这也是彼此最好的安慰了。

在那曲，我们会互相串门。 聊一些无关痛痒的话题，都会很开心。 有时双休日去拉萨休整，还会两个人挤一个标准间。 能将自己放心地交给对方，是友情升华后的一种必然。 这是隔岸观火的人，无法体验到的一种深情。

援藏岁月，最为热闹的是以诗会友、以诗言心、以诗明志的场景。 在严寒缺氧的日子里，一首首饱含激情的诗，既是才情的呈现，也是快乐时光里的物证。 如金卫亮的《无题》："江南绿，藏北雪，登高眺远方，此乡亦故乡。"如殷克华的《那曲行》："黑水银妆入天涯，孤城寥落戍人家。 朔风三月摧劲草，春光定度唐古拉。"如占金荣的《四月的雪》："四月那曲雪，无花只有寒。 梦中见垂柳，春色未曾看。 愿倾一腔血，直为色尼梦。"如李旭东的《无题》："千里飞雪白日朦，黑河冰封羌塘冻。 踏歌而行怒迎风，壮志必酬归江东。"许许多多的诗歌，都是思想的呈现，而现场的快乐场景用文字却难以再现。 只有经历共有的时光，才能依着生命的脉络回溯，在记忆里触及留在彼此岁月里的温度。

那些无法逆转的时光，是一份份温暖的回忆。 刻骨的情怀，更是岁月里最为厚重的存在。

作于 2017 年 4 月 28 日

散落在远方的友情

　　许是和我的经历有关，我相识的朋友大多散落在祖国的各个地方。

　　我17岁参军，先后在福建、江西、江苏、浙江、西藏等地工作。其间，在北京、上海、安徽等地，因为工作或学习，也有不少熟识的人。战友和军校同学，更是遍布五湖四海。每一个时期，每到一地工作，生活上都会交到一些朋友。但总会因工作的调动，不可避免反复地演绎相遇和离别的故事。

　　"浮云一别后，流水十年间。"那些散落在各地的友情，有些随着时间的流逝，渐去渐远，早已渺不可见；有些会出于这样或那样的原因，各别天涯，成为生命中的过客；有些虽不常联系，但从未因岁月的流逝、境遇的变迁，而褪色、淡漠。在这个多情又无情的尘世，经漫长的时光淘筛，能留在生命里的，都是品德操守极好的朋友。与一个人交往，敬于智慧，合于性格，久于善良，但终于人品。这是我交友的标准。

　　坦率地说，在我懵懂无知的童年和少年时期，没什么朋友。关系好的玩伴，也都因久不联系，如儿时游戏中的手绢，丢在了岁月深处。一个人，心灵和年纪都没有成熟稳定，也不具备交友的基础。

　　我真正有朋友是在当兵后。21年的军旅生涯，在同学习、同训练、同劳动、同吃一锅饭、同举一杆旗的日子里，我和很多战友都结下了深厚的感情。 那些共度过的葱茏的时光，构成了生命中最温暖的回忆。 那些没有利益纠葛的友情，是生命里最长情的陪伴。

万物因缘生。 人海茫茫，总会有无数的相遇、同行、错失和诀别。 车马喧嚣，慢慢地，也习惯了来来往往，习惯了擦肩而过，习惯了各安天命。 我一直深信，生命中出现的人都是该出现的，离去的人都是该离去的。 不必执念成殇，随缘是最好的方式。 那些有缘的人，千转百回，最后总会聚到一起。 在杭州，我与很多的老领导和军校同学，有此因缘，并领受了诸多恩情。那些不在一城，远在异地的朋友，也都因彼此在意与牵挂，成为流年里无法割舍的心念。

阡陌红尘，一路风霜。 那些不离不弃的朋友，散落在各地，如同夜空中闪烁的星星，无论距离多么遥远，都自带光芒，熠熠生辉。 那些海角天涯的守候，是生命的一树花开。 那些安静或浓烈的牵念，是心灵中余音缭绕的禅音，是一生的欢与喜、温与暖。 感恩有你们！

作于 2017 年 5 月 1 日

我交友的原则

　　和我要好的朋友都知道，我是一个喜欢安静的人。 所以，基本都能恰到好处地来往。

　　人与人之间是有距离的，感情的亲疏决定距离的远近。 交往时，过多地占用对方的时间和精力，打扰到对方的生活和心情，就是一种逾越。 这样并不一定能拉近彼此距离，有时还会起到相反的效果。

　　因为，不在一个频率上，友谊是不可能更进一步的。 即便花费再多的时间，付出再多的努力，都是徒劳，不会起到助推的作用。

　　之所以写这篇文章，是因为工作中认识一个人，有事请我帮忙，有事没事套近乎。 忙帮好了，又有事相求，依旧早请安晚叙旧的，着实影响到了心情。

　　这样的关系，是不可能成为朋友的。 到我这样的年纪，交友处于做减法阶段。 为了利益而交往的，基本上敬而远之；人品不行的，绝对不会交往。 这两种类型的人，是负能量，交往是对心力的一种磨损。 所以，在相处过程中，如果不是自己想要的友谊，我会果断地放下、舍弃、遗忘。

　　没有共同语言，但经得起现实考验，凡事真诚相待的人，是有交往的。 但也因语言和思想上的差异，保持着相应的距离。生活中，彼此都能理解和尊重这样的距离，远近相宜，适度交往，彼此愉悦。

时间宝贵，我会把大好的光阴用在值得的人或事情上，不会浪费过多的精力用于无益的社交。 互相欣赏、互相懂得的朋友，彼此也不需要讲多余的话，做多余的事。 有事，欲言又止，也会知道对方需要什么，也会尽己所能地予以帮助和分忧。

交友是一种感受、一次懂得、一份历练。 岁月里，时间载着我们从青涩懵懂到内敛沉静。 经历诸多世事之后，已经见惯了微笑背后的虚伪，看透了冷热外表下的内心。 所以，会很准确地掂量出话语中真假的比例，玩笑里认真的成分，友谊里真实的分量。

我们生活在一个以利益为链的时代，这是一件令人无可奈何的事情。 但交友，我希望结交那些纯粹的、本真的、无功利的、安贫乐道的，可以给生命带来快乐的朋友。

作于 2017 年 5 月 3 日

风雪给我的启示

5月，那曲依旧寒风凛冽，雪花恣肆纷飞。苍茫的荒野、起伏的山峦、广袤的天地，整个世界都笼罩在一片素白之中。

浩瀚的风从苍茫的天际吹来，肆无忌惮地裹挟着雪花，时而一路疾驰，时而上下翻滚，淋漓尽致地诠释着这片雪域高原的本真。

大雪纷飞，淹没了世间的繁华，退却了尘世的嘈杂。一切生机，又一次被冻结，大地归于初始的静默。目光可及之处，皆是"千山鸟飞绝，万径人踪灭"的苍凉。

推窗见雪的日子里，所有缤纷的心事皆已素裹。无忧无喜，已然是生命的常态。踩着积雪上班，脚下是无以复加的苍茫，无与伦比的肃穆。两行相邻的脚印，相互依偎着，或是彼此生命里最好的取暖方式。两条平行线无限延伸，抑或昭示着生活里顽强的斗志和无限的向往。我始终相信，人性中所蕴藏的柔软，生长的是一种可克万物的力量。

前些日，周国辉厅长给我发来温州医科大学瞿佳等合作的研究成果《迄今最大规模基因组样本分析发现｜突变让中国藏族人适应高原生活》，文中探究了藏族人适应高原环境的基因。虽不尽认同，提出相关意见，希望有更多的样本支撑系统的研究，但生生不息的高原人，祖祖辈辈扎根在这片土地上，抗高反、战风雪、斗苦寒，实实在在是对人类征服高原最好的佐证。

　　落雪的日子，人的思绪总会飘得很远很远，会忆起过往许许多多的人和事。　弯身掬了一捧雪，手心传递来的冰寒，也使我更加深切地感念人生中的温暖。

　　回望来路，雪上留下的足迹，或许一会儿便会被覆盖去了。但岁月有痕，人生所领受的每一份温暖，都是助推前行的动力。所经历的每一寸挫折，都垫高了成长的路。　淡漠苦难，伤痛、忧愁和无奈便会随漫天风雪而散。　善待人生，终会被人生温柔以待。

　　5月了，走过漫长的寒冬，春天还会远吗？　相信白茫茫的积雪下，定在暗自蓄发着一股无声的力量。　人生也是同理，在风雪中攒足前行之力，定会迎来一片万物复苏、生机盎然的天地。

　　　　　　　　　　　　　　　　　　作于 2017 年 5 月 4 日

写在母亲节的思念

母亲节，其实我是不敢写关于母亲的文章的，但思念难却，还是忍不住借文字表达内心的思念。

父亲健在的时候，我曾满怀深情地写过两篇关于父亲的文章。 没几年，父亲走了，去了那个没有风寒，没有耕田，没有车来车往的天堂。 父亲头七那天，我把写有他的杂志，连同他的遗物一并烧了。 文章让我负疚，我也怕睹文思人。

此刻，已是凌晨，已是母亲节。 我们每天翻过去的是日历，翻不过去的，永远是留在心里的那道坎。

母亲节，其实只是一个节日。 母爱似海，父爱同样如山。父母活着的每一天，都应该是我们尽孝心的节日。 这一生，父母对子女的爱，是我们永远永远都还不起的恩情。

父亲走后，我愈加觉得，老人活着就是对子女最大的恩典，是独一无二没有等价的稀世珍宝。 而父亲终是走了，我唯有把所有的爱全部堆加到母亲身上，给她所有能给的爱。 就像这么多年来，她对我的那样。 但援藏，相隔数千里，因而不能给她最好的陪伴，是人生憾事！

生命是一场前途未卜的旅行。 行进途中，时光一天天的老去，是我们无法阻挡的。 生活中这样的意外，那样的疾病，也是我们无法左右的。 我的父亲就是在一场车祸中失去生命的。 之前，我对悲伤的理解，仅限于一个名词，仅仅知道是伤心的意思。 待父亲去世，才知道什么是真正的疼痛，什么是无穷无尽的思念！现在，唯有希望母亲能平安健康，快乐生活。

我想，如果有天堂，父亲的在天之灵也一定会有同样的思念，同样的疼痛，同样的愿望。 只是无可奈何了！今生，他再也尽不到一个丈夫的责任，我再也尽不到应有的孝心。 我们父子再也没有相处的机会，尽管我还有好多好多的话要对他说，还有好多好多的事想陪他做，还想好好好好地爱他。 但这一切，都只是无能为力的愿望了！

凌晨，见好友张敏娅发在微信朋友圈的文字无限悲伤。 经问得知，是她奶奶走了。 于是边跟着流泪边劝道：生老病死是一件没有办法的事情，我们无力改变什么。 唯有送好最后一程，然后，自己更好地生活，以慰先人在天之灵。

这，其实也是对我自己说的。

作于 2017 年 5 月 14 日

做一个认真学习的人

女儿若菡：

祝好。并愿你现在和未来一切都好，这是父母一直以来最大的心愿。

这次出差，在杭 20 天时间，由于参加培训，忙于陪人，加上你只有双休日才回家，还要完成一堆作业。我们父女在一起相处的时间是按小时计算的，连交流的时间都没有。

随着你年龄的增长，以后我们相聚和交流的时间会越来越少。绵延一生的亲情，是这个世界上最为宝贵的东西。可能是远在雪域高原特别危险的缘故，我现在特别珍惜和你及你妈妈相处的时间。

分别有几天了。别后，爸爸在拉萨短暂休整了两天时间，今天到了那曲。公寓的制氧机又坏了，又是一个难以入眠的夜晚。也好，正好利用这个机会和你做一场书面的交流。

这段时间，高考后的孩子有人欢喜有人愁。有的孩子考上了钟爱的大学，开启了一生光明的前景；有的孩子考得不理想，四处托人，想进入心目中的学校读书；还有的孩子考差了，没有可读的学校，自此结束了一生求学的时光。

你离高考看似遥远，其实也就 5 年时间，离中考只有 2 年之短的时间。我无法预测你的未来，因为你的前程不在我和你妈妈的掌控范围，完全取决于你的决心和付出的努力程度。

一个人一生最终只能依靠自己，你现在的样子，就是你未来的样子。 现在你所做的一切都决定着你的未来。 一个人一生最大的对手永远是自己，不为诱所惑，不被困所难，不贪图安逸，努力上进，你就是一生的赢家。

我相信你懂得这些道理，你眼里的这个世界，未来是很现实的。 爸爸希望你现在好好地储备知识，如此，未来才会有足够的能力独自去应对一切。 请记住，没有谁的成功是轻而易举的，光鲜亮丽背后定是他不为人知的努力。 就如柴静在《看见》里说的："每一个轻松的笑容背后，都有一个曾经咬紧牙关的灵魂。"这个社会，越努力，越幸运，绝对不是一句空话。

我不是一个说话啰唆的人。 但自从做了父亲，发现自己变得唠叨了。 "可怜天下父母心"，天下父母都一样，都无私地希望自己的子女好。 所以一直以来我既唠叨，又严厉。 这是一件很让人无奈的事情，我不喜欢自己现在的模样，我知道你也不会喜欢。 所以你很多时候都在内心抗拒我的约束，也逃避我的关爱。谁都会拥有一段自以为是的青春和对这个世界无数的幼稚的看法。 我尊重你目前的方式，我相信终有一天你会成熟，会懂得父母全部的苦累、煎熬和期盼。

爸爸很爱你，深深地爱。 你是爸妈唯一的生命延续，是我们的全部，我们也会用上全部的爱来爱你。 这份爱，不指望你回馈，你的努力，就是对我们爱的最大的回报。

《挪威的森林》中，永泽有一句话说得很好，分享给你："绝大部分人都只是在机械地劳动，但那不叫努力。"所以，"如果想让你的人生更加丰满，你就必须建立高质量的努力"。方法有很多，历来高考和中考状元的学习心得都有和你说过，希望你能很好地借鉴，并形成自己的学习方法。

加油吧，我亲爱的女儿！

作于 2017 年 6 月 27 日

做一个不畏困境的人

今天，在微信朋友圈看到这样一段文字，前半段说："生活就像水中的小鸭子，表面从容淡定，其实水底下在拼命地划水。人想要过上好的生活，就要拼命做好想要做的事情……"

看罢，深有感触。奋斗中的每一个人都应该是这样的状况。没有背景的人，表面看似轻松从容、若无其事地活着，但每一个人都在泥泞的生命里奋力地跋涉着，努力地拼搏着。漫长的岁月，痛自己扛，泪自己擦，伤自己疗，苦自己咽。艰难的世界里，要活出鲜活的模样，必须坦然接受生活所赐予的辛酸苦辣和风吹雨打。

早餐时和援友聊起这样的话题。来那曲前，尽管每一个人都有面对艰苦的心理准备，但处境的艰难还是超出了预期。但大家为了宏大的理想或现实的愿景，都迎难而上，坚守在各自艰苦的岗位上。其实生活就是"失之桑榆，收之东隅"，人生从来都是价值的交换，要想得到一些东西，总是要拿出生命中另外一些东西去换取，要么是智慧，要么是身体。所幸，每名援友都有异于常人的生存的力量，都在乐观、果敢、平实地接受着高原带来的伤害。

"世界以痛吻我，要我报之以歌。"人生是一场漫长的抗争，总会不断地面临困境，遇到坎坷，遭受非议。你在沼泽里倒下，自己不爬起来，没人会去拉你。你受了伤，自己不疗，终会

257

溃烂。 你受缚于别人的价值标准评判，不能活出自我，就不会拥有至高的人生境界。 每个人的命运是由自己决定的，强劲的力量都来自自己的内心，最后的决定权都取决于自己的坚定与坚强。那些逆流而上的人，美好生活或许不会立马盛装莅临，但只要拿出勇气去改变那能够改变的，拿出坚韧去改变那不能改变的，定能胜天半子！

世上没有绝望的处境，只有对处境绝望的人。 我们被派到世界上来，定有人生的使命与责任，所有困境都是考验我们意志的路障。 我们当不忘初心，正视人生的每一个挫折，吸取人生的每一场失败，笑对人生的每一句非议，遵从内心的召唤，努力前行。 当有一天我们强大到能够笑对伤痛时，定会感谢那些曾经围困我们的境地，感谢那些伤害过我们的人。

饶雪漫曾说："你今天受的苦，吃的亏，担的责，扛的罪，忍的痛，到最后都会变成光，照亮你的路。"我敦信：这个世界是公平的，御风而行，梦想就不会远，付出就一定会有收获。

朋友圈后半段的文字是这么说的："……如果你不努力，当父母需要你时，除了泪水，你将一无所有；当孩子需要你时，除了惭愧，你将一无所有；当自己回首过去时，除了蹉跎，你将一无所有。 所以，请你别在最该吃苦的时候选择了安逸。 否则，一生都是你的困境！"此话一并呈上，给自己，也给大家，互勉！

作于 2017 年 6 月 30 日

做一个有自我价值的人

又是凌晨。 在那曲，似乎每一次动笔都是从凌晨开始的。

习惯了在夜间看书或写点文字。 如果没做什么有意义的事情，任大好时光这么流逝，常常会让我自我否定，并会有强烈的负罪感。 就算是安眠药发生作用睡着了，我做的梦肯定也是焦虑的。

在时间管理和成长的道路上，我不算是一个自律性特别强的人。 所以常常会在内心暗自制订一天要完成的事，规定要看的书、要写的字。 有时受其他事影响超出时限了，就只能向睡眠借时间。 前行的人生，我自认是力量不够的人，所以只能典当生命，换取内心想要的东西。

除先天的因素，每个人都赤裸着来到这个世上。 然后如玩游戏升级一样，从空手打装备开始，在平庸的世界一路杀戮，直至有足够的能力赢得天下。 我不会玩游戏，但我想应该与生活的道理差不多，否则不会有那么多无聊的人在虚拟的世界里厮杀。 只是他们混淆了空间，所赢得的也只是海市蜃楼，那些自以为是的地位与尊严，停一场电，都可以轻而易举地将其化为乌有。 所以，一个人努力的方向很重要。 之所以举游戏的例子，是因为前段时间女儿想玩，被我制止了。 我不愿她的人生偏航。

我喜欢黑夜。 静默的世界，这是与自我的亲密拥抱。 纷扰的尘世里，总会有太多的身不由己，会让我们牺牲出一些时间讲无效的话，做无效的事，参加无效的应酬。 这些牺牲和迎合，在一定程度上是自我的丧失与背叛。 表象的充实和物质的盛宴，是无聊，是消沉，更是人生的一场幻灭。

一个人最终面对的只能是自己，也只有自己是自我须臾不离的朋友。 就如这个夜，我在手机上写作一样，其实就是和自己的一种对话。 开始并不知道想要写什么，只是写了这一句，便来了下一句。 我和心灵是最亲密的朋友，类似于这样的默契，不需要思考。 人不管在什么时候，不管面对怎样的迷茫，真正的力量永远来自内心，这份力量是长年累月的积累所得，是每个人自身所独有的不可复制的东西。 它能决定我们成为何许人，是我们生存的全部依据。

爱因斯坦说："不要努力成为一个成功者，要努力成为一个有价值的人。"我理解，这份价值，既包括外在的价值，也包括内在的价值。 内在的价值构成决定和影响外在价值的显现程度，内在的深度与外在的广度是成正比的，修养有多深，人就可以走多远。 所以，修炼内在的气度、知识、胸襟和格局特别重要，它决定着一个人的智慧、能力、事业和境界。 注重自我认识、自我解剖、自我教育和自我提高的人，独特的人生风范自会飘然而出。 外在价值显现的程度依每个人心灵丰富的程度而变化，这是外界无法相助，更是无法掠夺的财富。

人这一辈子总是要做些有价值、有意义的事情。 援藏给了我三年时间，自当力所能及地多帮助当地做些事情。 经历，能让人成长，也带给人智慧。 否则不会有带着体温的文字从内心油然而生。 白岩松曾说：走到生命的哪一个阶段，都该喜欢那一段时光，完成那一阶段该完成的职责，顺生而行，不沉迷过去，不狂热地期待着未来，生命这样就好。

我喜欢这一段时光，并遵从内心，应命而为，努力做一个有自我价值的人。

作于 2017 年 7 月 4 日

做一个受人尊敬的人

夜，万物寂静。 一如《生命的姿态》书名题写者和序作者——我敬爱的大哥雷鸣东长年以来静寂的内心。

这是一位让我尊敬的人，我的书中应该有他。

他现在已经贵为文化部中国书画院副院长，中国国学书画院院长，中国名人书画艺术研究院院长，中国书画艺术研究会会长，中国书画艺术报社社长，中国美术家协会会员，中国书法艺术研究院副院长，收藏家，古玩鉴定家，北京大学等七所大学教授、博士生导师（后面还有一连串尊贵的头衔，不一一点了）。收获众多荣誉的他，还如十多年前一样，待我如弟。 还如十多年前一样"淡泊为怀，豁达处世，情义无价，笑对人生"。 这16个字，是雷鸣东的人生宗旨，也是他的人生写照。 雷鸣东的朋友遍布全国，这些年，我随他去过很多场合，见过众多高官、明星、商人，抑或平民。 所到之处，所见之人，无论年龄大小，地位高低，皆对他尊敬有加。

一个受人尊敬的人，不是靠社会地位和拥有的权力成就的，而在于卓越的能力和高尚的人格支撑。 否则将如查理·芒格说的，光靠已有的知识，你走不了多远。

雷鸣东，满族，正黄旗，出身于书法世家。 艺术基因是他体内与生俱来的内核。 雷鸣东笔耕不辍，数十年如一日，沉醉在笔墨世界当中。 书法善行草，精篆隶，用笔潇洒飘逸，大气磅礴；

绘画工笔、写意样样皆精，充满韵律，处处可见"禅思"的宁静心境，处处可感清新、恬淡、超脱尘俗的理想境界。自有舒朗洒脱、平淡幽远之气，大家之风。雷鸣东一生获奖无数，蜚声海内外。曾随国家政要出访80多个国家，国画代表作《紫藤》多次作为国礼赠送给外国领导人，并被钓鱼台及人民大会堂收藏。曾被授予"传播中华文化艺术特别贡献奖"。

雷鸣东不仅在书画艺术上造诣深厚，在体育领域同样有所建树。15岁时，被解放军国防科工委体工队特招入伍，在部队连续3年荣获跳高短跑冠军和乒乓球单打冠军。转业后，连续3年获得郑州市职工乒乓球比赛冠军。他于1978年考取中国第一批乒乓球国家级裁判，1980年年初考取中国第一批国际裁判并多次担任国内外大型比赛裁判长。担任20多年省市乒乓球协会主席及裁判委员会主任。体育与书画，在雷鸣东的身上相得益彰，闪耀着夺目的光辉。

雷鸣东号"三乐庐主"，所谓"三乐"就是助人为乐，知足常乐，为善最乐。这是他生命的姿态。这些年，雷鸣东多次通过艺术行善的方式为公益事业做贡献。多幅作品在多个慈善类拍卖会上公开拍卖。据公开数据显示，雷鸣东的四尺书法曾拍到了16万元一幅的高价。但是，他这些年拍卖的全部收入均捐赠给了慈善机构，他已在西藏捐资建造了数所希望小学，多次向灾区捐献巨款。中央电视台三套、四套、十套，中央教育电视台一套以及几十家报纸、刊物都对其艺术品和善举进行过宣传报道。

最了解雷鸣东的应该是他的儿子雷雷和女儿雷静。6月23日，雷鸣东在微信里给我发来姐弟俩在父亲节写给他的信。女儿雷静说："爸爸在京这17年，凭借自己的才华和为人，赢得了一片天地。而今，已逾古稀，仍笑对人生，感染着大家……"儿子雷雷说："爸爸身上的点点滴滴都值得我牢记和学习，并受益终生。从爸爸身上我懂得了做事先做人的道理。今天，您拥有了一切，已经成为德高望重的人物，还是那么的朴实、善良、亲切，不忘初心……"这应该是熟悉雷鸣东的人一致的评价。

雷鸣东和我虽兄弟相称，但他人生的境界、人性的美德和生命的高度，却只能是我用心倾听，用"懂"会意，用灵魂和鸣，却无法用脚步去登攀的高峰。去年他写给我女儿的"世上无难事，只要肯登攀"，或许也是对我的勉励。

生而为人，想要获得一定的社会地位，需要足够的能力和水平跟上。想要获得他人的尊敬和认可，需要高尚的品格、真挚的情义和宽广的胸怀相匹配。

这是我从雷鸣东身上获得的人生启示。

作于 2017 年 7 月 6 日

第二辑　援藏岁月里的思

做一个努力的人

前些日子，我问一个朋友："你希望自己活成什么样子？"

"没有认真想过。"继而又答，"年轻的时候想证明自己。后来随波逐流，现在已经看不到最初的我了！"

这应该是大多数人的现状。

梦想是每个人与生俱来的财富。年少的时候，我们都自诩不凡，坚定地认为自己会成为梦想中的样子。随着岁月的流逝，有些人会坚定不移地奔着内心的目标，一路跋山涉水，经历千辛万苦，突破重重困境，攀至人生的高度，活成自己喜欢的模样；有些人是语言上的巨人，行动上的矮子，在艰难面前却步，在困苦面前绕行，在青春期不成熟的恋情里迷失，在游戏或诱惑中沉沦，在网络或无聊的事情上浪费时间，最终丢弃了高贵的梦想，一生碌碌无为，成了烟火红尘里的平凡人；还有些人自以为可以依靠家庭实现自己的梦想，却在前半生无限风光的生活里，懵懵懂懂，毫不努力。殊不知，每个人的人生都是自己的，一生该承受多少苦楚与磨难都是注定了的。当失去外力之后，生活由盛而衰之时，幡然醒悟，已为时晚矣。"富不过三代"一说是有道理的。

人生最公平的是时间。那些畏惧艰难的、有依赖心理的、虚度光阴的人注定会失败，未来定是一片苦海。因为父母会老去，财富会消失殆尽，苦难无人可替。只有那些珍惜时间，迎难而上，奋力拼搏的人，才会在有限的时间里，收获到无限的喜悦。李奥·巴伯塔说："请多加保护自己的时间，这是你最珍贵的资产，请务必以生命捍卫它。"人活着，就要对得起活着的每一天，这才是对人生负责任的活法，才是对生命尊严的捍卫。 我们永远无法左右时光前行，却可以选择自己的活法，决定自己要成为一个怎样的人。 否则，向岁月妥协的每一个过去，虚掷的每一寸光阴，都将是生命中无法弥补的永恒的残缺。

我对朋友说，时光不能倒流，人生不可能有重新来过的机会。 珍惜每一个当下，活好每一个分秒，尽其全力去努力，去充实，去完善自我，便是亡羊补牢。 只要你坚持不懈地走下去，或许结果不是你想要的，但肯定会有收获，将来的你定会比现在要好。 数学上有个定理：任何一条曲线都可以用函数无限逼近。所以别放弃努力，别抛弃自己。

英国作家萨克雷说："生活是一面镜子，你对它笑，它就对你笑，你对它哭，它就对你哭。"人生是一段不断跋涉的旅程，只要秉持坚定的信念和顽强的意志，去披荆斩棘。 所经历的一切苦难艰辛，都会铺就出一条宽阔的路，通向你想去的地方。 我曾对女儿说，你现在的样子，就是你未来的样子。 你颓唐苟且，人生便颓唐苟且；你得过且过，你的人生就得过且过；你善待人生，人生便善待你。 一个认真的、努力的、有自律自控的人，尽管时光无涯，尽管每前进一步都会很累，但只要努力走下去，美好的未来终会盛装莅临。

达尔文说："我一直认为除了傻子，人在智力上差别不大，不同的只是热情和努力。"这个世上，没有一条路是平坦的，也没有谁比谁更聪明，更没有什么从天而降的运气。 任何成功的人，都会经历一段无法言说的低潮期，都付出过倍于常人的努力。 一个人可以不优秀，但必须要有认真的态度。 可以不成功，但必须要努力。 一个人如果不思进取，没有拼搏向上的狠劲和韧劲，将来一事无成时，肯定会讨厌自己原来的模样。

所以，要想活成自己喜欢的样子，就请剥离掉一切的依赖和幻想，朝着理想，努力前行，以实实在在的行动去过上想要拥有的那一种人生。

作于 2017 年 7 月 7 日

7 月的那曲

7 月，那曲开始进入最好的时月，花草葳蕤，整个藏北似乎都被满眼翠绿装扮了起来。 放目望去，几乎看不到裸露的土地。

这是一种力量。 在那曲，没有春夏秋冬的概念，一切都不是依节气而来的。 这些翠绿的小草，必须靠着自身顽强的生命力，努力摆脱冰雪的桎梏，曲曲折折地接近温暖，奋力向上，将自己缝在冻土层上。 我们看到的是它们呈现给我们的辽阔的美丽，看不到的是漫长岁月里长期的蛰伏和无休无止的生命的挣扎。 这是一种磅礴大气的力量。

寒冬的气息，依稀还在，若有若无地飘散在藏北草原上。 但小草无所畏惧，花儿无所畏惧，在浩瀚无垠的湛蓝的天空下，它们如绸似锻，给这片苏醒的大地带来了春天的气息。 嫩嫩的，绿绿的，间而夹着各种色彩的格桑花，成片地铺向天际，一派盛大而浩荡的景象。

或许我应该花些笔墨介绍一下格桑花。 格桑，在藏语中为好时光的意思，藏区所有颜色鲜艳的花，藏族同胞都称之为格桑花。 有代表性的是 8 片花瓣的大波斯菊，据说在藏区谁要是找到 8 片花瓣的花，就是找到了幸福。 还有通常是 5 瓣金黄色花瓣的金露梅。 其他的还有绿绒蒿、高山杜鹃、龙胆、塔黄，以及稀少的雪莲花等。 陌上，它们应允季节而来，为轮回的渲染，也为自己的生长找到了最确切的注脚。 这都是一株株令人钦佩的顽强的生命。

　　7月的那曲，没有鲜衣怒马的热烈，有的却是陌上花开的恬淡。　雨后的草原，干净清透。　灿烂的阳光洒满了藏区的每一个角落，包括人的心灵。　受光合作用，草原上，空气清冽，氧气比以往浓了许多，就连风也变得柔软了起来。　岁月无边，世间所有的美好，都恰逢其时。

　　葱茏无边的原野上，光阴的速度缓慢地移动着。　可能是海拔高度原因，这片草原，没有引起历史触须的青睐，它们一直安静地生存在这个纷繁复杂的世界里，与世无争。　明媚安然的尘世，不染尘埃，是我喜欢的样子。

　　红尘俗世中，我们总被数不清的欲念牵引着，整日奔波忙碌，直至身心俱疲。　今天，远离喧嚣，远离嘈杂，在缄默无声的草原上，我把时间交给成群啃食的牦牛，速度以慢来定义。

作于 2017 年 7 月 9 日

斗室里的时光

值八一建军节 90 周年，写一段往事，纪念我曾经的节日。

2017 年 7 月 31 日上午，军校同学葛来军重返母校，发来我在军校时用以写作的房间照片。当时正在开会，无暇顾及。夜，静下来再看照片，无限感慨，难以入眠。那是艰苦岁月里我最为艰难，也最为奋进的一段时光。

照片里的房间，是军校宿舍的小阁楼，只有四五平方米，一桌一凳一灯，是全部的家当，占了大半空间，是名副其实的斗室。但有这样的独立空间，已然很感激。这是当年学员队为了让我安静写作，专门腾出的房间。

南昌陆军学院是训练最苦、纪律最严、规矩最多、要求最苛刻的一所军事院校。战区内的官兵都称它为"西点军校"和魔鬼训练基地。白天既要学习，又要完成大量的军事训练。从早上 6 点半吹哨起床，到晚上 9 点半熄灯睡觉，几乎没有休息的时间。每天，学员们累得只有一个念头，就想睡觉。

我都是利用别人睡觉的时间，爬到学员队顶楼的小阁楼里写作的。那里是我独立的空间，夜里，同学们沉睡如泥，只有我苦思冥想，苦心钻研写作。那时写作都是用笔和纸，安静的斗室内，可以清晰地听到笔尖划过稿纸的声音。

屋子虽小，但有一扇大窗户，这于我来说弥足珍贵。我就是从那时起爱上黑夜的。我喜欢在那片无限苍茫的虚无中思考，在无限安静的时刻写下我内心想要表达的文字。 在窗户对面，是学院 13 队的学员楼，该队教导员的房间，正对着我的窗户，他也是爱看书学习的人。 在管理森严的军校，沉静的夜里亮着室灯是格外引人注意的，我们都注意到彼此，后来我们像比赛似的，对方灯光不灭，都不想罢战。 每每我都坚持到凌晨，获得了最终的胜利。 时隔十多年，他队里一个学员结婚，因为关系极铁，我到南昌参加婚礼。 得知我去，教导员专门设宴，主动谈及斗室里的灯光，说他专门打听过我，并在全队号召全体学员向我学习。

斗室里的时光，是我学习的黄金期，也是我发表作品的高峰期。 在军校的最后一年，几乎每隔几天就有小说、散文、诗歌和新闻作品见诸报端。 其中特写《小平楼里的思念》被新华社发了通稿，发表在《中国教育报》《中国青年报》头版头条位置，被中央人民广播电台新闻与报纸摘要采用，被《解放军报》等全国各大军内外报刊刊发。 临近毕业，还有一篇通讯，刊发在《中国国防报》头版头条位置。 那时，我作品的质量和数量在军校一直遥遥领先，年年被评为一等奖，并在军区获奖。 我们学员队上大学语文课程时，写作课是我讲授的，中文教研室全体教员前来听课，引起轰动。

开头为什么说那是我最为艰难的一段时光呢？ 原因涉及领导间的矛盾，不细谈。 我虽从不在内心记恨一个人，但尊重历史，还是决定写出来。 那时，训练艰苦是其次。 每晚，队长都来阁楼赶我回宿舍睡觉，开始我以为从阁楼门缝里透出的灯光出卖了我，便用报纸塞住门上所有的缝。 并将报纸涂上黑墨水，用胶水一一粘接，从屋顶灯泡处，一直垂直挂下来，只留一片桌面上的灯光写作。 仍不见效。 队长依旧每晚来阁楼赶我。 后来先打着手电筒在被窝里写，等队长睡着了，再溜到阁楼里写，这才躲过劫数。 多年后，队长两次来我工作地游玩，我数天高规格接待，全程陪同游玩各景点，并赠以礼物。 他随行的家人、朋友都很感激，说真不枉队长当年的培养。 听了这话，我背过身泪流满面，躲到卫生间里痛哭了一场！

时至今日，军校同学在微信群里谈及往事，我都如同外人，浑然不知。 但斗室里发生的一切，一一记得，那是我成长的起点，真的是终生难忘！

作于 2017 年 8 月 1 日

第二辑 援藏岁月里的思

那曲的雨

晨，起床。 窗外一地的雨。

现时的雨一场寒过一场。 在它肆意的侵袭下，格桑花纷纷败谢，野草渐渐枯黄，茫茫的草原披上了一层颓败的色彩。 生命禁区的那曲，一切富有生机的植物都以平等的万物归土的姿态告别一世葱茏。

那曲，年平均气温在 0 摄氏度以下，最冷时可达零下 40 摄氏度左右。 所以，那曲的雨和植物一样，也有着生命的周复。

初始的生命，都以小心翼翼的姿态探索博大的自然。 那曲的雨也是如此，暮春时节，它或是随着雪花无声地拜会藏北草原，或是在落雪的间隙悄然地滋润大地万物。

世间没有一件事物能以一个状态维持到久远。 随着节令的变化，那曲的雨渐渐舒展自己的胸怀，开始自由自在地展现温软、随性、洒脱和张扬的个性。 初夏的雨，平和中暗藏着一种力量，那曲的土地需要借助它消融冰雪，积蓄足够的成长力量。

进入花草葳蕤的 7 月，那曲的雨便由绵绵如丝转变为骤雨疾风，一副嘶吼的模样。 这段时节的雨，来去自如，变幻莫测。每一片乌云，都是一场浩浩荡荡的雨。 如果遇上电闪雷鸣，黑云麇集，通常会暴雨滂沱，雨幕无涯，大地和天空融为一体，世界进入"天地玄黄、宇宙洪荒"的状态。

随着时光的交替，漫天大雪光临之时，暴风骤雨便悄然隐退。 此时，那曲的雨再次以初时卑谦的姿态，不疾不徐，均匀地洒落在广阔的藏北草原上。 绵绵丝雨中，时间仿佛也慢下来，闭上眼睛便可以触到柔软的感伤的细节。

雨如人生，时起时落，最终将归为尘土。 进入 10 月，雨便把大地的舞台交给雪花，再难见其踪迹。 世界无常，生命中许许多多的东西都不为个体的意志而转移，循环往复是世俗里极为普遍的生存状态。

那曲气候干燥，任意一场雨的生命都是短暂的，时雨时晴，地面的水分会很快被蒸发，不留一丝痕迹。 这种周而复始的流动，背负历史的厚重，是没人能破译的远古的神秘力量。 或许，我们本身也是天地间的雨滴，负载着某种使命，浩浩荡荡地降临人世，在各自的空间里挥发各异的潜力，诠释自有的深情，倾尽一生的梦想。 当能量耗尽之时，便因果轮回，反复演绎出不同的人生故事。

夜晚提笔，窗外又下起了小雨。 于纷繁世相中抽离，寂寥的深夜，依稀可闻绵柔的雨的音律。 时光安然，带着雨水濯清的心灵入睡，或许还可以在梦里见到欣然起舞的雨丝和无数盛开在雨地里的花朵。

作于 2017 年 8 月 31 日

听雨杂想

夜，窗外又闻雨声。

这段日子，雨一直时下时停，交织于雪，交织于冰雹，交织于黑夜与白昼，交织于现实与梦境，恋恋不舍地和那曲做最后的道别。

这个季节的雨，寒瑟已到，已经没有了滂沱的激情，没有了直抒胸臆的情怀，只有一种接近衰竭的叙述。再过些日子，它会像花朵一样凋谢，安详离去，直至来年轮回。现在它接二连三地造访，应该是对雪域高原满怀深情的一种诠释吧！

光阴流转，总会让人心生留恋。那曲气候干燥，雨期只有半年左右，今年雨水充沛，时光里多了许多葱郁的绿。雨后空气湿润，人也格外的舒畅、淋漓。对它的即将离去，我的内心同样满是不舍。

我是喜欢雨的。喜欢斜风细雨，喜欢大雨倾城。喜欢看屋檐下流动的雨帘，喜欢看窗子上无声的滑行。喜欢看雨中坚强的小草，喜欢看大地承受肆虐后的安然。快乐时看雨，会见到欢快与奔放。忧郁时看雨，会见到落寞与哀愁。心烦时看雨，会见到一片战乱的世界。对一件事物或一个人的感情，情绪是可以互相感染的。

雨，拉近了天空和大地的距离。雨后空气弥漫着别有的清香，那是来自天堂的味道。我喜欢雨后的天空，纯净剔透，不染一尘。我喜欢雨后的大地，浮躁尽褪，万物滋润。我喜欢雨后的植物，水分饱和，绿意盎然。 雨水能洗净心尘，浇灭喧嚣，还世界以明亮、动人。

此刻，窗外的雨仍旧淅淅沥沥地下着，没有谢幕。

深夜听雨，仿佛千万只柔柔的纤指，抚弄着一束看不见的弦索，轻挑慢捻，演奏着各种动人的旋律。 听雨心境不同，感悟也不尽相同。

雨夜听雨，思绪会游离得很远。 都说生命起始于水，那么逆雨而返去追溯，是否可以在比石器更久远的时代，找到奔腾的源头？ 是否可以在岑寂的世界里，见证第一个细胞的诞生？ 是否可以在时间的荒野中，观看生命演化的进程？ 谜底就在周而复始的雨水里，没有背道而驰的时间，答案不得而知。 有多少人在前赴后继地追寻？ 没人会记载徒劳无功的失败。

雨夜听雨，听的是一种心境，一种情怀。 雨起雨落，在流动的时间里，那些童年和少年的雨滴一直飘洒在生命里，无可触碰，但记忆可以回溯那些有痕的孤独的踪迹。 大雨和细雨拍打在物体上会发出强度不同的声音，有着强烈的或绵柔的力量。 水滴石穿，不是朝夕之功，是一种锲而不舍的坚持的力量。 如雨从远古而来一样，人只有秉持这样一种本源的东西，才可以在生命里走向更远。

雨，是可以寄托相思的物质。 所以才有"离别忧伤狂风雨，相思苦楚寒霜雪。往事点点繁星夜，续待明日彩霞天"，才有"君问归期未有期，巴山夜雨涨秋池。 何当共剪西窗烛，却话巴山夜雨时"。 细密的雨，仿若我的恋人。 熟稔的音律，总能让内心衍生出一种本能的情感，并缓缓燃烧，温馨和暖意悠悠绵长。

今夜，我不只做雨夜的倾听者。 我要在存在的时序里，记录下雨夜所给予我的所有的虚妄。

作于 2017 年 9 月 4 日

这个世界需要公平正义

在那曲，躺着比坐着舒服，会减轻心脏的负担，减慢心跳的速度。

夜晚，下班回公寓，衣服没脱，盖着大衣躺床上看书。身子底下铺着被子，不会弄脏床铺。

今晚看山西临汾姑娘写的书《看见》。

认识柴静是在2003年非典肆虐的日子。那时工作停下，学校停学，商店停业，一切生活都隔离在门外，哪也不能去。电视里每天见她无所畏惧地穿梭在生死线上。我喜欢这种精神。

对生活的认识有多深，呈现就会有多深。后来她做以开掘内幕为特征的《新闻调查》，依旧一副无惧无畏的姿态。深入公检法系统，刀刀见血地采访法官，为一位民营企业家平了反；以锲而不舍的精神，让一位私放犯法弟弟的公安局长进了监狱；曝光戒毒所强迫收容的女人卖淫，戒毒所长被捕；她连自己的家乡都曝光，制作了《山西：断臂治污》，撰写了《我为什么不想回山西》……慢慢地，我喜欢上柴静的节目和文字，直至她消失在公众视野。这个社会有着许多的无奈存在。

巴金说："生活就是不停的战斗，他的武器是他的知识、信仰和坚强的意志。"柴静就是这样的人。海子说："天空一无所有，为何给我安慰。"我想我理解柴静，我还存着她的书。

不是亲身经历的事情，不会感同身受。但看她的文字，依旧如当年看她的节目一样，有车轮一次次碾过心脏般的疼痛。 正如一个肿瘤需要用手术刀一刀一刀割除一样，这个社会上有很多现实的东西需要呈现和切割。 世界需要公平正义，否则无以消灭愤怒、冲突、怨气与对抗。

我喜欢躺着看书，这样心脏不容易那么激动。

作于 2017 年 9 月 7 日

生存的意义

人生的目的和意义是什么？ 很多个夜晚，这个问题会突兀地冒出来。

我们生活的世界宏大而苍茫，地处不同的高度，就会有不同的视野。 打开不同的窗户，就会看到不同的风景。 时间里，每个人的认知与价值体系是不一样的，各自只能依据已有的知识结构与经验视野，获取人生的感受、理解与见识。 认知处于什么层次，人生就处于什么状态。

哲学家帕斯卡说："人只是宇宙中的一颗微粒，可人的头脑却能思考整片宇宙。"生而为人，需要用逻辑、常识、常理、直觉、经验及科学的方法谋思和建立信念内核中的东西。 凡伸手不及的未来都是遥远，人需要有一个明确的世界观、人生观与价值观引领自己奔赴未曾抵达的光阴。

在这个世界上，每个人都有自己的使命。 有的背负着别人的希冀，有的肩负着自己的理想，也有仅为活着而活着的人。 人所追求的东西，必定与主观心理或实用理性有关。 不同的追求，价值、意义也会不尽相同。 一件事物存在的价值多大、意义多深，或许没有标准考证。 但有追求和没有追求地活着，所享受的过程是不一样的，岁月里所实现的目标也是一种极好的彰显。

时间里，每个生命从娇弱无助的婴儿开始，会在成长中遇到种种困难险阻，面临种种人生抉择。 对待人生的态度不同，走向也会完全不同。

阿根廷作家博尔赫斯说，你在人生道路上每做出一个选择，就会从一个时空进入另一个不可逆的时空。而在那个时空里，还会有更多的选择在等着你。正是你的这些选择，让你成为这世界唯一的你。

人朝着什么方向成长，完全取决自己的梦想，取决于艰难时期的选择，取决于生命的韧性。生命走到哪个阶段都会有应该承受的磨炼，都会有应该完成的使命。所以，想要给生存找一个毋庸置疑和自始至终的理由十分困难。所有答案，都是短暂的，得到就意味着失去。

岁月的河流里，有一个新陈代谢的法则，人生前行是一个不断觉醒与自我更新的过程。这样一种嬗递，和春夏秋冬交替一样，是命运的自然流转。追求在哪一段的时光里，就会获得哪一段的时运。

人生是一场修行，一切生命中的人或事，顺境或逆境，都有其存在的意义，都有着因果关系。你给世界什么样的姿态，世界就还你什么样的人生。

人生的终极目的不是归宿，人最大的悲哀，是满足于当下，在已经拥有的世界里至死方休。人生是一个不断选择、不断放弃、不断努力的过程。我们迈出的每一步，都是对宿命的延续开发，都是对已有身份的转换调整，都是不断地自我成长的过程。

时空潮流里，我一直在未曾深入的领域和习焉不察的事物中，探索诸多的可能，我希望回避庸俗，在更为旷远的时空里找到我的由来，抵达我冀望的梦想之地。

现实社会里，一些精神层面的思考，可以挖掘到内心，让灵魂变得更加强大，让未来变得更加清晰。否则，我们的生存必将日渐式微！

作于 2017 年 9 月 28 日

第二辑　掩藏岁月里的思

中秋感怀

有些节日，尽管不愿意过，但总会如期而来，比如中秋。

中国人历来注重团圆。 团圆的节日，一个是春节，再一个就是中秋节。 于我，月圆之夜，思亲之情比春节更胜一筹。

这是一个令人伤感的日子。 每到中秋佳节，都会有一种难以名状的滋味涌上心头，萦绕不散。 这其中有思亲的苦楚，有对家庭的愧疚。 援藏以来，这些感受每天都有，今天更浓。

年少的时候过中秋，日子是清贫的，但父母格外在意这个和和美美、团团圆圆的节日。 一早，母亲便会起床发酵面团，下午和父亲一起包上白糖和碾碎的芝麻馅料，将之制作成圆圆的糖饼，像月饼似的。 晚上，父母会把桌椅搬到室外，在月光下郑重地摆上糖饼和果品，很有仪式感地表达对天地的敬意，对家人团聚的珍惜，一家人其乐融融、幸福满满，尽享天伦之乐。 而今，明月还是那轮明月，中秋还是同样的中秋。 但物是人非，父亲已经走了。 或许母亲一人在老家，仍旧会延续以往的习俗过中秋。但肯定和我一样，满是思念，满心忧伤。

参军之后，和家人聚少离多，中秋节大多一个人在异地，再没和父母姐妹赏过月，家乡糖饼的滋味，也成了遥远的记忆。 婚后，和妻女共度的中秋也寥寥可数，基本都是在军营里明月千里寄相思，把渴盼和眷恋融入夜色，在风中传递绵密的思念。

今天是援藏以来的第二个中秋，依旧是望月思乡，对着圆月无言地诉说对亲人的悠悠相思，默默地领受千里之外亲人的千缕深情。然后用很长的时间，静静地品味漂泊在月色里的离情别绪。

月亮经过千亿年的暮起晨落，在漫长的岁月里，聚集了古今所有的思念，汇积成河。此情此景，很容易令人想到"露从今夜白，月是故乡明""共看明月应垂泪，一夜乡心五处同""今夜月明人尽望，不知秋思落谁家"等诗句。今夜，诗人笔下的思念，那些难以割舍的情感和情结，在心里是那么情真意切，催人泪下。

"海上生明月，天涯共此时。"此刻，我远方的亲人也在赏月吧？也在想我吧？也落泪了吗？我想心境肯定如我。只是她们更多的时候，如月亮一样不说话，一直默默地把眼泪流在心里，把惦念咽进肚中，长期支持着我，支撑着家庭。而我却年复一年地给亲人添加百倍的艰辛和牵挂。

又是一年相思日。苍穹下，寂寥、清冷的月光如水般洋溢着，思念之情连绵不绝。但援藏的我只能承受这份相思之痛，负疚前行。

在"放弃小家为大家，一家不圆万家圆"的军营时，喜欢一首歌，援藏后，同样与心灵相契，会在内心默默吟唱，给自己加油鼓劲：茫茫人海中，你是哪个？在攀登科学高峰的人海里，你是哪一个？在征服宇宙的岁月里，山川知道我，江河知道我，共和国不会忘记，不会忘记我。

今夜，反复吟唱，庄严感直抵心灵。

作于 2017 年 10 月 4 日

学会放松

这是写给我女儿的文字，是对放松问题的探讨。

谈论放松的话题，不是对努力进取的否定。 人的一生就是一辆不断前行的战车，会经历无数的崎岖、坎坷，会经历重重的困难、障碍。 要想获得幸福，人生只能一往无前，迎接各种挑战。否则，见不到黎明的曙光，连影子都会嫌弃你。 人生都会经历一段在黑暗中挣扎的时光，都会承受无数来自外在的和内心的压力。 如果一味地紧绷神经，就会对身心产生不利的影响。 所以，人生前行，学会放松自己，及时缓解压力，是很有必要的。

学会放松，是一门学问，也是一种智慧。 需要学会把控时间，合理地划分山学习和娱乐的时间比例，让自己真正做到在学到知识的同时，释放压力。 处于学生这个阶段，学习是首要的任务和唯一的选择，这是汲取知识、培养能力、提升素质、赢得未来的唯一途径。 比例不合理，则会影响学习的效率和成绩，坏的习惯甚至会影响一生。 建议把主要的精力用在学习上，中间辅以看书、听音乐、绘画等方式调节。 也可以选择运动的方式调整，在大汗淋漓之时，可以减轻压力，让人产生快乐的情绪。 完成作业后，还可以选择去户外，看想看的风景，吃想吃的美食，做想做的事情。 在轻松的环境里，让身心和自然融合，是放松最好的方式。

学会放松，是一种心态，也是一种成长。 岁月迢递，人生在世，似乎总在反复地经历着顺境和逆境、快乐和痛苦、酸甜和苦辣、成功和失败等。这就像昼夜交替一样，是正常现象。人生不论悲喜，还是困苦，都只是一个阶段，一个过程。用消极的方式回避、懈怠、懒散，不是放松。不受阻力干扰，不必压力山大，不要精神负担过重，以放松的心态面对，以睿智的方式解决，以清朗的形象示人，才是真正意义上的放松，才能清醒地走过山穷水尽，迎来柳暗花明。即便结果没有达到你预期的想象，但至少经历了磨难的锤炼，经受了岁月的打磨，积累了人生的经验，获得了成长的机会，增添了前行的能量。

学会放松，是一种能力，也是一种涵养。每个人都会有自己独特的个性。但受时间、地点、场合、对象和环境等客观因素制约，呈现的方式也有相应的限制，要善于抑制那些不符合既定目的的愿望、动作、行为和情绪。人区别于动物的根本点之一，就在于人有思想，可以按照一定的目的，理智地控制自己的感情和行为。反之，就是放任、放纵，就是任意胡为。学会用合适的方式放松，是为了让自己更加清醒、镇静、理智和乐观，这是一种力量的积蓄，是另外一种状态下的进取。

乔布斯说："自由从何而来，从自信来，而自信则是从自律来。学会克制自己，用严格的日程表控制生活，才能在这种自律中不断磨炼出自信来。"这虽是对自律的阐述，也是对放松的诠释。学会放松，是生活的一种方式，也是一种态度。需要做出相应的规划，如此，方能时刻保持旺盛的精力，昂扬的斗志，一步一个脚印，在已有的成绩上取得新的创造和突破。

作于 2017 年 10 月 14 日

第二辑　援藏岁月里的思

中国诗词的魅力

最近，央视《中国诗词大会》走红，让很多人津津乐道。

我一直喜爱诗词，但平时因为不看电视，至今才知道火遍神州大地的《中国诗词大会》。 援藏无眠的日子，我从网络上翻看了几期，由衷地想给这类正能量的栏目点赞。 趁余温未尽，今天凑凑热闹，谈谈在诗词无用的年代，我热爱诗词的历程和所得。

说实话，在学生时代，我并不喜欢，甚至是打心底里排斥诗词。 所接触的诗词，除了老师要求背诵的，课外所读的诗经、楚辞、唐诗、宋词、元曲等等，屈指可数。

学生时代背下的诗词，初始的意图仅仅是为了应付考试。 但等烂熟于心之后才发现，那些生吞硬嚼下去的诗词，早已经融入血脉，成为思想的一部分。 看到春日里杨柳飘飘，我会自然而然地想到"不知细叶谁裁出，二月春风似剪刀"；看到夏日清荷，杨万里的"小荷才露尖尖角，早有蜻蜓立上头"会一下子显现在脑海里；秋日赏枫，我会想到杜牧的《山行》；冬日偶遇盛开的梅花，"墙角数枝梅，凌寒独自开。 遥知不是雪，为有暗香来"的诗句会不自觉地脱口而出。 有时散步，一些应景式的诗句，总能收到亲人或友人的赞许。

真正感受到诗词的力量，是在 1996 年。 那时我在福建省平潭岛当兵，恰逢举行三军联合军事演习，各班排纷纷撰写决心书。 连队一个同年度的老兵一直不服气我当上班长，当众考问如何用诗词表达出征的决心。 我一口气满怀激情地背诵了王昌龄的"但使龙城飞将在，不教胡马度阴山""黄沙百战穿金甲，不破楼兰终不还"，王翰的"醉卧沙场君莫笑，古来征战几人回"，以及岳飞的《满江红》。 当时，连队住在坑道内，豪迈的诗词在逼仄的空间内荡气回肠，赢得喝彩声一片，老兵自此服气。

就是从那晚起，我深深地爱上了诗词。

真正痴迷和学会写诗，是受战友孙建文的影响，他借给我一本《中国探索诗鉴赏辞典》，自此将我带上了创作诗歌的道路。在钻研写诗的日子里，秦风汉韵、魏晋风骨、盛唐气象……让我兴趣盎然，每每品读不忍罢手。 在这些浓缩了辽远空间和漫长历史的诗歌的熏陶下，在汇聚着高贵生命和无数智慧的呈现里，我有了兴发感动的力量，有了想象联动的能力，有了现实鲜活的思想。

《苏菲的世界》里有句话说，如果我们从未生病，就不会知道健康的滋味。 如果没有真正地走进诗词的世界，同样也领略不到诗的旋律和词的心声，更无法通晓诗词的灵魂与生命。

在很多个孤独的日子里，我都把心灵诉求放进书里，将喜怒哀乐、酸甜苦辣、聚散离合一一沉浸在诗词当中。 在忘我的阅读与创作当中，我时常能感受到一个自己与另一个自己在隔世的光阴里相逢、相拥、相喜、相泣。 这定是常人难能理解的生活状态，但确是我生命的乐趣所在。

作于 2017 年 10 月 16 日

书伴人生

又到了一年订购报刊的时候，好友凤丹说，虽援藏，但我仍可以享受单位福利，在规定经费标准内订阅喜爱的刊物。这让我欣喜并感动。

援藏岁月，日复一日难眠的日子，书是我最好的朋友。有书相伴，长夜不再难挨，日子不再寂寞，人生不再迷茫，不再患得患失。我在高原，凤丹给我寄过书，军校同学张振勇每隔一阵子都会寄来大量的书，我自己也在不停地买书。孤独的日子里，如果没有书的陪伴，我想我肯定会疯掉，至少会因长年的脑缺氧，致使思维反应迟缓，变得痴呆。

我深知知识浅薄，所以一直以来，拜书本为师，以书开蒙，获得智慧，开阔眼界，舒展胸怀，提升境界，丰盈人生。尽管有些书不是自己喜爱的，对作者的某些观点也不尽认同，但每本书总含有某种神圣的令人尊敬的东西，如果能从中汲取到与情感共鸣的精华，就会远远超过获得其他任何物质时的快乐。"开卷有益"，只有不断汲取新的知识，才能给生命注入新鲜的血液，才能让自己不断地进步，才能有才华、有思想、有能量、有气度、有魅力，才能确保自己不被滚滚的浊流所吞没。人的生命，就是一个不断学习、逐步完善的过程。

书，是人类进步的阶梯，是人类智慧的结晶。它凝固了社会，浓缩了历史，涵盖了人生。徜徉在书的海洋里，可以领略大千世界，万千气象，可以仰观宇宙之大，俯察品类之盛。 可以穿越时空，进入洪荒世纪，经历刀耕火种，聆听汉韵唐风，目睹明陵清园。 可以看到善恶美丑，悟得人生的真谛。 书中的知识，像连绵不绝的群山，像厚实广袤的大地，像浩瀚无边的海洋。 我虽然没有能力饱吸知识的甘泉，让自己成为学养深厚的博学之士，但以书为伴，受文化的浸润和知识的濡养，可以唤醒内心深处细微而美妙的情感，让自己在文字的牵引中变得沉静，让思想在油墨芳香的熏陶中得到净化，让认知进入生命存在的核心。

书是有生命的。 当我们打开一本书的时候，仿佛看到了它从诞生到终结的全部岁月。 看到了作者，也看到了自己浪漫、孤单、快乐、痛苦、落魄、迷茫的情感。 人的生命是有限的，但注入给文字的思想和感情是无限的、永恒的。 每一次翻阅，都是生命另一次的重新开始。

人的生命是自然最丰厚的赐予，书是衔接自然与现实、跨越远古与当今最重要的载体。 上天给予我生命的时光并不多，我希望抓住每一个点滴的光阴，从阅读中了解自然，静观内心，融入世界，获取有益于增加自己生命分量的东西，让之丰盈充实。

有书相伴，我一生坚定。

作于 2017 年 10 月 18 日

第二辑 珍藏岁月里的思

287

夜阑读书

夜。把一天的疲惫和千头万绪的事情关在门外，让自己沉浸在书的情境当中，是一件惬意的事情。

在那曲的日子是孤独的，但有书相伴，精神饱满而充实，日子快乐而灵动。独处一室，打开台灯，捧起书本，便恍如进入"独与天地精神往来"的极乐。

一本书，就是一个世界。阅读，便是隔绝了外界的一切纷扰，进入另外一番天地，并将自己融入其中，与它所呈现的生活情景交融、同悲共欢。读书，读的虽是别人的世界，跌宕起伏的却是自己的心情。这是一场穿越时空的体验和心灵的旅行。

捧书夜读，不管世风如何浮躁，字里行间总能让你远离喧闹，不为物所累，不为情所伤，不为事所困，不为欲所乱，不囿于物质，不乏于精神；让你如禅师入定，忘却一切外物，盛享到清宁、风雅和美好的光阴。

人生的境界，说到底，就是心灵的境界。在书的世界里，你会捕捉到人生的本相，领略到韵致的风景，发现与自己相似的灵魂，从而血脉相通，觅得心灵的安静，铸就人性的儒雅，获得安详、达观、超脱的人生。读书，是这个世界上门槛最低的高贵。

我喜欢在夜里读书，这一习惯已经坚持了几十年。我相信"读万卷书，行万里路"是有道理的，否则就会被眼前的世界所禁锢。人要想让自己走得更远，最可行的办法是拿出可供支配的时间，从群书中领受人类智慧的精华和不朽的思想，这是学习知识、丰盛阅历、培养人格、提升境界的捷径，是黄金法则。"书籍是巨大的力量"（列宁），"过去一切时代的精华都在书中"（卡莱尔）。

那曲的夜不同于浙江，失眠是一种常态。但有书相伴，少了许多焦虑与痛苦。夜阑人静，打开台灯，将身子蜷缩在被窝里，将精力和情感融入书卷中。困意来袭，就和衣而睡，枕书而眠，这种感觉颇有古人"抱明月而长终"的意味。

深夜读书，如赴一场心灵的盛宴。这是从宇宙与人生之间发出一种牵引，透过昼与夜的缝隙，光亮直达理想，通向现实。在这片明亮而通透的世界里，我甘之如饴。

作于 2017 年 10 月 19 日

第二辑 援藏岁月里的思

阅读的价值

又在阅读中度过了一个休息的日子。

每到零点这个时刻，我心里都会有恐慌感，都能清晰地感受到生命的刻度在不断地缩短。

这一生，于我最珍贵的不是财富，不是物质，而是时间和在时间里创造的价值。

我研究生读的是经济学，起初攻读是为了文凭，这是通行于社会与事业的重要信物，是很多人眼里认可的东西，所以不得不读。在学习过程中，才感到修这门学科是非常有益处的，除所学知识外，它教会了我用经济学的思维看待时间，看待日常生活现象，并科学权衡利弊，对自己的人生做出更好的规划。

每个人的生命都是有限度的，必须用时间的尺度考量和取舍我们想要追求的生活，这样才能在有限的时间内取得最大的效用。所以，工作上我一直是军人作风，无论事情多纷繁复杂，我都会非常清晰、非常果断地奔着目标，雷厉风行地完成任务。工作之外的时间，大多都用在了阅读上。学业务知识，读喜爱的书。前几日，我最要好的朋友孙鹏打电话给我，当时我阅读正酣，不忍放下书本，他立马感觉到了，虽受到了怠慢，但临挂电话时还是说了句："这些年我最佩服你的就是这股进取的精神和工作的激情。"

岁月赐予我们的生命真的是有限的，而让时间效用最大化的是我们的才华。 阅读的过程，就是学习、思考、吸收、提升自己才华的过程，是陶冶情操、历练性情、喂养灵魂、厚实底蕴的过程，是寻找自我、启发内心、觉醒力量、强大生命的过程。 在阅读中探寻，总能找到我们想要的东西，总能让内心的追索抵达一定的高度。 有些知识看似无用，效果或许不能立竿见影，但在将来的某一刻，它肯定能助推人生，为社会创造出属于它的价值。

阅读中，那些因心绪而起，只可意会的惊喜和不可言传的狂欢，犹如滔滔江水，犹如万马奔腾，犹如一束光，犹如万支箭，常常让我的内心澎湃难安。 这是一种力量，需要借助合适的方式，表达它的存在、它的主张、它的影响。 每到这个时刻，我就会放下书，拿起手机或手提，一字一句地，层层叠叠地将内心的世界慢慢铺展开来，逐渐延伸出去，让一个又一个文字如盛开的花朵，让一句又一句语言如喷涌的清泉，让一篇又一篇文章如诞生的生命，让拥有的每一个日子都变得芬芳、澄澈而活力无限。这种阅读带给内心的充盈，带给生活的美好，带给灵魂的满足，带给生命的意义，是最具价值的。

那些我阅读过的书籍，在部队工作时，数次千里调动，很多都丢失了，留存的书籍大多也不复记忆。 但我知道，凡我看过的书，所有的知识都沉淀在生命里，沉淀在内心处。 经岁月发酵，它会慢慢地转化为才情、激情和情怀、情操，成为我前行的明灯和战斗的武器，助我在有限的生命里无畏前行，取得更多更好的人生战绩。

阅读带给我的，是生命取之不竭的能量，是一生的财富。

作于 2017 年 10 月 22 日

我惧怕这样一种痛苦

题记：在藏地，见多了鲜活的生命猝不及防地离去。那种亲情割裂的痛苦和阴阳相隔的思念，常常直刺内心，让我疼痛不已。

人的一生，痛苦无时无刻不相伴着左右。

有些痛苦，咬紧牙关可以挺过去。有些痛苦不能，譬如亲友的离世。

今夜，厅计财处副处长叶杭玲突然悲伤地告诉我她妈妈走了！听闻这一噩耗，我整个人都傻了，那一刻，心里现出巨大的空洞，随即悲伤袭上心头，并瞬间蔓延至全身。

在厅里工作时，虽没见过叶妈妈，但叶杭玲特别和善，视我为弟。之前听说叶妈妈住院，我曾详细地询问过病情，了解病因后，在西藏多方寻找藏药无果。得知这一噩耗，满心无力、内疚和悲伤。悲痛无可名状，无处宣泄。这是一件令人无可奈何的事情！

数千里外，甚至都不能回杭州送上最后一程。也没机会了，叶杭玲告诉我，丧事已经办了，怕我担心，所以没有在第一时间告诉我。这样的状况，于我，什么都不能做，唯有哀思，深沉的哀思。

有很长时间，我们都沉默着，各自待在悲伤里没有说话，那是一种隔绝的悲伤。未曾经历锥心刺骨或未曾哭过长夜的人，不会理解生命中的这种悲恸。

在我想找语言劝说叶杭玲节哀的时候，她说，其实她一直不相信这是个事实。我父亲是前年离世的，我理解她的感受，任何人都不会相信这样的一种离别，都会错觉那些陨落在时光的故人，就像仍在昨日或是眼前一样，从来不曾失去。我们心中的这种念想，或许是先辈的灵魂在这个世界里的一种留存。

窗外，风飒飒地灌入耳鼓，寒意直逼心灵。岁月里，季节以固有的姿态，交替着冷暖。生命的旅途，同样不可避免地演绎着生离死别。

在这个世界上，很多东西是可以改变的，唯有生命是条单行道的事实无法改变。一树繁花终会落尽，人的生命也终归会离去。这种离别，于一个老人来说，或许满腹怅伤，或许是一种解脱。但对依然坚强于人世的亲人来说，会一直浸泡在满怀悲伤的思念和绝望的痛苦当中。丧失之痛，是最持久的疼痛，这种痛注定绵延一生。

最后，叶杭玲一再地让我保重身体，希望我三年援藏一切都好。

我口头上答应着。但人生于世，生命羸弱如蚁，许多未知的变数真的不是我所能掌控的。生命至此，见多了一条条鲜活的生命猝不及防地离去。其实已经习惯了，很多时候甚至会用一种玩世不恭的态度开着生死的玩笑，这不是一种掩饰，是真的麻木了。唯有希望在有生的时光里，对母亲、对妻女、对姐妹、对亲友尽最大能量地好一点。尔后，挺起胸膛毫不畏惧地走向远方。

迪亚娜夫人说："不害怕痛苦的人是坚强的，不害怕死亡的人更坚强。"我不害怕苦难，也不害怕死亡，但我真的惧怕那些阴阳相隔的思念和割裂的痛苦。

和叶杭玲互道珍重，放下手机，已是夜深。本来是想看书的，捧起书本，却只字看不进去，整个人处于一种飘忽迷离的状态，一股悲伤淤积在心里四处冲撞，难以忍受。写下此文，当是一场送别和永远的缅怀。

作于 2017 年 10 月 22 日

人生如雪

到了秋季，雪便成了那曲的常客，时不时地会应寒冷之约，漫过秋的门槛，汹涌而至。

那曲，一直在天界的视线之外，四季的平衡，一再地被风雪打乱。进入深秋，狂野的大雪便一场接着一场，一点点地将那曲送入天寒地冻的境地。

千里积雪覆盖。此刻的那曲，氧气更加稀薄，生存的环境变得异常艰难。肃杀的季节，狂风、暴雪、冰寒组合成大地最无助的荒凉。每一个黎明来临，我都有劫后重生的感觉。这很正常，在心脏时有疼痛的日子里，很容易会滋生恐惧、脆弱、孤独和渴望等情绪。当见到第一缕阳光，内心既而又会升腾起一股绝处逢生的希望。这些感觉无人能知，却如影相随。

在这片白茫茫的世界里，我无法遵从内心，过上想要的生活。只能试着接受，接受意外，接受雪域高原的薄情。然后，气定神闲地迎接它们的挑战或责难。也唯有如此，才能轻松而从容地面对上天的无常和冷酷的光阴。在命运编织的大网上，谁也逃不脱宿命的安排，我们所能够做的，就是勇敢面对困境，并付诸行动战胜困境。痛而不言，是成长岁月里的一种历练。

援藏这段时间里，大多时候我们都如雪般沉默着，持之不懈地沿着内心设定的轨迹行走着。中午，有朋友关心我的处境，不解于我的选择。我用政治理想、社会责任和人生价值做了阐述，或许最终他也未能完全理解。 这取决于一个人看待生活的意义，取决于自己对社会想要尽到的义务，取决于对自身的要求。 孔子很高洁，但每次有当官的机会从不放弃，希望借助一定的平台实现自己的理想与抱负。 虽然最终他没能实现自己的政治抱负，但因其默默耕耘，苦心孤诣，最终成了中国历史上最有名的大思想家、大教育家和儒家学派的创始人。 人活着，要有雪一般的执念，要不管不顾、锲而不舍地向着理想的大地英勇奔赴。 这是一个人该有的生活态度和生命状态。

在江南，每个季节都有不同的颜色，都能看到不同的景致。在那曲，在这样的季节，除了蓝天白云，便是满眼洁白的雪，间或有裸露的枯草。 目力所及，无限苍茫。 很多时候，我只能借助内心的眺望，抵达远方。 在沉寂的时刻和现实的处境里，人需要通过内心，感触万物，获取自己想要的东西。 就如一株草，只有生生不息的成长，才会有破雪而出的希望。

人生如雪，轰轰烈烈地来，悄无声息地走，精彩与平凡由自己书写，生命的质量与价值由别人评说。 那些梦想开花的瞬间，那些装扮世间的时日，哪怕再短暂，终因坚持不懈的精神，和持之以恒的状态，成为人们心中念念不忘的景致。

作于 2017 年 10 月 27 日

母爱，至真至纯至美

又逢重阳。在这样的一个节日里，格外想念数千里外的母亲。

自参军起，故乡的路便变得蜿蜒悠长，远在故乡的母亲便成了心头沉甸甸的挥之不去的思念和牵挂。

幼年、童年、少年的时光，在岁月里已经相距很远了，但母亲深厚的爱，就如童年的歌谣一直萦绕在心头，就如淳厚的炊烟一直飘摇在心间，就如浓浓的年味一直沉淀在心底。母亲在心中的分量，永远是最重的。距离越远越是想念，时间越久越是淳厚。

前些日子下乡，见路边牧民的帐篷升起一片炊烟，我赶紧让司机停车，用手机拍下眼前暖心的画面。因为在那一刻，我想起了夕阳西下，炊烟四起的故乡，母亲在灶膛前淘米、切菜、烧火等忙碌的情景。饭香四溢时，在村子里唤贪玩的我回家的场景。如今，这些只能在记忆里细细咀嚼了。

在那些艰苦的岁月里，母亲比日子还沉默。她一声不吭地挑起家庭的重荷，任劳任怨地走过了一段漫长的风雨坎坷的岁月。生活磨砺出母亲做鞋纳底、缝补浆洗、烹炸煎炒、锄地种田等一流的本领，更让她拥有了勤劳、善良、正直、纯朴的美德。这些，对我的影响是一生的。

自父亲走后，母亲再不愿离开故乡。我在家乡的县城买了最

第二辑 捃藏岁月里的思

好的房子，她仍时不时偷偷地背着我跑到几十里外的乡下住上一阵子。担心她的安全，虽然每次我抗议，但我理解她。有些情结，是牵扯不开的。就如我一样。

母亲很多秘密都不愿让我知道。前几天，她用高压锅烧饭，操作不当，整条手臂烫伤，成片的水泡，惨不忍睹。从妹妹电话里得知情况后，打电话去首先听到她一个劲地埋怨妹妹不该告诉我，不该让我在高原担心。昨天视频，见母亲无力地躺在沙发上，满头白发，泪，差点呛出来。今天视频，说妹妹寄去的药不管用，现在在医院里吊水，笑着让我放心。但我的心却是痛的，这种缺失的尽孝，让我揪心地痛。

都说陪伴是最好的爱，在父母身边是最幸福快乐的时光。面对这句话，我是要负疚一生的。母亲为我倾注了数十年的心血、汗水和精力。而我离开故乡数十年，她劳累的时候，无法递上一杯暖茶；失落的时候，无法奉上安慰的话；生病的时候，更无法陪伴和伺候左右。一切都身不由己，只能怀念与她相处时的所有的美好时光。

在古代，重阳节有登高的习俗，寓意"避灾"。在这一天，在这座全球最高的城市，我唯有虔诚地祈愿母亲早日康复，永远幸福安康！

作于 2017 年 10 月 28 日

我的侠义江湖

有没有一首歌，听了会让你或热血沸腾，或情绪难掩？ 于我，会有。 马云、王菲合唱的歌曲《风清扬》，偶然听到，瞬间击中了我最纤细的神经，勾起了我残留在心间的侠义情结。

感动到我的这首歌曲，承载着我曾经向往的生活和难忘的记忆。 少年时期，我读遍了古龙、金庸、梁羽生等人的武侠小说。那时，常常憧憬练就绝世武功，叱咤江湖，行侠仗义，在熙攘的红尘里，走出一片属于我的江湖，我的天下。

或许马云也曾有过浓浓的江湖情、侠义梦。 但奔走于现实的人世，我们是没法按照自己预设的轨道行走的，这个世界容不下任何的非分之想和任性放纵，我们必须尊崇一定的规则与道理做人行事。 在利与弊之间取舍，慢慢地，我们会偏离内心的轨道，将那些曾经令我们动心过、在乎过、欢呼过、黯然神伤过的心绪，统统丢进风尘。 不经意回眸，脑中除了感觉与回忆，便只剩下一片无可名状的空虚和萦绕一世的疼痛。

岁月虽将一切归于冷寂，但在我们不动声色的生活里，那些曾经入了心、摄了魂的念想，是无法忘却，挥之不去的。 否则马云不会耗资、耗时、耗力录制歌曲，这是他在经历无数次华丽转身之后，对初心的捡拾，是侠义情结的一种释放。 于我这样的凡人，只能在他人的歌曲、影视和书籍中置放心境，在跌宕起伏的情节里演绎江湖豪情，挥洒英雄血泪，抵达内心模糊已久的远方。

侠义，是一个集正义、力量、责任、胆略、情怀和精神于一体的大词。 这一世，我与武林或江湖，隔山隔水，但侠义精神，不死不灭。 当年守卫海岛边陲，如今援建雪域高原，或许也是对边关明月，刀剑人生缺失的一种弥补。 人生的理想可以遥不可及，但执念需不舍不弃。 在静水流深的生命里，它是我们虚蹈而又漂浮的思想可以依存的故土，是喂养英雄骨骼，让理想主义精神得以生生不息的希望。

每个人都需要一种精神上的支柱和心灵上的归宿。 秉持某种情怀而行，就能顺应相应的精神流向，在探索、成长、觉醒和不断自我更新的岁月里，获取超凡脱俗的灵魂和拓展生命的力量。

人生的终极追求，是满足内心的需要。 在没有江湖的年代，我们的心念和灵魂便是我们所要追寻的江湖。 在各自的人生里，我们都是自己故事里的主角，都将一个人面对或平淡或曲折的生活。 这一生，蹚过人心沼泽，经历狂风暴雨，走过艰辛坎坷，做好自己想做的事情，便是拥有了属于自己的隆重而又从容的侠骨雄风和精神图腾。

作于 2017 年 11 月 10 日

母爱无极

今天是我母亲的生日，远在他乡，只能写下文字，用内心的思念为她祝福。

自 17 岁参军入伍，我一直在多地漂泊，没陪母亲过过生日，连陪伴她的日子都屈指可数。至如今援藏，无法弥合的光阴里，这同样是无法弥补的遗憾。

每个人的母亲都是伟大的，我的母亲也不例外。哪怕她身份再卑微，知识再浅薄，给予我的爱，都是我用尽一生的时光也无法泅渡的海。

我的母亲是一个极其淳朴的农村妇女，大半生时光都在同贫瘠的土地打交道。从小到大，我和姐姐、妹妹，吃的、穿的、用的和学费都来自母亲春种秋收的劳作。没有农村经历的人不会知道将种子一粒一粒种下去，在烈日下锄草、施肥、收割、翻晒的过程有多辛苦！不会知道不断流进嘴里的汗水给内心的体验比泪水还要苦涩！不会知道将三个子女培养成人，一一送进都市的过程有多艰难！经年累月的劳作，让母亲显得格外苍老，脸上阡陌纵横的皱纹比岁月还要沧桑！困顿的日子，她承受的沟坎，都无比清晰地刻烙成为我永生难忘的印记。

所幸，她的子女们没有辜负那充满期冀的目光，成人后都在尽心地孝顺她。早晨我睁开眼通过视频连线，见姐姐已经到妈妈家忙过生日的事。妹妹远在异地，订了个带有麻将的蛋糕哄她开心。 她爱打麻将，每天和小区一群城里的老人打，总是输钱，姐姐颇有微词，在我的劝说下，达成一致意见：她身心愉悦比什么都重要，我们有能力供奉这份开心。

母子连心是有道理的。 前几日我梦见嘴里掉了一排牙，父亲去世的前日我也梦到过掉牙，所以特别害怕。 早上醒后便微信和电话找她，一直联系不上，直到晚上才通上话。 母亲说白天去亲戚家了，说她也从梦中哭醒了。 或许是父亲想念我们，又托梦了。

妻子常常妒忌我对母亲的好，时而会问她和母亲谁烧的饭菜好吃之类的问题。 我是一个不会哄女人开心的男人，尽管母亲远在故乡听不到我说的话，但我仍不假思索、毫不犹豫地回答是母亲。 这是我真实的心声，母亲烧出的菜是儿时的回忆，母爱的伟大是无可替代的。

自父亲走后，我愈加觉得老人是宝。 母亲，是连接我与故乡及亲人情感最后的纽带。 母亲在，我和姐姐、妹妹才有共同的家，才有心灵的归宿，才有回家的念头。 母亲，是我生长在故土最后的根系。

今日，唯愿母亲永远健在，天天开心！

作于 2018 年 4 月 2 日

静夜思

在夜晚，习惯将血流的速度放缓，让灵魂穿越生活的坎坷与沧桑，行云流水般，与霜雨雪雹、与虫鸣鸟语、与世间万物交融，在生命的本源处，在纯粹且丰富的世界里，做一场安静地回溯与追索。

我们的生命从未停止过行走，思想的触须也从未止息。那颗敏感且脆弱的心灵，不动声色地连接着生生不息的浩瀚世界，悄无声息地构建着属于自己的精神和品质。

我们的内心有着无穷的力量，又有着无穷的矛盾。在梦想与挫折、疼痛与欢愉、呐喊与沉寂的人生里，我们时而无比热爱、时而无可奈何的日子，蜂拥而至，辗转轮回，不断成为当下不可释怀的情绪，成为挥手后依稀可见的烟云，成为生命里荒芜且寂寥的记忆。

浮世喧嚣，无数的情绪与妄想，与我们的日子纠缠不休。只有在夜晚，才能删繁就简，放下世间浮华，搁置外界牵累，卸掉甲胄武器，屏蔽物外纷扰，让心灵以纯净、安然的姿态，向辽远的天空流放，向沉默的大地看齐，用静水流深的情感，接近风，亲近雨，倾听自然和灵魂的声音。独享生命孤独、静寂、无我、无物的超然状态。

夜晚，是生命另一种形态的存在和呈现。

月色如水，在这些最能显露真实人性与情感的时刻，必须放下执念，清除杂欲，让生命归为素简，成为如水般月色的部分，安静、恬淡、清纯、剔透。 如此，方能见心，见众生相。

某些东西是看不见的，比如疼痛，比如忧伤。 在没有表现之前，这些，一直静默在各自的内心世界。 流动的空气里，频率相同的人或许可以感知，但知音难觅，归终，这只能是一个人内心的私语和哀伤，是生命的悲怆与生之无奈。

静夜里，我一直能听到自己的心跳声，它与夜色同一脉搏，数十年的记忆飘浮其间，随指一弹，都能让沉睡已久的记忆在不绝如缕的余音中复活并震颤。 但我喜欢在内心缺失的部分徘徊，那是一片无人无物的荒原，是内心真实的风景。 在无限循环的悲喜间，早已经做到了习以为常，心里却始终有不甘的期盼。

生存于世，我们无法用爱与弃、得与失、成与败，作为度量情感、道德和人生的价值尺度。 岁月里，我们不断探寻，所捡拾和放下的，只是内心一次又一次的期许和失落。 生命的过程，就是爱与伤害、前行与回望、获得与失去的生命旅程。 很多规律，人为的力量根本无法掌控。 我们挽留不住时间的流逝，阻止不了生命的割离，掌控不了情感的转换。 更多的时候，只能做顺其自然的事情，只能用幸福淡化痛苦，用笑容掩饰脆弱，用麻木对抗一次又一次不期而遇的伤害。

岁月的流转周而不息，生命的田地终将沉寂。 我们也终将会在一生的奔波里，各奔前程，自寻归宿。 人生聚散无常，充满变数，拥有时好好珍惜，就是生命的圆满。 离别时彼此祝福，就是最美的骊歌。

搁笔之时，夜色正温柔地环抱着我，怀抱着大地，怀抱着天空，放眼望去，天地一体。

作于 2018 年 7 月 9 日

夜

写下这个字，并不知道要用怎样的文字表达心情。

夜色里，总习惯临窗而坐，在全然幽静中，看苍茫的夜空，听无声的大地，思人生的得失。

持续着这样一种孤独的生活方式，日子平静如水，但灵魂从未安妥，一直潮水般起伏着，浮尘般漂泊着。情感的跌宕，是表面的沉默，内心的呐喊。

也孤独惯了。一个人的时光，我是内心世界的建造者。辽阔的时间里，习惯于用文字书写人间美好，书写内心孤独，书写温暖时光，书写无助彷徨。用文字定格的世界，是真实的内心，是身边人身边事途经的痕迹。岁月不语，文字是最长情的陪伴，是平衡凡世与心灵关系的方式。

在琐碎生活的缠裹下，文字可以给人生情感以慰藉，给理想追求以希望，给漫漫时间以意义。匍匐在夜色中爬行，文字是唯一可以抵抗宿命、实现飞跃的方式。

半生流离，夹缝而生，生命遭遇的欢喜悲离，是命定之缘。生命无法剥离外因而独自存在，昼和夜是生命的部分，孤独和欢愉，同样是生命的组成。所以，早已淡然得失，不刻意，不钻营，超然物外，高歌人生。

夜，从容而淡定。在夜色的怀抱中，我是夜的一部分。无数个夜里，我能够感受到召唤的力量，感受到心灵的指引，感受到力在擎托，感受到心在沉沦。 心灵的一切感受，时因夜色而起，时随夜色消融。 这让我常常错觉，狂乱而又坚韧的人生，或也只是瞬间即逝的梦罢了。 情起情灭，物来物去，只在毫秒之念。 时间，是一条不归的路，放下的一切，都是从前，是渐渐走远而不能捡拾的命运。

夜，是记忆行走的时刻。 在这一刻，总有一些人一些事能拨动心弦。 从晨光到黄昏，我们走过时间，走散了许多自以为珍贵的人物，直至走进深不见底的孤独。 成年后的我们，习惯于把爱恨情仇隐于内心，然后不动声色地生活。 其实，那些看似淡然，看似沉寂，看似坚硬的面孔和内心，根本经不起夜色的袭扰，不经意间，一颗流星、一片月色、一首歌曲、一段文字，常常会令人忆起过往，勾起所有失落、伤感、悲伤、心痛的情绪，直至泪流满面。

喧嚣落幕，是人生最真实的时刻。 凡人自以为的成熟、练达、精明，会随着白日的面具和重重包裹的铠甲一并卸下。 然后，隐退回内心的世界，任思绪游离、驻歇，任灵魂静谧、安然，任红尘沧浪、世事浮沉。 夜里，我们每一个人，都只做自己。

今夜，我的文字没有主题。 每一个夜，我都是没有主题地为自己活着。

作于 2018 年 9 月 6 日

必　胜

　　必胜，是我的名字。

　　说实话，读书的时候并不怎么喜欢我的名字。总觉得不诗意，不高雅，不含蓄，不洋气，不赏心悦目，不朗朗上口……总之，对父亲起的名字，十二分的不满意。

　　几次想改名字。小学的时候，特别崇拜科学家，想改带"科"字的名字，把能用的汉字全部调出来，浪费了很多张纸，也没排列组合出喜欢的名字，便作罢了！上了中学，开始痴迷文学，又想改名。可能是琼瑶小说看多了，能想到的名字都太过阴柔，直至参军入伍，都没起出满意的名字。

　　当兵之后，受艰苦环境和生活的影响，我开始渐渐喜欢上了自己的名字。所服役的部队在海岛上，风大浪高，荒凉贫瘠。并且，军纪严，规矩多，训练苦。那时，我才17岁，在举目无亲、孤立无助的荒凉之地，在那些严酷无情的日子里，每每感觉身体扛不住，精神快崩溃的时候，我都暗暗对自己说："你的名字叫必胜，你一定要对得起父母的期望，一定要顶住，一定要胜！"甚至，有时喊着自己的名字，冬练三九，夏练三伏，含泪度过了摸爬滚打、挥汗如雨的当兵生涯。

　　军校生活同样艰苦，一方面要完成军事科目，一方面要完成文化课程，一方面还要熬夜写作。每天凌晨入睡，6点半起床，先背枪荷弹地跑一趟5千米武装越野，然后在很短的时间内洗漱、整理内务、打扫卫生、吃饭。 正课时间有时上文化课，有时上军事课。 但队列、障碍、器械、体能等训练，每天必不可少。 生活节奏比当兵的时候还紧张，出现任意一次违纪，退学！任意一门军事或文化课程不及格，退学！整个军校生活，一点喘息的机会都没有。 同样是我的名字，鞭策着我挨过了最艰难的时期。

深爱上我的名字，是在从事新闻和文学创作之后。 在最为紧张的军校时光里，我在全国、全军各大报刊发表了大量的作品。 暑假时，军校送我去部队的报社学习，到编辑部报到时，我用军人特有的洪亮的嗓门自报家门，引来好几个编辑围观，大家都知道我的名字。 其中一位老编辑仔仔细细地打量了我一番说："你的名字老气，文笔老练，我一直以为是个老同志呢！"边上的编辑说："这名字特别，看一眼就记得了，选用稿件时，对你很有帮助。"那一天，我真真切切感受到一个好的名字，对一个人的帮助和激励作用。 自此，我将名字视为生命重要的部分。

在此后无数个奋笔疾书的日子里，无数个艰难困苦的岁月里，无数次坎坷失败的经历里，我的名字一直照耀着我行走过的光阴，给我慰藉，给我勇气，给我激励，给我动力，助我羽翼丰满，走出军营，走在每一个充满希望的日子里。

一个平民子弟的人生史，是一部浸泡着汗水与泪水的苦难史，也是一部不断求索笃行的奋斗史。 成年后，我对自己的名字越发敬重，因为这饱含着父母美好的愿望，是我意志的支撑、责任的担当、奋进的号角和前行的能量，更是对我人生格局和境界的渐次扩张和抬升。 2016年6月，遇到援藏机会，我毫不犹豫地主动报名，在茫茫雪域高原，继续调动生命中最原始的本能，对抗低氧和低压，对抗高寒和辐射，对抗苦难和生死。 在痛入肺腑的日子里，必胜，是我积极向上的生活态度，是我意气风发的生存方式，是我百折不挠的生命张力。

在生命赤诚的延伸里，拥有必胜的信念，就拥有了刚质的精神、无畏的勇气和不屈的姿态，就能永不止息、充满信心地迎接人生的每一个挑战，就能在逆境中看到明日的美好。

作于 2018 年 9 月 7 日

第二辑　援藏岁月里的思

第三辑　援藏岁月里的诗

那　曲

在那曲，时光总是走得很慢
慢过我行走的速度，慢过浮尘移动
我爱你，暗藏在内心的情感
慢过时光，慢过心脏跳动
以至于可以清楚地记下每一寸疼痛或美好
回忆的速度，慢过细节
以至于经历每一个分秒，都刻骨铭心
细数每一个与命运抗争的日子
有足够的时间，燃烧内心的火焰
让内心完成图腾，安抚孤寂的灵魂
然后回到静默，凝固一片时光
从层层叠叠的记忆里，删减疼痛的部分
把所有美好镶进一帧画面，装裱带走
用余生填补残缺的部分，填补窒息的光阴
再拼接所有的断句，赞美你

在风雪茫茫的藏北

（一）

雪，轻如薄翼
以盛放的姿态，飞满天空
大地寂如遗忘的光阴
这样的时刻，适合将心静下来
阅读雪，寓目雪的一生
再用抒情的语言写写
洁白天地间，轻盈飞舞的花朵
千里雪原上，声势浩大的繁景
辽阔生命中，漫天飘扬的思念
其实应该省略一切修饰
用最本真的描述告诉你
这片世界的纯净如我内心
以及我如雪花般不屈不挠的钦命

（二）

我是黑夜里飞扬的雪
无弓自射，在荒茫无涯中
以奋不顾身的姿态，奔赴大地

第三辑　援藏岁月里的诗

这是我生命中最富激情的光阴
我热爱这样的一种奔赴
我心中装着千山万水，我热爱辽远的大地
这是展示自我的舞台，我热爱短暂的时空
肆意飞扬的光阴里，我甚至热爱寒冷的风
生命匆忙，但这是我一世最美的时光
我必须热爱
并让灿烂的灵魂像花儿一样开放
内心的赤诚
适合用圣洁来表达，用优美的舞姿展示
用透明的心呈现，用融化来回报
顾影自怜，我欣赏这样的一种姿态
否则，无以抵达光明的世界

（三）

在海拔 4000 米
再加 520 米的高度
雪，在布一场巨大的迷阵
所有退路被切断
野草低估了轻盈的雪花，全军覆没
帐篷拿不出更多的妙计，仅剩空囊
威严的山峰捉襟见肘，唯以沉默相对
藏北高原，除了雪
只剩下满目的苍白
凛冽的冬夜
我找不出更好的语言形容身处的世界
那些陪伴的长诗，连同神经一块被冻结了
包括内心柔弱的部分

风四处呜咽，寻找失散的伙伴

我试图安慰它们

出口的词句，早已缺失了温暖

（四）

又是一夜风雪

没有一个完整的四季是属于那曲的

春天只在我的神思里，如同对故乡的情感

推窗见雪的岁月，我不愿再查阅天气

在寒冷处，在大地与天空反复对峙的日子里

必须忘记过去，也要忘记未来

雪虐风饕间

我不再关注日子

不再关心冬眠的动物能否醒来

我只关心氧气，关心气压

关心卑微如草的生命

能否迎来春暖花开

（五）

春天的那曲

一场雪依旧会让另一场雪臣服

恣意的风雪，从未停止过

以疯狂的状态，侵占藏北高原

群山之上

雄鹰终日盘旋，试图寻回丢失的领地

冻土层里

野草屏声静气，如同行走的生命

空气愈加稀薄

在风雪叙述的日子里，沉默是生存的法则
植物的生长，以及动物的美梦
都潜藏在积雪消融的速度里
万物都有能量，都有改变对方的冲动
时间会给胜者披红戴绿

睡眠，是一场孤独的战争

（一）

再数一数羊吧

数一数从夜晚到黎明的距离

数一数如箭刺心的月光

数一数落雪的声音

日子复制着日子

重复着相同的主题

内心焦虑已从精神漫延至器质

任何慰藉的语言都无济于事

没有一条进入梦境的路径

在无量劫的轮回中

除了死亡，每一个方向都是死胡同

我唯一能做的，就是在漫漫长夜里

等待黎明的曙光

（二）

睡眠，随呼吸抽身而出

在黑暗里

与内心纠葛

与往事纠缠

不止不休

心脏在寂静中跳动

如果擂起的战鼓

这样一场永不屈服的战争

过往的疲惫，是无法言说的痛和不能修整的伤

日复一日，我必须以一种接近死亡的方式学习生存

如幼儿般练习呼吸

直至解开睡眠的咒语

安之若素

（三）

我已经是一个熟悉黑夜的人

熟悉它每一个刻度里的

温暖的部分，冷漠的部分

平静的部分，暴戾的部分

漫长的时间里

我的情绪一直随之波动

如波涛汹涌的海浪

如绵延起伏的山峦

我试图让敏感的触须

沿着风的方向，或顺着月光攀缘

向广袤的星空伸展

向寂静的宇宙伸展

难以成功，在体温尚存之前

我不能轻易地入眠，不能完整地思念

必须沿轨迹行进，高原的夜操控着一切

包括我的生命

月　色

（一）

又是一个无眠之夜，现在
黑夜依旧沉默，这是它擅长的姿态
在呐喊与疯狂没有挣脱身体困缚之前
我与黑夜一样沉默，我怕惊扰到夜的寂静
与失眠对阵，需要足够的耐心
沉默是最好的方式，日复一日地对峙
让我悟得，失眠其实并无恶意
它只是与我一样无助，需要陪伴
此刻
洒进窗棂的月色，让我感动
否则我一直以为，无望的时间里
除此无它

（二）

半夜一点，月光繁盛
缓慢地漫过
落寞的岁月
这是赵龇眼里的水

第三辑　援藏岁月里的诗

李白床前的霜

苏轼的水调歌头

那些旧时光

所有的诗与情都流落其间

被望眼

炙烤成精神的钙

苍茫大地

每一处月色

都有一段故事

欢欣或悲恸

只是存在的一种方式

就如一种相思

无形，但苦于万物

素时锦年，月色如海

彻夜不眠的人

以笔行舟

写下满纸乡愁

（三）

日复一日的凝望里

我已经把月亮视为亲人

月色里，我能感受到

每一位已故的和健在的亲人，温暖的抚摸

万丈高空

那些目光里的爱，一直在

所有关怀，都在我睡与非睡的夜里

离世的亲人，有时会借梦相见

阴阳相隔，这应该是一件很难的事情

如果不用过关穿卡，怎能不夜夜入梦？
这些年，我的亲人从不对我道苦言累
就如我从不敢在月色里哭一样
此刻，月色揽我入怀
如同亲人的庇护

暗藏在时光里的力量

（一）

缓慢的时光里

胡须的疯长，让我知道

生命还在顽强地继续着艰难的处境

雪融了又积，积了又融

和春天的斗争一刻未止

一度进入胶着状态

清晨，等待一轮日出

那是从故土方向长出来的日子

是沉甸甸的思念

太阳、月亮和脚下的这片土地

每一个可以目及的球体，都连接着亲情

年轮携着灵魂飞行

朝霞里，每一粒飞舞的尘埃

都是一具不屈服的躯体

（二）

我不愿忘恩负义

军旅所给予我的

迄今，仍是我用之不尽的财富
我的血液里
依旧火焰般燃烧着军旗的色泽
这是燎原一生的光与烈火
我的心脏，青春般跃动着
一段激情燃烧的岁月
战鼓般，催促着我不停地前进，前进
某些经历行走在生命里，是不会离去的
仿若从羊肠小道走出来的信仰
铁流与思想的队伍，一个时代的精神
可以影响万世
离开军旅的人不会迷途
镰刀和铁锤，是揣在我怀中的锐器
沿着前辈的血迹与精神流向
我无所畏惧
以永不变色的圣洁意志
忠诚和效命于这片土地

雨

我告诉朋友，拉萨下雨了
毫无意义的表达
所有的线索都和雨无关
朋友和雨都在遥远的地方
不便流露情绪的日子，只适宜谈雨

今夜我不抒情
不谈秘而不宣的心事
只安静地看雨
看一朵花追随另一朵花
在沉默的土地上相继绽放

你会静赏一场突如其来的雨吗？
不需要足够的耐心
一场雨的时间
能够打开所有的想象
包括，我的内心

用诗歌构造一场爱情

你只见过我阳光的一面
只见过我灿烂的笑容
你以为这是我的全部了
我也希望这是我的全部，包括你
那些留在记忆里的时光，聚拢了我一生的快乐
你没给我的，我在内心营造了
幸福的主题，你一直是主角

孤独的时光，我用沉默掩饰了一切
闭口不谈别后的不堪
漫长的思念，我用诗歌告诉你
你没见过的部分，都在拙劣的残词里
不愿忘记的过往隐匿于
每一字、每一词、每一段落、每一章节
顺着时光的脉络
你能读懂我，读懂我用心用情的每一天

我希望你能当情诗来读
远离爱情的人，用诗歌构造
同样很美吧？

跳过悲伤的苦涩的部分，反刍美好
那里留存和延续着往昔的快乐
我常常用它来忆念
所有阳光灿烂的日子

用文字祭奠流逝的光阴

用文字书写往昔，是祭奠的一种方式
放任文字写你
写温暖，写哀伤
写尽过去种种，就像下一场雪
每一个文字，都是一片透明易碎的心语
雪化了，心间也就释怀了

当心情无处安放
寄生于文字，是最好的方式
无法破译密码，不会有人问津
你可以循着文字的标识
与过去的每一个时节相遇

时光不停地流逝
我们可以用文字还原历史
美好的部分，允许虚构
我试图将不堪的部分一笔带过
就如曾经一饮而尽的悲伤
把无法挥霍的时光，全咽进肚里
余生慢慢消化

第三辑 援藏岁月里的诗

我一度抚摸曾经写过的文字
如同抚触我的灵魂
抚摸那些明亮的日子
如同一次又一次握别
如同挥别你的背影

遗忘在梦里的情书

放下书本
是放下另一个世界
回到孤独的状态
梦里，我依旧是游荡的人

人生，山河辽远
每一处都留存着别人的痕迹
陌生的气息
唤不醒一个装睡的人

黑暗，是宿命的底色
我和灵魂，隔着光明
睁开眼睛
我的视线，依旧一无所有

活在自己的角色里
我进不了你的世界
写了封情书
遗忘在梦里了

万物各有其时

黄昏在证实

那只是晚霞，只是绚丽多彩的片刻

当夜幕落下

天边什么都没了

就像云朵与阳光从未相遇过

只有无边的黑暗

就像一场好梦，睁眼空空如也

万物各有其时

今世，我已经习惯用一场场美丽的虚幻

喂养生命

所有铭刻于心的记忆，无论你的还是我的

都是我占领的锦绣江山

遗忘的，都是浮云

我学会了用微笑，填补删除的部分

这是安慰自己最好的方式

历史从未记住没有功勋的战士

短暂的存在，是扑进火焰的飞蛾

没有意义

用钻石诠释爱情的人是伟大的

恒久，是存在的价值

黑夜里，我维持着男人的尊严
埋下带有体温的文字
不属于我的，我全写成了诗
像落入尘土的花瓣
像渐行渐远的故土

 后 记

我会怀念

当我写下这个标题的时候，时间里，我与怀念的对象早已言和为友，有了血浓于水的深情。

援藏的时光尚在，但我知道，我会怀念。我写下的每一个文字，都是因怀念和深爱而生的情感。

我会怀念援藏光阴里的每一个人，每一件事，每一片时光。与生命交织的岁月，每一次喜悦、每一片温情，甚至每一次风险，每一个苦难，都已经成为我生命的部分。从陌路到融入，过程短暂，艰辛漫漫，温情绵长。未曾想到、未曾遇到的艰难和美好一一抵至生命中，缓慢地移动，细致地打磨和温润着我的肉身、我的精神、我生活的每一个日子。雨果说："上天给人一份困难时，也给人一份智慧。"在无数艰难的时刻，高原对身体无时无刻的伤害，让我痛苦，也让我在恐惧中生出勇气，在绝望中生出希望，在困境中获得温暖。这些已经深深地浸入我的生命，浸入我对生活、对情谊的体察之中，并化为一股难以忽视的力量，构建成抗衡高原反应的盾、奋勇拼搏的矛，构建成生生不息的智慧、勇气和力量。

人世间，我们与人与物的缘分都有期限，终有曲终人散的时刻。马塞尔·普鲁斯特在《追忆似水年华》中说："当一个人不能拥有的时候，他唯一能做的便是不要忘记。"等我垂垂老矣，或许记不清许多波澜不惊的日子，但我一定会记得冷暖交织的援藏岁月，记得给我寄书、寄药、寄物品的朋友，记得那段含泪奔跑、含笑而眠的时光。 特殊时日里，一件又一件记忆都已经深深地烙印进我的心底，供生命怀念、取暖，然后继续心怀美好奔波余生。

雪域高原呼啸的风雪，席卷着我生命最好的年华，掠过雪山、荒原、湖泊，遍及那曲每一个县、区，每一处驻村点、扶贫点。 在这样一段丈量人生的时光里，我已经熟知冻土的温度、雪山的秉性、荒原的胸怀，熟知太阳的热度、黑夜的长度、时光的速度，熟知植物的艰难、动物的坚韧、人类的坚强。 我与高原万物在互相辨认中有了深情，多了可存留根系的类似于故土的家园，多了一群好领导、好兄弟、好姐妹。 我在这片土地上的每一点进步、每一次跋涉，都倾注着大家的期望、心血和关爱，这是生命无法剥离的珍贵记忆，是余生无法复制的温情时光。 我以热忱的赤子情怀，深爱这样一段不寻常的日月，深爱古朴的藏地，深爱同样深爱我的人。 集聚在这段光阴里的每一人、每一地、每一物都值得深爱，值得感念，值得典藏。

离别的时刻还没有来到，但我的心底业已怀念，业已感伤，业已想用心用情用力地记下剩余的援藏光阴。 艰难的岁月，是磨炼和沉淀我人生的年月，也是我至深的爱的源泉和创作的源泉。每一个深夜，我用文字记录的每一个人、每一件事、每一处土地、每一次深思，都具有特殊的意义，都是我克服的苦难和心灵的慰藉，是生命的标识和自由狂想的灵魂，是记忆储存的地方和记忆生长的地方，是在未来时光与过往岁月的重逢纪念。

泰戈尔在《飞鸟集》中说："我们热爱这个世界时，才真正活在这个世界上。"我深爱这片土地，缘于这样一种爱，我把孤寂的时光活得丰富充盈，把艰难的日子活得意义非凡，把纵横交错的曾经活成念念不忘的风景。 缘于这样一种爱，我著写《生命的姿态》，写下生活的点滴，写下行走的方式，写下生命的思考，写下不泯的情怀，让意义凝聚在这片土地的根基之上，让精

后记

神的旗帜插遍命运的征程，让英雄之梦穿过每一个昼夜，穿越悠长的时空，借以献给每一个深爱雪域高原的人们。这就是我对这片土地及万事万物的深情。

今天，那曲地区已经更名为那曲市，但低氧、低压、高寒、高辐射丝毫没有改变。仰面向天，领受最后的痛，我依旧百感交集，那些深入肺腑、影响身心的伤害怎能轻易从体内消散？那些沉淀人生、突破自我的日子，我又怎能忘却？山水有魂，日月无期。流水般的日子终将带走一切，但带不走岁月给生命累累伤痕的记忆和业已形成的阅历，带不走光阴里流淌的往事和内心聚拢成形的情感。坐落在我灵魂深处的那曲，注定是带不走的。若干年后，当我回望援藏岁月，回首经年过往，我清楚地知道，我会怀念。

怀念，是带着过往的记忆出发，在文字的子午线上，连接流逝，存续情感，通往未来，维系时间的连续性和价值的维度。这样一种回溯，不仅仅是为了追思过去，更多的是为了今天和抵达更为辽远的未来。

董卿在《朗读者》中说："告别是结束，也是开始；是苦痛，也是希望。面对告别，最好的态度就是，好好告别。"世间万物，都有着各自的信仰和使命。所有离别，都是为了奔赴人生最后的归宿。散席之日，与过去作别最好的方式就是，忘掉迷惑、彷徨、痛苦与挣扎，铭记人生最美好、最畅快的时光，然后带着最朴素、最纯真的希冀，带着知识与感悟、理性与思考，带着立于苍茫、披风沐雨的力量，继续热血沸腾地前行，让有限的生命活出该有的姿态。